LAVALETTE,
GRENADIER D'ÉGYPTE

DU MÊME AUTEUR
CHEZ POCKET

LES DEMOISELLES DES ÉCOLES
LES FLAMMES DU PARADIS
LOUISIANA
L'ORANGE DE NOËL
PACIFIQUE SUD
LES TAMBOURS SAUVAGES
CLÉOPÂTRE, REINE DU NIL

HENRI IV

T. 1 - L'ENFANT ROI DE NAVARRE
T. 2 - RALLIEZ-VOUS À MON PANACHE BLANC !
T. 3 - LES AMOURS, LES PASSIONS ET LA GLOIRE

Michel Peyramaure est né à Brive, en Corrèze, en 1922. À sa sortie du collège, il travaille dans l'imprimerie de son père. Il devient ensuite journaliste à *La Montagne*, avant de se consacrer à la littérature.

Son premier roman, *Paradis entre quatre murs*, paraît en 1954. Une cinquantaine d'autres suivront, marqués par son goût pour l'histoire de France – celle de ses provinces, en particulier – et pour la littérature de terroir. Au début des années quatre-vingt, il fonde, avec Claude Michelet et Denis Tillinac, l'école de Brive, un mouvement d'écrivains du terroir, tous corréziens, qui renouent avec la tradition romanesque et populaire du XIXe siècle. Il est également l'auteur de biographies (*Henri IV, Cléopâtre, Suzanne Valadon*).

Michel Peyramaure a reçu en 1979 le Grand Prix de la Société des gens de lettres pour l'ensemble de son œuvre. Écrivain "régional", il dit avoir "les deux pieds en Corrèze".

MICHEL PEYRAMAURE

LAVALETTE, GRENADIER D'ÉGYPTE

ROBERT LAFFONT

ISBN : 2-266-08951-X

Pour Cécile et Jean-Guy Soumy

1

SIX ARPENTS DE TERRE

Lavalette n'était suspendu au bout de la corde que depuis quelques secondes, mais le temps commençait à durer. Il sentait le vide se creuser sous ses pieds, sans qu'il pût rien distinguer d'autre que la coque noire et luisante du navire et, loin sous ses talons, le dos phosphorescent des lames. À deux reprises, dans l'avare lumière d'un quinquet, il aperçut, à quelques mètres en contrebas, une chaloupe grouillante de soldats malades. Entre deux sautes de vent, il entendit tonner une voix venue d'en bas :

— Vas-tu te laisser tomber, poltron ?

— Facile à dire ! grommela Lavalette. Je voudrais te voir à ma place !

Il faillit lâcher prise lorsque les semelles de celui qui descendait après lui raclèrent au sang le dos de ses mains. Toute son attention se porta sur la chaloupe. Elle paraissait être descendue au creux d'un cratère. Soudain, une lame la hissa jusqu'à sa hauteur. Il n'eut qu'à poser les pieds sur le bordage et à plonger, la tête la première, dans la masse humaine d'où montaient des gémissements.

— Encore trois hommes ! s'exclama derrière lui la voix du pilote.

Déjà chargée à couler bas, la chaloupe plongea vertigineusement dans le creux d'une vague monstrueuse, remonta de même. Lavalette sentit son cœur lui venir aux dents. On lui mit une perche entre les mains en lui ordonnant de tenir à distance toute embarcation ou tout récif dont on s'approcherait. Cette perche pesait comme du plomb. Lavalette la laissa glisser à la mer. Collant sa joue contre le bois glacé du plat-bord, il se mit à vomir et à geindre. Autour de lui, sous la muraille noire du navire amiral l'*Orient*, s'agitait, dans la lueur dérisoire des falots, un fantastique ballet d'embarcations qui montaient, descendaient, se croisaient, se heurtaient, éclataient comme des noix, rejetant à la mer des grappes de soldats affolés que nul ne se risquait à secourir.

— Misère ! gémit Lavalette. Si c'est ça, l'Égypte, autant valait continuer à traîner mes grègues sur les quais de Toulon.

Le grenadier Lavalette (Spartacus de son prénom, pour satisfaire à la mode romaine qui sévissait jusque dans son Midi natal), soldat de la 61e compagnie, capitaine Valin, de la 21e demi-brigade (division Desaix), n'avait jamais autant regretté la terre ferme. Il en voulait au général en chef Bonaparte comme il n'est pas possible d'en vouloir à son pire ennemi : il attendait pour prendre terre que la tempête fût apaisée. Lavalette l'avait aperçu quelques minutes avant de sauter pardessus bord, en train de converser avec Magalon, consul d'Alexandrie, que la *Junon* était allée quérir quelques heures auparavant, et un savant à lunettes dont le vent rabattait les cheveux sur le visage.

— Il n'est pas fier, le Petit Caporal, lui avait soufflé à l'oreille le grenadier Tricot qui patientait comme lui dans la file d'attente. Il a dû flairer l'Anglais.

Depuis le départ de Toulon du corps expéditionnaire et durant les quarante jours de la traversée, l'« étoile » de Bonaparte n'avait cessé de briller. La gigantesque flotte française, cinq cents navires de tous tonnages, avait passé comme en se jouant à travers les mailles du filet tendu par l'amiral anglais Horatio Nelson. La citadelle de Malte s'était rendue sans coup férir et les cales de l'*Orient* regorgeaient de trésors ravis à des chevaliers d'un autre âge. La veille du jour où la flotte française était parvenue en vue de la côte d'Égypte, Nelson, devançant ses ennemis, avait jeté l'ancre en rade d'Alexandrie et l'avait levée aussitôt, s'imaginant que les Français avaient pris une autre direction. Cette fortune, Bonaparte la sentait précaire ; chaque minute, il pointait sa lunette vers le large, dans la crainte d'y voir apparaître les bonnettes de cacatois qui signalaient la présence des navires de ligne de Nelson.

— Sûr qu'il n'est pas fier ! avait répliqué Lavalette. Si l'Anglais pointe son beaupré, nous serons dans de beaux draps !

Au moment de franchir le plat-bord, il avait imaginé le spectacle des treize vaisseaux de ligne de Bonaparte et des navires de transport vomissant par leurs flancs crevés de boulets les trente-six mille hommes du corps expéditionnaire, pêle-mêle : généraux, amiraux, contre-amiraux, ingénieurs, savants, artistes, commissionnaires, vivandières. Il en avait des frissons, comme lorsqu'il avait aperçu les armées autrichiennes s'avançant vers celles de Bonaparte, dans la boue du Piémont.

Où pouvait bien être passé Tricot ? Lavalette l'appela d'une voix faible qui se perdit dans l'ouragan. Il frémit en apercevant, à deux pas, à travers la nuit, filant au-dessus de la chaloupe, la proue ruisselante d'écume du *Peuple souverain*.

— Nous dérivons ! hurlait le pilote. Souquez ferme ! Barre à bâbord !

Une lame le faucha ; il disparut dans la nuit comme s'il n'avait été qu'une apparition, au point que Spartacus Lavalette, hébété, se crut victime d'une illusion.

La chaloupe dérivait bel et bien vers les brisants.

Lavalette eut la sensation de descendre plus profond encore dans cet enfer où le vent et la mer luttaient âprement. On lui mit un manche d'aviron entre les mains en lui ordonnant de souquer. Il n'en avait ni la force ni le sentiment que cela fût utile. Il se laissa couler au fond de la chaloupe, respira au fil de l'ouragan une singulière odeur venue là il ne savait comment et qui lui rappelait celle de sa garrigue natale par jour de grand vent. Une image s'imprima dans sa tête : celle d'un village accroché à la montagne comme un escalier de soleil, au milieu d'une solitude qui lui paraissait plus irréelle que l'Égypte, la Perse et les Indes réunies.

La vision, soudain, se brisa comme une vitre. Lavalette sut que c'en était fini quand il entendit la plainte déchirante du bois éclatant sur le rocher.

Le général en chef tira sa montre et l'approcha du falot : il était près de minuit. Accoudé au bastingage, il poussa un soupir de soulagement : la mer était moins houleuse, la confusion moins anarchique dans la flottille de chaloupes qui se détachaient des navires ou revenaient du rivage. À bord de l'*Orient*, tout était rentré dans l'ordre. « Nelson peut se présenter à présent », songea Bonaparte. Il fixa intensément une étoile qui venait de s'accrocher au revers d'un nuage très noir et se dit que sa chance, une fois de plus, l'avait favorisé. Une tache de lait, à l'occident, annonçait une belle lune d'Égypte, pareille à celle qui bleuissait les voiles de Marie durant sa fuite.

— Berthier ! s'écria Bonaparte.

La grosse tête du chef d'état-major émergea de l'ombre. C'était un homme de petite taille, aux cheveux crépus, au visage maussade.

— Combien d'hommes à terre ? demanda le général.

— Trois mille cinq cents environ, répondit Berthier. Le débarquement va s'achever. Menou, Kléber, Bon et

Desaix sont déjà arrivés. Reygnier fait le plein de sa dernière chaloupe.

— Ce sera suffisant pour attaquer Alexandrie à l'aube. Qu'en pensez-vous, Magalon ?

Le consul d'Alexandrie hocha la tête en signe d'assentiment, se gardant bien de quelque commentaire que ce fût. Il s'était fait vertement rabrouer, quelques heures auparavant, par ce diable de petit homme qui prétendait connaître mieux que lui les défenses de la ville. Magalon sourit en se remémorant les termes de la proclamation que Bonaparte avait adressée au corps expéditionnaire : *La première ville que nous allons rencontrer a été bâtie par Alexandre. Nous y trouverons à chaque pas des souvenirs dignes d'exciter l'émulation des Français...* Bonaparte l'avait pris à part pour lui expliquer, de sa voix sèche, bizarrement accentuée, qu'il ne venait pas en Égypte dans l'intention de coloniser cette terre, mère des civilisations, mais pour la délivrer du joug des mamelouks qui terrorisaient la population passive des Coptes et des Arabes et s'acharnaient à rendre la vie impossible aux négociants français installés à Alexandrie et au Caire. « Pour cela seulement, citoyen général ? — Certes non, Magalon ! En conquérant cette terre, nous briserons le commerce de l'Angleterre avec les Indes, nous lui porterons un coup mortel. » Bonaparte avait gratté furieusement le revers de sa main droite (il avait contracté la gale en prenant, à Toulon, la place d'un canonnier qui en était dévoré). On prêtait d'autres intentions à Bonaparte, et Magalon ne l'ignorait pas : celle, notamment, de se tailler un empire en Orient, de tendre la main, par-dessus l'Euphrate et l'Indus, au nabab de Mysore, Tippo-Sahib, entré en rébellion contre les Anglais. Il n'en avait rien dit, pour ne pas importuner ce mystérieux et irascible personnage dont les colères étaient célèbres.

— C'est fort bien ! soupira Bonaparte. Nous n'allons pas tarder nous-mêmes à prendre pied sur ce continent. J'ai hâte de sentir la terre ferme sous mes bottes.

— Je crains que vous soyez déçu, dit le consul. Cette terre, citoyen général, est du sable, et le plus traître qui soit. Ici, le sable dévore tout. Rien ne lui résiste.

Le visage maigre et jaunâtre de Bonaparte se crispa comme si Magalon venait de l'outrager.

— Qu'entendez-vous par là ?

— Rien d'autre que ce que vous venez d'entendre, citoyen général.

Bonaparte se tourna vivement vers le bonhomme à lunettes cerclées de fer, qui ne le quittait pas d'une semelle et crayonnait dans son dos : le baron Dominique Vivant Denon, ancien favori de Louis XV et de la Pompadour, familier de Frédéric de Prusse, artiste au crayon habile, volontiers leste, d'avance passionné pour la terre mystérieuse où l'on venait d'accoster.

— Denon ! nous allons débarquer. Voulez-vous vous joindre à nous ?

— Vous me comblez, citoyen général.

— Laissez vos bagages à bord. Prenez simplement votre carnet et un crayon. Et ne laissez pas s'engourdir vos doigts.

— Je suis prêt, citoyen général !

Bonaparte allait donner l'ordre d'arrimer sa chaloupe quand, du haut des vergues, une voix puissante entonna un chant de l'armée d'Italie. Interloqué, Bonaparte dressa la tête et se croisa les bras.

— Quel est cet imbécile ?

— Il doit s'agir de Villoteau, notre chanteur d'opéra, répondit la voix hésitante de Berthier.

— Faites-le taire ! Il risque de donner l'alerte ! J'avais pourtant exigé le silence !

Lorsque Villoteau eut touché le pont, drapé dans sa dignité, il reçut une telle bordée qu'il en resta coi. On avait beau s'appeler Villoteau et avoir chanté devant les parterres les plus huppés, on n'en était pas moins tenu à la discipline, comme le plus humble canonnier.

— Alors, Brueys, cette chaloupe ?

— Elle est arrimée, répondit le vice-amiral, commandant en chef de la flotte. Je vais faire descendre l'échelle de coupée.

— Inutile ! trancha Bonaparte.

Il escalada le plat-bord, suivi de Berthier, de Denon et de quelques officiers de son état-major. Des rafales de vent froid soufflaient encore. Plus calme que quelques heures auparavant, la mer était toujours houleuse. Bonaparte considéra d'un œil sombre la surface des vagues qui charriaient des débris. Le bonnet à poil d'un grenadier vint s'échouer contre le flanc de l'embarcation.

— Aurons-nous beaucoup de pertes, Berthier ?

— Elles sont difficiles à évaluer, mon général. Brueys a dénombré quatre chaloupes éventrées par les brisants. Il ignore combien d'hommes ont pu en réchapper.

A peine avait-on pris contact avec elle, cette terre grignotait l'armée du Directoire. Qu'allait-il en être dans les jours, dans les semaines qui allaient suivre ? Les mamelouks étaient-ils d'aussi terribles cavaliers que le prétendait Magalon ? Le désert était-il le mangeur d'hommes que l'on disait ? Debout, à l'arrière, les mains posées sur les épaules des mariniers qui souquaient de bon cœur, Bonaparte sondait du regard la ligne bleuâtre du Delta, sur laquelle se découpait une bâtisse d'un blanc laiteux. La lune s'y posait insensiblement, comme le disque sacré entre les cornes des divinités animales de la vieille Égypte.

— Denon ! s'écria Bonaparte. Nous approchons. Sortez votre carnet et votre crayon ! Denon ? m'entendez-vous ?

Bonaparte se pencha vers Berthier.

— L'aurions-nous laissé à bord sans nous en apercevoir ?

— Non, mon général, répondit Berthier. Il était à l'avant il y a quelques instants.

— Diable ! Cette lame que nous avons embarquée a dû nous l'enlever. Je n'ai pourtant rien entendu.

— C'est que nous nous sommes tous mis à crier, mon général.

— Savait-il nager, au moins ?

— Je l'ignore.

— C'est une perte pour les arts. Pauvre Denon ! Allons, souquez, vous autres ! Nous ne pouvons rien pour lui.

Sur la plage, tout était immobile et silencieux. Les trois mille cinq cents hommes débarqués formaient des groupes confus que rien ne trahissait, hormis l'éclair d'une baïonnette ou la brève lueur d'un fanal promené par quelque vivandière distribuant la goutte. Bonaparte sauta de la chaloupe avant même qu'elle fût engravée, suivi, à distance respectueuse, de Magalon. Une silhouette mince s'avança vers eux.

— Desaix ? interrogea Bonaparte.

— Pour vous servir, mon général.

— Tout est en ordre ?

Desaix répondit affirmativement. On avait pu repêcher la plupart des hommes jetés à la mer ; on y travaillait encore. Les parages étaient calmes. Enlever le fort de Marabout, qui commandait la plage de débarquement, ne serait qu'un jeu. Les hommes se reposeraient quelques heures puis on aviserait.

— Quelques heures ? s'exclama Bonaparte. Vous n'y pensez pas ? Faites battre la générale et vous verrez tous ces fantômes se dresser comme un seul homme !

— Ça ne serait guère raisonnable ! citoyen général, dit, derrière Desaix, une voix au fort accent alsacien.

Clignant des yeux, Bonaparte vit s'avancer dans la lumière blême de la lanterne un géant blond, admirablement charpenté : Kléber.

— Qu'avez-vous à objecter ? demanda Bonaparte d'une voix qui dissimulait mal son irritation.

Kléber allait répliquer vertement mais il se contenta de hausser les épaules. À tout prendre, qu'est-ce qui était raisonnable dans cette aventure ? Traverser la Méditerranée infestée par les navires anglais, était-ce raisonnable ? Débarquer près de quarante mille hommes sur un continent inconnu, aussi mystérieux que la lune, sans les y avoir préparés autrement que par des proclamations pompeuses et mensongères, était-ce raisonnable ? Y avait-il une trace de raison dans le décret que le petit Corse avait arraché au Directoire, lequel ne demandait pas mieux, au fond, que de se débarrasser du matamore des guerres d'Italie que sa popularité rendait encombrant ?

— Répondez, Kléber ! insista sèchement Bonaparte.

— Je vais faire battre la générale, maugréa le héros des armées du Rhin.

— Je tiens, ajouta Bonaparte, à ce que nous soyons à l'aube devant Alexandrie. Et vous savez que nous n'avons pas la moindre horse à nous mettre sous les fesses !

— Vos ordres seront exécutés, dit Desaix.

Il salua, prit Kléber par le bras et tous deux s'en revinrent vers leur quartier général, établi en bordure d'un marigot, sous un arbuste épineux, tordu par le vent de mer et brûlé par le sel.

— A quoi bon discuter ses volontés ? dit le général Desaix. Tu sais que cela ne sert de rien. Qui plus est, tu es comme moi persuadé qu'il a raison. Il y a quelque chose de miraculeux dans le fait que nous soyons ici, toi, moi, tous ceux qui nous entourent. Laissons se poursuivre le miracle.

— Toi aussi, grogna Kléber, tu crois à la bonne étoile de Bonaparte ! Foutaise... Tu ne tarderas pas à déchanter. Quelque chose me dit que nous sommes condamnés à crever sur cette terre. Je t'avoue que la « camarde » ne me fait pas peur. Mais je me refuse de toutes mes forces à une mort qui ne serait pas dans la ligne de mon existence.

— Mourir ici ou là, pourvu que ce soit avec honneur, qu'importe ? Je ne te cache pas qu'à tout prendre, je préférerais disparaître au cours d'une passionnante chasse au mamelouk plutôt que sous la pluie, dans les marécages du Piémont.

— A ton aise Desaix ! Nous en reparlerons avant peu.

Lavalette avait la sensation de macérer dans la saumure. Un goût de sel lui brûlait le palais. Avant même d'ouvrir les yeux, il se dit que c'en était fait de lui, que la mer l'avait pris et le gardait, lui, le fils de la garrigue qui ne pouvait pas voir danser une barcasse sur un étang bousculé par le mistral sans éprouver un malaise. Le premier coup d'œil qu'il jeta autour de lui, les premières sonorités qui touchèrent son ouïe ne lui apportaient aucun démenti. Il était allongé sur le sable glacé, au milieu d'un alignement de cadavres baignant dans la clarté de la lune ; le roulement voilé des tambours paraissait venir de très loin, de si loin qu'il en devenait irréel, sans doute parce qu'il l'était. « La générale, songea le grenadier Lavalette. C'est l'appel des morts pour le Jugement dernier qui commence. » En d'autres temps, en d'autres lieux, il eût bondi sur ses pieds pour se précipiter au rassemblement, mais là il se sentait paralysé. Refermant les yeux il soupira : « Ainsi mourut dans la fleur de l'âge Spartacus Lavalette, grenadier de la division Desaix, vétéran des armées d'Italie. »

Une voix sortit des ténèbres, au-dessus de lui. Il sursauta.

— Ben, mon gaillard, tu peux dire que tu reviens de loin !

C'était la voix de Tricot, à n'en point douter.

— Toi aussi, mon pauvre Tricot, murmura Lavalette, tu as failli engraisser les requins d'Égypte ?

Un énorme éclat de rire tomba en pluie.

— Les requins ? Au diable si je leur cède une once de ma personne. Eh ! Lavalette, tu es vivant.

« Vivant »... Le mot siffla aux oreilles du grenadier comme un souffle de brise.

Une autre voix que Lavalette ne reconnut pas ajoutait :

— Eh oui, grenadier, les requins n'ont pas voulu de nous. Peut-être les chacals et les mamelouks seront-ils moins difficiles ?

Lavalette se dressa sur ses coudes, tourna les yeux vers l'inconnu.

— Qui es-tu ?

— Comme vous, un noyé anonyme qui vient de retrouver son nom avec sa vie. Ci-devant baron Dominique Vivant Denon, cela vous dit quelque chose ? Les arts et les sciences sont pour moi ce que la guerre est pour vous. Ce pays que vous venez conquérir, je viens l'étudier. Dieu m'a accordé un modeste talent de dessinateur que je compte mettre à profit dans cette expédition, comme vous votre fusil.

— Tu ne me tutoies pas ? demanda Lavalette. Tu crains que ça t'écorche la langue ?

— Il est difficile de changer ses habitudes. Je ne dis « tu » à personne. Même la Révolution n'a pu m'y décider. Vous m'en voulez ?

— Pour un noyé, tu as la parole facile, baron ! Moi, on me nomme Lavalette Eugène, mais je m'appelle Spartacus, va savoir pourquoi !

Il tendit la main à Denon qui la serra dans les siennes.

— Je ne vous oublierai pas, dit le baron. Vous êtes ma première rencontre après ce voyage dans les ténèbres. Ma joie est ineffable, d'autant que j'ai pu conserver mes lunettes. Un autre miracle...

Lavalette se souvint brusquement de ce savant à lunettes cerclées de fer qu'il avait vu, avant de débarquer, auprès de Bonaparte.

— Tu es des amis du général ? Je t'ai vu en sa compagnie.

— Napoléon Bonaparte m'honore de sa sympathie et je m'attache à la mériter. Ce n'est pas toujours facile avec un tel homme.

— Bigre ! fit Lavalette. Nous en savons quelque chose.

Il se leva péniblement. C'était un jeune géant de cinq pieds, dix pouces, doté d'une opulente moustache que lui enviaient bien des vétérans, mais qui, pour l'heure, gorgée d'eau salée, pendait lamentablement de chaque côté de la bouche, parallèlement aux cadenettes. Il ressemblait à un gros barbet qui serait tombé dans une mare.

— J'aimerais bien savoir, dit à son tour le baron, comment nous nous sommes évadés du royaume de Thétis.

— Excuse, dit Tricot en pointant son nez bulbeux vers le baron, de quel royaume voulez-vous parler ?

— Je veux dire : comment nous avons échappé à la noyade.

Tricot prit le temps d'allumer sa bouffarde, de souffler quelques bouffées avant d'expliquer qu'un jeune Arabe nommé Ali avait accompli des miracles : tandis que des chaloupes s'occupaient à repêcher tout ce qui flottait, il avait plongé à plusieurs reprises et ramené sur la berge une dizaine de malheureux encore vivants et un nombre égal de cadavres. Il faisait partie du contingent de galériens arrachés par Bonaparte aux chiourmes des chevaliers de Malte ; il revenait au Caire pour y retrouver sa famille.

— J'aimerais lui serrer la main, dit le baron. Venez-vous, Lavalette ?

Le grenadier fit la grimace. Il ne lui plaisait guère de devoir la vie à un disciple de Mahomet, à un de ces sauvages qui se nourrissent de lait de chèvre et de dattes et qui prient en montrant leur derrière au ciel ! À bord du navire, il avait côtoyé quelques spécimens de ces moricauds et se bouchait les narines en passant près d'eux. Il est vrai qu'ils puaient fort, qu'ils avaient chétive apparence et qu'auprès d'eux les mousses semblaient des messieurs. Lavalette concevait mal que le général en chef nourrît le dessein d'établir des liens de fraternité avec les représentants de cette race vermineuse, de la protéger, de lui faire des grâces. Il sentait la colère gronder en lui, mais quelque chose l'empêchait de la laisser éclater : peut-être le sentiment d'une ingratitude qui passait les limites.

— Je ne tiens pas à le rencontrer, dit-il.

Denon parut si surpris qu'il interrompit sa marche et lâcha l'épaule du grenadier.

— Diable ! vous refusez de remercier un homme qui vient de vous arracher à la mort en risquant lui-même sa vie ? Vous aurait-il volé quelque effet ? De l'argent ?

A peine sorti de son inconscience, Lavalette avait tâté sa ceinture : tous les écus qu'il y avait rangés faisaient encore la bosse sous sa main. Non, cet Ali, ce moricaud ne lui avait rien dérobé. Lavalette n'aimait pas devoir quelque chose à qui que ce fût. Pourquoi ? parce que c'était ainsi ! On faisait danser les Italiens à coups de pied dans les fesses, ce n'était pas pour faire échange de générosités avec cette pouillerie arabe !

— Comment vous y allez ! s'offusqua le baron. Ce peuple est misérable, et, comme tous ceux qui se trouvent dans cette situation, il lui importe peu d'offenser les narines des étrangers. Avez-vous jamais eu faim, Lavalette ? Vous a-t-on jamais battu au sang, outragé, volé ? Et si vous en étiez passé par là, chaque jour de votre chienne de vie, auriez-vous comme premier souci de faire des coquetteries pour séduire des étrangers qui débarquent chez vous l'arme à la bretelle ? Cela fait des siècles que les indigènes de ce pays, les descendants de ceux qui ont fait les pyramides, vivent sous l'oppression des mamelouks. Et vous savez que ces mamelouks ne sont pas même des Égyptiens, mais d'anciens esclaves que les Turcs ont raflés en Circassie pour les installer dans leurs provinces du Nil. Vous devriez souhaiter que tous les Arabes et tous les Coptes que nous rencontrerons ressemblent à notre Ali. Mais je crains bien que vous soyez déçu. Quant à moi, j'aime déjà ce peuple, à travers Ali, et je ferai tout pour m'en faire aimer. Si le conquérant n'a que mépris à offrir à sa conquête, autant qu'il reste chez lui !

Lavalette se hérissa sous le savon mais ne broncha pas. Il savait bien, lui, qu'il n'y avait rien de bon à tirer de ces « sauvages ». Tout ce que le baron avait lu dans les livres de Savary ou de Volney, publiés quelques années auparavant, n'était que du vent. Comment le savait-il ? Il le savait. C'était tout !

— Justement, voici notre homme, dit Tricot.

Il montra un groupe entourant un soldat que l'on venait de retirer de la mer. Penché sur le noyé, un indigène à demi nu le pressait des deux poings au creux de l'estomac pour lui faire vomir l'eau qu'il avait avalée.

— Trop tard, dit Ali en se redressant. Je ne peux plus rien pour lui.

Il chancela. Trois hommes se précipitèrent pour le soutenir.

— Ça suffit ! dit l'un d'eux. Si tu plongeais une nouvelle fois tu ne reviendrais pas à la surface. Tiens, bois une gorgée de vin, ça te remettra.

Il lui tendit sa gourde que le jeune musulman repoussa avec une expression de dégoût.

— Vous êtes Ali ? demanda le baron. Permettez-moi de vous embrasser.

Ali se laissa étreindre sans manifester le moindre sentiment. Il grelottait. Sans lui demander son avis, Denon sortit du havresac de Tricot une capote qu'il jeta sur les épaules de l'Arabe. Ali remercia d'un signe de tête.

— Lavalette, dit le baron, vous n'avez rien à dire à notre ami ?

Lavalette fouilla dans sa ceinture, en tira trois écus

qu'il tendit à son sauveteur. Ali regarda les trois pièces qui brillaient au creux de sa main, considéra le grenadier avec une expression de douloureux étonnement. Puis il renversa doucement la main et les trois pièces tombèrent dans le sable.

— Sacrebleu ! jura Lavalette. Il fait le difficile !

— C'est que vous l'avez gravement offensé, lui souffla Denon. Vous agissez avec lui comme avec un esclave. Bonaparte serait fort mécontent d'apprendre comment vous vous comportez ! Allons, excusez-vous. Ali comprendra votre erreur, j'en suis convaincu.

— Pardon... Excuse... grommela Lavalette.

— Vous pourriez au moins lui tendre la main. Vous allez me faire regretter d'être votre frère en résurrection.

Lavalette ramassa ses pièces, les replaça dans sa ceinture.

— Toi, le ci-devant, sache que Lavalette paie toujours ses dettes. Nous nous reverrons, moricaud !

Il porta l'index à son front et se détourna.

Il était trois heures du matin lorsque, le rassemblement terminé, Bonaparte ayant passé en revue les cinq mille hommes débarqués, les premiers éléments prirent les devants. Une colonne conduite par le général Menou avait pour mission de reconnaître les environs de la capitale du Delta, Alexandrie, située à environ trois heures de marche de l'anse de Sidi el-Palibri. Le reste de la troupe, sous le commandement des généraux Kléber et Bon, ferait mouvement en suivant la lagune sablonneuse qui formait la limite entre le lac Maréotis et la Méditerranée. Le corps de troupe placé sous la responsabilité du général Desaix, le fort du Marabout enlevé sans résistance, restait sur place pour veiller à la suite du débarquement et organiser les unités au fur et à mesure que les chaloupes prenaient terre. Le général en chef hésita un moment avant de laisser le gros de ses forces à la merci d'une attaque anglaise. Quelque chose lui disait que les navires de ligne de Nelson n'étaient pas loin. Le vice-amiral Brueys avait beau prétendre qu'il était prêt à le recevoir, Bonaparte ne se sentait nullement rassuré. Il jeta un dernier regard sur les masses sombres de ses treize vaisseaux de ligne qui formaient le demi-cercle, prêts à faire feu de tous leurs sabords. Fort heureusement, la mer avait recouvré son calme ; une houle légère portait les chaloupes vers la plage et balançait les mâts gigantesques des vaisseaux dont les gréements se détachaient sur le ciel d'un bleu violet qui annonçait l'aube.

En se retournant, Bonaparte aperçut, entre Berthier et ses aides de camp, une forme emmitouflée dans une couverture ou dans une capote et qui lui parut sur l'instant être quelque indigène du Delta. Il reconnut Denon lorsque celui-ci eut libéré sa tête.

— Vous ! s'exclama le général. Je vous croyais par quatre ou cinq brasses de fond, en train de faire votre cour aux sirènes !

— Ces beautés marines n'ont pas voulu du barbon que je suis, citoyen général.

— A la bonne heure ! Prenez quelque repos. Vous nous rejoindrez demain à Alexandrie.

— Laissez-moi vous accompagner, demanda le baron.

Bonaparte faillit riposter qu'il n'avait nullement l'intention, pour cette première bataille qu'il allait livrer en terre d'Égypte, de s'encombrer des savants et des artistes qu'il avait amenés dans son expédition, mais il était tout à la joie de retrouver le baron Dominique Vivant Denon.

— Soit ! dit-il, mais tant pis pour vous si vous traînez. Les sables qui nous entourent fourmillent de Bédouins pillards. Si vous tombez entre leurs pattes...

Il porta la main à sa gorge et fit le geste de trancher.

— Bah ! fit Denon, ils sont moins redoutables que les sirènes ou les requins.

La nuit était glacée. L'estomac brouillé par le mal de mer et une nourriture prise à la hâte, ivres de sommeil, les jambes à demi paralysées par les longs jours d'inaction du bord, transis de froid et de tristesse, les hommes se mirent en marche en murmurant. Ils progressaient avec peine ; la croûte de sel qui recouvrait la langue de terre craquait sous les semelles. Les soldats de la République avaient l'impression d'avoir débarqué sur une planète morte. Tout était immobilité et silence ; un silence qui s'accordait aux immensités d'eau, de sable et d'étoiles qui les cernaient de toutes parts.

A l'avant-garde des trois colonnes conduites par les généraux Menou, Kléber et Bon, Bonaparte marchait d'une allure rapide et saccadée, petite silhouette noire dans le demi-jour blafard qui baignait les solitudes, dressant l'oreille chaque fois que, montant des lointains des sables, il entendait un appel qui pouvait être celui d'un Arabe ou d'un chacal. « Il fait le fanfaron, songeait Kléber, mais cela ne durera pas. » Comme s'il avait pu lire dans ses pensées, Bonaparte se retourna et lui jeta une amicale apostrophe :

— Allons, général, plus sec ! Imaginez que vous marchez contre les Autrichiens du prince de Cobourg. Et dites à vos hommes de ne pas traînailler sur les arrières s'ils tiennent à leur peau !

Durant près de deux heures, Bonaparte marcha de la même allure, sans manifester la moindre défaillance, discutant même avec Berthier ou quelque autre de ses aides de camp qu'il entraînait dans son sillage. Soudain, on le vit s'arrêter, puis reprendre plus lentement sa marche.

Dans l'aube froide où soufflait, au ras du sable, l'aigre brise du Maréotis, chargée d'odeurs de végétaux morts, la colonne de Pompée surgissait dans une vague lueur qui n'était pas encore la lumière du jour. Étrange, presque irréelle avec son énorme fût de granit rose dressé sur le brouillard d'embruns qui montait du rivage, elle paraissait fasciner Bonaparte. L'armée s'était arrêtée sans qu'un ordre fût lancé. Le général en chef s'avança vers le monument, chacun paraissant admettre qu'il dût y aller seul. Il escalada le socle et sentit l'horizon oriental chavirer sous son regard. Alexandrie était là, à portée de voix, avec ses épais remparts aux brèches colmatées à la hâte par des fascines, les « aiguilles de Cléopâtre » pointant sur le ciel tendre du matin, les minarets dominant une ville qui paraissait écrasée dans la poussière de l'aube, les ruines du Phare au bout de leur jetée et, dans le port ensablé, quelques voiles turques qui s'apprêtaient à prendre la mer.

Bonaparte écouta gronder en lui une joie profonde. La ville des Ptolémées était là, à portée de la main, comme un fruit offert à la soif qui dévorait sa gorge.

Ce n'est que lorsqu'il eut repris pied sur le sable qu'il aperçut un groupe de cavaliers bédouins tournoyant au pied des remparts et, tout en haut, derrière les créneaux, le pullulement d'une population en armes.

— Kléber est mort ! Menou est blessé ! Nous avons perdu trente soldats mais Alexandrie est tombée à midi !

Le grenadier Lavalette dormait, la joue dans le sable, à l'ombre du fort du Marabout, quand Tricot et quelques autres hurlèrent ces nouvelles. Il se dressa en titubant. L'espace, devant lui, paraissait en ébullition. Des soldats couraient de toutes parts, pleuraient, se congratulaient, chantaient, entouraient les estafettes à cheval qui dispensaient les nouvelles de la bataille et les vivandières qui distribuaient la goutte. Lavalette se frotta les moustaches. Kléber mort, tué d'une balle en plein front alors qu'il se portait vers les remparts... Était-ce possible ? Lavalette le revoyait, à l'escale de Malte, assis sous un oranger, en compagnie de Desaix, resplendissant de jeunesse et de santé comme un dieu païen, sa tête puissante parée d'une chevelure de lion. Le vainqueur de Fleurus, de Maëstricht, d'Altenkirchen et de Cholet, Kléber, mort !

Lavalette essuya une larme du revers du poignet, avala sans sourciller une gorgée d'eau-de-vie à la gourde que lui tendait Tricot et, d'un coup de pied rageur, envoya son fourniment rouler dans le sable. Chien de pays ! A peine avait-on débarqué, il fallait lui payer son tribut de sang et de larmes. Serrant les poings, il parcourut du regard le désert incandescent qui s'étendait au sud, l'étendue liquide qui brasillait entre les navires et la côte, où Savary venait de lâcher les quelques chevaux embarqués dans le convoi. Il ne resterait pas longtemps dans ce foutu pays ; il demanderait à être rapatrié par le prochain courrier, dût-il tomber entre les mains des Anglais.

— Eh bien, qu'as-tu, Spartacus ?

Le capitaine Valin posa sa main sur l'épaule du grenadier. Lavalette dominait de la tête ce petit officier tiré à quatre épingles malgré la chaleur et dont les moustaches d'un brun profond paraissaient couper le visage en deux.

— Si le général Kléber est mort, dit Lavalette, qui de nous pourra survivre ?

— Qui t'a dit qu'il était mort ? Il a reçu une balle en plein front, c'est vrai, mais elle s'est écrasée sur cette tête de bois. Pardieu, il est bien vivant. Décidément, les fausses nouvelles courent plus vite que les vraies. Menou est blessé lui aussi, par la chute d'un mur, mais il n'en mourra pas. Tu peux te réjouir avec les autres, grenadier. C'est une grande journée !

Lavalette buvait les paroles du capitaine Valin. Son visage brouillé par une mauvaise sieste s'éclaira à travers les taches de son. Un rire torrentiel déferla de ses grosses moustaches saupoudrées de sable.

— Tonnerre ! s'exclama-t-il. En voilà une bonne nouvelle ! Capitaine, vous me mettez du baume au cœur. Qu'attendons-nous pour aller montrer à ces mahométans que les baïonnettes de la 61e compagnie ne se sont point rouillées sur cette maudite futaille qui nous a servi à traverser les mers ?

— Patience ! répondit Valin. Avant une semaine, nous serons au Caire.

Le Caire... Le mot fondit sur les lèvres de Valin comme un souffle de zéphir. En avait-on assez parlé, à bord, sur chaque navire, de cette capitale fabuleuse ? Dans l'esprit des soldats du corps expéditionnaire, elle étalait ses murailles dorées par le soleil au bord du Nil, père des fleuves, jailli des montagnes inconnues du continent mystérieux. Dans sa jeunesse, à Montpellier, au cours d'une fête, Spartacus Lavalette était resté béat d'admiration devant une baraque violemment barbouillée de jaune et de bleu dont le décor représentait le palais du Grand Turc de Constantinople. Des minarets droits comme des roseaux, des mosquées aux bulbes éblouissants, des femmes voilées qui dansaient sous une lune en croissant... Depuis qu'à Malte il avait appris que la flotte faisait voile vers l'Égypte, cette image naïve le hantait. Constantinople, Le Caire... C'était même Orient, même décor, même lumière.

Un soir, sur le pont, au large de la Crète, Lavalette s'était approché d'un groupe tassé sur le gaillard d'avant autour d'un jeune historien qui faisait lecture, à la lumière d'un falot, de quelques passages des lettres de Savary. Des bribes parvenaient jusqu'à Lavalette. Allongé sur le pont, la tête contre un paquet de câblots, sa pipe aux lèvres, il écoutait de toutes ses oreilles : *Les émanations balsamiques de la fleur d'oranger, des roses, des jasmins, d'arbres et de plantes odorantes... Les eaux du Nil, plus douces, plus légères, plus agréables au goût qu'aucune de celles que je connais...*

— Eh bien, Lavalette, tu rêves ? dit Valin en le secouant.

Lavalette rêvait. Il échappa au groupe de grenadiers qui le sollicitait de disputer une partie de dés, s'allongea dans le sable chaud et s'endormit entre les bras du Nil qui roulait pour lui tout seul ses eaux *balsamiques*.

— *Balsamique*, ça veut dire quoi, Tricot ?

Tricot n'aimait guère être surpris en flagrant délit d'ignorance.

— Ça dépend, dit-il. Quelquefois, ça désigne une pâtisserie, d'autres fois des fleurs en pots, ou encore...

Lavalette dut se satisfaire de cette définition qui lui laissait le choix entre plusieurs objets agréables. Le mot avait tourné dans sa tête toute la nuit. Il revenait le hanter dans l'aube glacée, sur la lagune où la division Desaix faisait mouvement. Ce n'était guère le moment de se laisser aller à des imaginations. La langue de sable qui formait un pont entre la Méditerranée et le lac Maréotis s'animait par moments de galopades féroces de Bédouins et de mamelouks, et retentissait de coups de feu.

La division — quatre mille six cents hommes et quelque cent soixante chevaux — marchait d'un bon pas. On allait, à Alexandrie, goûter les plaisirs de l'Orient. Lorsque la ville se dessina dans les premières lueurs de l'aube, derrière la colonne de Pompée, le général Desaix donna des ordres sévères afin que ses hommes ne rompent pas leur dispositif de marche et ne se jettent pas en avant comme à la curée.

Le premier souci de Desaix fut de s'enquérir de la santé de Kléber. Le bruit selon lequel il était mort avait été démenti. Il trouva le jeune général assis sur le bord de son lit, dans un petit hôpital de campagne dressé à la hâte, la tête enturbannée de pansements, comme celle d'un Arabe. Ils s'étreignirent avec émotion. Kléber commençait à raconter les circonstances de sa blessure lorsque surgit un aide de camp de Bonaparte, portant un pli pour Desaix et pour Kléber. Desaix le lut et blêmit : l'ordre était de donner quelque repos à sa troupe et de repartir à cinq heures de relevée en piquant droit au sud.

— Crénom ! jura-t-il. Pourquoi nous envoyer dans le désert alors que nous pourrions longer le Nil ? Nous allons crever comme des mouches, à supposer que les Arabes nous laissent la vie sauve !

— Montre-moi la carte, dit Kléber.

Il la déplia sur ses genoux.

— Bonaparte, dit-il, t'envoie en avant-garde dans une région infestée de mamelouks et de Bédouins. Nous en parlions il y a quelques heures avec Koraïm, pacha d'Alexandrie : c'est une folie que de s'aventurer dans ces parages.

— Alors, gémit Desaix, pourquoi ?

— Parce que c'est le chemin le plus court pour atteindre Le Caire et qu'il faut y arriver avant les grandes inondations du Nil et les fêtes dont elles sont l'objet. Au fond, je dois reconnaître que Bonaparte a raison. Notre prestige y gagnera, surtout si nous parvenons à écraser les mamelouks d'Ibrahim et de Mourad. Les portes de l'Égypte s'ouvriront d'elles-mêmes quand nous arriverons au Caire en vainqueurs.

Les portes de l'Égypte... Desaix parcourut du regard, à travers les fûts élancés des palmiers, l'horizon incandescent. Une fournaise dans laquelle il fallait s'enfoncer, sac au dos, en habits de laine, à pied, sans la moindre assurance de trouver un point d'eau intact, avec les mamelouks aux trousses !

Kléber déplia à son tour le message du général en chef.

— Les autres divisions, dit-il, doivent se succéder de vingt-quatre heures en vingt-quatre heures. La mienne restera campée à Alexandrie, pour le cas où il prendrait fantaisie à Nelson de venir nous attaquer. Dugua partira le dernier en direction de Rosette, sur le Nil. Il rejoindra une flottille de « djermes » commandée par le contre-amiral Perrée, qui conduira, outre les munitions et le ravitaillement, deux brigades de cavalerie démontée. Nous sommes le 3 juillet. Bonaparte nous rejoindra à Ramanieh le 7 juillet.

— Et la flotte ?

Kléber porta la main à son front avec une grimace de douleur.

— J'ignore quels ordres ont été donnés à l'amiral Brueys, mais je pense qu'elle ira s'ancrer devant Alexandrie ou Aboukir. Peut-être à Corfou où nos unités seraient plus en sûreté. Ni Brueys, ni Bonaparte ne semblent savoir exactement qu'en faire. Notre citoyen général paraît plus préoccupé de faire sa cour aux musulmans. Aux dernières nouvelles, nous serions plus musulmans qu'aucun des peuples de l'Égypte. C'est ce que Bonaparte prétend dans sa proclamation. Hier, il a fait fusiller l'un de nos charretiers qui avait volé des babioles à un Copte.

Kléber se leva, poussa jusqu'au seuil de la tente et, appuyé à un poteau, soupira :

— Ce pays ne me plaît guère. Quelque chose me dit que j'y laisserai mes os. J'avais rêvé pour eux une autre terre.

— Ne dis pas cela, Kléber.

— Je sais. Ce pays te plaît, compagnon. Je souhaite qu'il ne te dévore pas. Adieu donc ! Et n'oublie pas de chercher chaque soir dans le ciel la bonne étoile de Bonaparte !

La division Desaix se mit en marche alors que la première fraîcheur montait du lac Maréotis sur lequel tournaient des vols d'oiseaux sauvages. Noyé dans la masse mouvante qui piétinait les premiers sables du désert, Lavalette se retourna une dernière fois sur la ville des Ptolémées. Il chassa à coups de pied des gosses en haillons qui venaient mendier quelques « paras », proposer des médailles et des monnaies antiques. Il se sentait d'humeur à massacrer à lui seul toute cette pouillerie qui les regardait défiler avec des sourires hypocrites.

— Où allons-nous coucher ce soir ? avait-il demandé, alors que l'avant-garde se mettait en marche.

— A Beïdah, répondit un officier. Allons, les amis, en route !

Beïdah, c'était un petit carré sur la carte de Desaix, sans aucune habitation digne de ce nom. Deux puits que l'avant-garde avait trouvés comblés en marquaient l'emplacement. Près de l'un d'eux, sous un palmier misérable, une femme aveugle geignait avec son enfant accroché à son cou. Tout autour, c'était le grand silence du désert.

— Cela commence bien ! geignait Tricot.

Il mendia un peu d'eau à Lavalette qui lui tendit sa gourde en rechignant. À peine Tricot s'était-il désaltéré, Lavalette sentit qu'on tirait le fond de ses basques. Il aperçut dans la pénombre une forme prostrée qui gémissait.

— Elle réclame de l'eau pour elle et son mioche, dit Tricot.

— Qu'elle aille au diable !

Lavalette s'éloigna de quelques pas, revint, bourrelé de remords et, s'agenouillant, porta sa gourde aux lèvres de l'enfant.

— C'est bien, dit une voix près de lui. Tu es moins insensible que tu ne veux le paraître.

Lavalette reconnut Ali. Le jeune Arabe était assis dans le sable, sur ses jambes croisées, et le fixait avec un sourire. Un quinquet qui brûlait à proximité découpait son visage mince mais bien modelé. Son regard gris-bleu, où vivait un feu intense, s'abaissa.

— C'est bien, poursuivit-il, mais c'est inutile. Cette malheureuse a eu les yeux crevés par son mari. Il rôde aux alentours. Dès que la nuit sera tombée, il viendra l'achever.

— C'est ce que nous verrons, répliqua Lavalette. Je vais la garder près de moi et je te préviens que si l'un de tes concitoyens s'approche, je lui brûle la gueule. Allez ! décampe, moricaud !

La nuit fut calme et froide. Harassé, Lavalette ne dormit pourtant que d'un œil, mais, peu avant l'aube, le sommeil le terrassa. Quand il s'éveilla, la femme avait disparu. On la retrouva quelques pas plus loin, baignant dans son sang, serrant encore sur sa poitrine son enfant mort.

A l'aube, la marche en avant reprit en direction de Birket-Gitas. La division n'était déjà plus celle qui avait quitté Alexandrie. Elle cheminait par une piste invisible, jalonnée par des carcasses desséchées de dromadaires, sous un soleil chaud comme lave. Pas trace de vie. Aussi loin que portait le regard, se déroulait la succession monotone des dunes, les étendues funèbres du désert de Libye qui venait mourir dans ce lac de feu, aux approches du Nil. Les atteintes de la soif se manifestèrent dès les premières heures de marche. Les hommes sondaient désespérément le fond de leur gourde.

— Nous trouverons un puits à Kafr-Selim, avait annoncé Desaix.

A Kafr-Selim, le puits avait été comblé par les Bédouins. De même à El-Akrich. Faisant allusion aux promesses de Bonaparte, un grenadier s'écria :

— Les six arpents de terre promis par notre général, les voilà, mes amis ! Le gaillard peut bien en donner à discrétion. Nous n'en abuserons pas !

— M'est avis, ajouta Lavalette, que ces messieurs du Directoire nous ont bel et bien déportés.

— C'est plutôt de Bonaparte qu'on voulait se défaire, gémit Tricot en cherchant en vain quelque trace de salive dans sa bouche sèche comme du bois. Il aurait dû nous faire signe. Nous aurions chassé ses ennemis du palais.

Le bruit courut que les artistes et les savants qui accompagnaient le corps expéditionnaire étaient responsables de cette aventure. Leurs fouilles, leurs relevés, cela seul comptait et peu importait que l'on sacrifiât une armée à leur lubie.

Desaix baissait la tête. Le soir, dans les sables de Birket-Gitas où campait son corps de troupes, il écrivit à Bonaparte pour lui demander du secours, mais conscient que son appel de détresse ne servirait à rien.

Le lendemain, des hommes affolés par la soif et la chaleur se suicidèrent. On abandonna leurs cadavres aux vautours et aux chacals. Desaix lui-même paraissait avoir perdu toute énergie. Il titubait près de son cheval, ne se reprenant que lorsqu'il entendait les appels stridents des Bédouins ou des mamelouks qui enlevaient quelque traînard. Lui-même faillit être victime d'un groupe de cavaliers qui suivaient l'armée depuis quelques heures, à distance respectueuse.

Ce jour-là, le grenadier Lavalette sentit sa dernière heure venue. Il avançait comme un automate, chaque pas prolongeant son supplice. Sa gourde était vide, comme celle de tous les autres membres de l'expédition, et il se reprochait amèrement d'avoir gaspillé le précieux liquide, la veille, pour secourir deux moribonds. Parfois, loin sur l'horizon en feu, il voyait scintiller l'étendue d'un lac, des silhouettes de palmiers se balançant sur ses bords. Il sentait alors la folie lui battre les tempes. Tricot avait du mal à le retenir d'aller s'enfoncer dans les sables, vers le mirage qui l'attirait. Lavalette se battit avec lui, l'injuria, l'accusa de vouloir le tuer pour lui voler les quelques pièces d'or qu'il gardait toujours dans sa ceinture.

La nuit surprit le groupe en plein désert, autour d'un puits comblé dont les hommes s'obstinèrent à gratter la terre, comme si l'eau allait jaillir sous leurs ongles. Cette nuit-là, Lavalette ne dormit que d'un œil. Au milieu de la nuit, il s'éveilla brutalement, une odeur d'eau dans les narines, se coula à travers les groupes des dormeurs, trompa la vigilance de la sentinelle et s'éloigna en titubant à travers les sables, droit devant lui, avec toujours dans les narines cette odeur obsédante. Il marcha longtemps puis se mit à tourner en rond jusqu'à l'aube.

Une merveilleuse sensation l'éveilla : celle d'une source qui lui coulerait intarissablement sur les lèvres. Il sortit sa langue vers cette fraîcheur retrouvée, s'en imprégna tout entier avant d'ouvrir ses yeux malades. Il ne distinguait qu'une forme vague penchée sur lui, tandis qu'une voix qui paraissait brouillée par la distance murmurait :

— Doucement. Il ne faut pas trop boire à la fois. Tu pourrais en mourir.

Lavalette chercha à quelle époque de son passé, qui lui paraissait remonter à des décennies, rattacher cette voix. Il y renonça. La boisson lui apporta un soulagement immédiat, mais il ne reconnaissait plus son corps : la chaleur l'avait fait gonfler au point qu'à chaque mouvement la chair craquait et saignait. Une ombre le recouvrait. Il tourna les yeux et aperçut la forme singulière d'un animal haut de dix pieds environ, doté d'un col en acanthe et d'une bosse — un dromadaire, le premier qu'il voyait de près. Malgré son allure grotesque, il lui apparut comme le plus merveilleux animal de la création.

— C'est le premier que tu vois, n'est-ce pas ?

— Ali !

— Ne dis rien. Nous partirons dans un moment si tu es en état de tenir sur tes jambes.

Devinant les questions qui traversaient le cerveau du grenadier, Ali s'assit à l'ombre près de lui.

— Tu te demandes comment nous sommes ici tous les deux ? C'est simple. J'ai découvert ton absence ce matin, et j'ai décidé de suivre tes pas qui se marquaient encore dans le sable. Heureusement, l'air était calme. Le moindre vent aurait effacé tes traces et tu étais perdu. Je n'ai pas tardé à te retrouver. Il était temps. Il me restait un peu d'eau et j'ai pu te ranimer. Une heure de plus, et je n'aurais rien pu faire pour toi.

Ali suivit le regard de Lavalette en direction du dromadaire.

— Allah l'a mis sur mon chemin, dit-il.

Il avait surpris une caravane dont la présence, parallèle à celle de la troupe, était passée inaperçue de celle-ci. C'étaient des Geammas qui descendaient vers Alexandrie. La nuit venue, Ali leur avait dérobé une femelle gorgée d'eau, lui avait coupé la langue pour l'empêcher de ruminer et de perdre le liquide qu'elle avait ingurgité au puits précédent.

— Ce sera notre réserve, dit-il. Nous allons l'emmener avec nous pour rejoindre l'armée. Si nous avons faim, nous pourrons tailler dans une bosse. Elle n'en mourra pas. Si la soif devient insupportable, nous l'abattrons et nous recueillerons l'eau que contient son corps. Es-tu prêt ?

Lavalette fit un signe affirmatif. Il dit, d'une voix qui parvenait mal à former des mots :

— Pourquoi as-tu fait ça ?

Ali haussa les épaules.

— J'ai une dette envers les Français, dit-il. Ils m'ont délivré des mains des gardes-chiourme de Malte. Tout ce que je leur dois, à ces brigands, c'est de m'avoir appris ta langue. Je t'aurais tué après t'avoir sauvé la vie, l'autre soir, quand tu m'as tendu ces trois pièces d'or. Mais, quand je t'ai vu secourir cette malheureuse, près du puits à sec, j'ai pensé que quelque chose me liait à toi. Tu détestes notre race ? Pourquoi ?

Lavalette allait répondre que c'était ainsi, qu'il n'y avait pas à sortir de là, mais il songea qu'il ne pouvait s'en tirer à si mauvais compte. Il s'appuya d'une main à l'épaule de l'Arabe.

— Nous avons comme ça des idées dans la tête, dit-il. Au diable si je sais d'où me vient celle-ci ! Mais je reconnais que je raisonnais comme un tambour. Ce n'est pas à ta race que j'en veux, mais aux mamelouks et à leurs vingt-huit beys qui occupent ton pays, oppriment tes concitoyens, malmènent nos représentants, au sultan de Turquie et à ses janissaires qui considèrent l'Égypte comme leur province et leur ferme.

Conscient de réciter une leçon laborieusement ressassée, Lavalette renonça à poursuivre son envolée et toussa d'un air gêné.

— Et c'est pour nous secourir, dit Ali d'un ton narquois, que vous avez fait tout ce chemin ? Mon peuple devrait vous accueillir à genoux, baiser vos souliers, se lever en masse pour suivre les glorieux défenseurs des principes de la Révolution française !

« Où diable a-t-il appris à parler ainsi ? » songeait Lavalette, tout en cheminant dans la grande fournaise de la matinée. Un pouilleux, un galérien échappé des chiourmes de Malte, un Arabe parmi les plus haillonneux et les plus misérables : Ali n'était-il que cela ? Il pouvait avoir une vingtaine d'années. Quoique mince, il paraissait robuste. Sous les traces de coups qui marquaient encore sa peau, son visage dégageait noblesse et gravité. En sa présence, Lavalette éprouvait une gêne : il devinait qu'à certains égards celui qu'il avait traité comme un méprisable indigène lui était égal, sinon supérieur. Il avait trop de fierté pour s'accuser ouvertement de sottise et d'ingratitude, trop de générosité, malgré ses airs bourrus, pour se confiner dans son mépris. Il eût souhaité qu'Ali fût à dix lieues de là, tout en reconnaissant qu'il lui devait une nouvelle fois la vie et, qu'en l'abandonnant, le jeune Arabe le condamnait à une mort certaine.

Ils durent faire un détour en plein cœur du désert pour atteindre Damanhour en échappant aux hordes de Bédouins et de mamelouks qui talonnaient la troupe. Leur progression dans les sables était lente et pénible. Les jours paraissaient n'avoir pas de fin. La femelle de dromadaire, amputée d'une partie de ses attributs adipeux où le couteau de Lavalette avait taillé avec répugnance, blatérait lamentablement et n'avançait guère. Vint le moment, trois jours après la fugue de Lavalette, où il fallut la sacrifier. La malheureuse bête n'était déjà plus qu'un haillon vivant dont les mouches se disputaient les plaies. Lavalette n'ayant pas le cœur à la sacrifier, c'est Ali qui s'en chargea. Il trouva dans le corps un organe, le rumen, sorte de panse flasque qui constituait le réservoir d'eau de la femelle. En filtrant le liquide vert et fétide qu'il recueillit, Ali parvint à rassembler suffisamment d'eau pour s'en abreuver et remplir les gourdes. Cette boisson avait une saveur atroce ; elle leur parut délicieuse.

Au soir de cette même journée, lorsqu'ils se couchèrent dans le sable, entre des murs aux formes étranges qui devaient être les restes d'un fortin bâti par les légionnaires de Rome, Ali resta un long moment en prière avant de venir s'allonger à côté de Lavalette.

— Demain, dit-il, si Dieu le veut, nous aurons retrouvé ton armée.

Lavalette sentit comme un dur bourgeon de joie éclater dans sa poitrine. Il se dressa à demi, tendit la main vers son compagnon. Ali venait de lui tourner le dos et de s'endormir.

2

AU SOLEIL DES PYRAMIDES

Bonaparte, sac au dos, avançait à pied, comme le plus modeste de ses hommes. À le voir marcher d'une allure nerveuse, petite silhouette chétive et sombre, son mouchoir sur la nuque, dans l'implacable lumière du désert, on eût pu penser qu'il allait s'y dissoudre peu à peu et que, le soir, il n'en resterait rien qu'une substance racornie dans une redingote poussiéreuse. Mieux : l'armée n'avançait jamais assez vite à son gré. Il tournait parfois vers les colonnes qui le suivaient son visage jaune, encadré de cheveux en filasse, et relançait rudement les vétérans de l'armée d'Italie et les généraux.

— Allons, Murat ! Plus sec. Vous l'aurez bientôt, votre cheval ! Lannes, tu cueilles les marguerites ? Eh bien, Reygnier, attends-tu d'avoir quelques mamelouks aux fesses pour avancer ?

Le soir, infatigable, il parcourait le cantonnement, rabrouait les sentinelles, goûtait la nourriture, allait stimuler les courages défaillants. Comme César à dix-huit siècles en arrière, il aimait le rude contact avec les vétérans et leurs sarcasmes auxquels il répliquait sans ménagements.

— Alors, mon général, vous nous conduisez aux Indes ?

— Ce n'est pas avec d'aussi mauvaises troupes que j'entreprendrais ce voyage !

De Damanhour, une misérable bourgade perdue dans les sables, la division Desaix, qui tenait toujours l'avant-garde, avait obliqué vers Ramanieh, couvrant l'étape en quelques heures, au fort de la chaleur ; les hommes se sentaient des ailes ; on allait vers le Nil ! Déjà, on en respirait les effluves au ras de la terre craquelée par la sécheresse et qui, lorsque le fleuve serait gonflé par la crue, deviendrait un immense marécage. Lorsque les premiers éléments aperçurent la ligne verte des palmiers, une gigantesque clameur s'éleva de leurs rangs. Comparée à Damanhour, Ramanieh était une bourgade opulente. Les rives du Nil regorgeaient de pastèques et ses eaux bleues étaient d'une fraîcheur délicieuse. Les hommes s'y laissaient tomber tout habillés, avec des râles sauvages. Après quoi, ils se gorgeaient de pastèques à s'en faire éclater la panse.

C'est là que devait se produire le grand rassemblement de la flottille de Perrée et des divers corps d'armée qui s'enfonçaient vers le sud.

Un matin, Desaix fut éveillé par l'appel d'une sentinelle. Il bondit tout nu hors de sa demeure pour apercevoir un étrange spectacle : un jeune Arabe aux vêtements en loques soutenant un géant qui devait être un grenadier, à en juger par ses fortes moustaches et ses cadenettes. Le soldat, qui n'avait plus que son pantalon et sa chemise, se redressa, salua en chancelant et murmura :

— Grenadier Lavalette, 21e demi-brigade, 61e compagnie, mon général ! Je...

Il n'en dit pas plus. Sous lcs yeux ébahis de Desaix, il tomba sur les genoux, se laissa couler avec délice dans le sable et se mit à ronfler.

Lavalette avait reconnu le baron Dominique Vivant Denon à cinquante pas : il se tenait assis au bord du Nil, son carnet de croquis sur le genou, sur la tête un mouchoir noué aux quatre coins, en train de croquer un groupe de femmes qui allaient puiser de l'eau.

— Salut, l'artiste ! dit-il.

Le baron agita son crayon en guise de politesse. Cet « aristo » ne craignait rien. Chaque nuit, aux avant-postes, on assassinait des sentinelles ; en plein jour, on enlevait des soldats qui se baignaient ou allaient fourrager dans les alentours ; une vivandière, le matin même, avait disparu.

— J'ai charge de te ramener en ville, dit le grenadier. Les parages sont malsains.

— Ils le seront bien davantage au fur et à mesure que nous descendrons vers le sud. On dit que les mamelouks sont plusieurs milliers à nous attendre sous les pyramides. Ça ne vous impressionne pas ?

Lavalette haussa les épaules. Des mamelouks, l'impressionner ? Ils ne devaient pas être plus terribles que les Autrichiens ! D'ailleurs, il mourait du désir d'en découdre, de brûler de la poudre à s'en noircir la gueule. L'inaction ne valait rien aux soldats ; Bonaparte le savait et il en venait à souhaiter une bataille qui fût autre chose que ces échauffourées contre de petits groupes de cavaliers qui passaient en ouragan sur les arrières et laissaient chaque fois plusieurs morts sans que l'on pût leur rendre la pareille. La veille, Desaix avait bien cru que l'heure était arrivée : trois cents mamelouks lui étaient tombés dessus. Le temps de tirer quelques salves de canon et ils avaient disparu dans les sables !

— Et toi, dit Lavalette, tu ne crains rien ?

— J'ai parfois peur comme il n'est pas possible d'avoir peur quand on est un homme de mon âge et qu'on a vu tout ce que j'ai vu. Mais j'ai mon talisman. Voyez-vous cet objet ? C'est un crayon, mais c'est bien davantage. Il suffit que je le tire de ma poche et que je le laisse courir sur le papier pour que la peur s'évapore. Avez-vous jamais vu un maçon trembler quand il a sa truelle bien calée au creux de la main ? Et vous-même, n'êtes-vous pas un autre homme quand vous vous sentez un bon fusil au poing ?

— C'est bigrement vrai ! reconnut Lavalette. Mais je ne te vois pas te battre avec ton crayon contre les cavaliers de Mourad ou d'Ibrahim ! Et si tu avais passé par où je viens de passer avec Ali, je me demande si tu aurais survécu en suçant la pointe de ton crayon !

— Qui sait ? dit rêveusement le baron. Ce simple objet peut accomplir des miracles, comme les instruments de mesure, les éléments de laboratoire, les outils que mes jeunes collègues ont emporté dans cette expédition.

Devant la mine dubitative du grenadier, il ajouta d'un ton brusque :

— Pourquoi pensez-vous que nous sommes à vos côtés, moi, mes collègues et amis des Grandes Écoles, des artistes, des poètes, des musiciens, une véritable légion pacifique, alors que la plupart d'entre nous sommes incapables de mener la charge ou même de se servir d'un fusil ? Parce que cette campagne ne consiste pas simplement à chasser des tyrans pour prendre leur place, mais encore à apporter à ce peuple qui souffre depuis des siècles les lumières de notre civilisation. Mon rôle à moi consiste à témoigner par mes dessins et mes écrits de ce que j'ai vu au cours de cette campagne. En ai-je essuyé des quolibets ! Des savants, des artistes, autant de bouches inutiles ! Le grand Alexandre avait déjà compris que l'on n'entreprend pas une conquête seulement avec des soldats, sinon cela ne servirait de rien. Faites votre métier de soldat, Lavalette, et laissez-nous faire le nôtre. Ils se valent, croyez-moi.

En bougonnant, Lavalette aida l'artiste à se lever. Ils avaient toujours raison, ces bougres d'aristos. On ne pouvait pas parler deux minutes avec eux sans qu'ils sortent les grandes phrases, comme s'ils se croyaient dans leur fauteuil de l'Académie. Lui, Spartacus Lavalette, savait bien qu'il n'y avait de véritable conquête que celle qui se maintenait avec quelques bonnes rangées de baïonnettes. Bonaparte était bien de son avis, d'ailleurs, malgré ce qu'en disait le baron.

— Peut-être bien que tu as raison, dit-il. Mais en attendant de faire le portrait de Mourad en train de charger, tu vas me suivre bien gentiment et sans faire de phrase.

Ils n'avaient pas fait dix pas que, de derrière un bouquet de figuiers de Barbarie, surgissait dans un éblouissement de soleil et de sable une sorte de vertige vivant : un cavalier beau comme un coucher de soleil, qui faisait tourbillonner son sabre au-dessus de sa tête. Lavalette n'eut pas le temps de braquer son arme vers lui. Il entrava d'un croc-en-jambe la fuite du baron, le poussa vivement à terre et s'aplatit sur lui. Il entendit le bruit mat du galop, le sifflement et le heurt du sabre contre le canon du fusil.

Le cavalier fit quelques pas sur sa lancée, effectua une volte-face et revint sur les Français. Cette fois, le grenadier attendait la charge. Au moment où le mamelouk arrivait à sa hauteur, il le foudroya à bout portant, en plein visage. Le guerrier alla rouler dans le sable, donna quelques furieux coups de sabre à l'aveuglette avant de s'immobiliser.

Lavalette rechargea prudemment son arme avant de s'approcher du cavalier. Il était enveloppé de la tête aux pieds d'un ample vêtement couleur safran, coiffé d'un turban rouge à aigrette. La main de Lavalette piqua droit sur la ceinture où l'on disait que les mamelouks enfermaient leur fortune. Il en ramena quelques poignées de sequins dont il se bourra les poches, quelques colliers d'or qu'il s'accrocha au cou, et deux poignards au fourreau damasquiné.

— Tudieu ! s'exclama-t-il en revenant vers Vivant Denon, voilà un coup que tous les crayons de la terre n'auraient pu réussir.

L'artiste s'était assis sur une souche de palmier, son carnet de croquis sur les genoux.

— Quoi que tu fasses, l'aristo, dit Lavalette, tu ne parviendras pas à le tuer une seconde fois.

— Certes non ! répondit le baron, mais je puis le ressusciter. Regardez...

Le grenadier cligna des yeux, parvint à déceler l'image d'un cavalier mamelouk en pleine charge, ses voiles gonflées par le souffle du désert, le sabre tourbillonnant au-dessus de sa tête.

— Il n'y a pas à dire, murmura Lavalette, c'est bien lui. Tu n'as rien oublié : pas même la forme des étriers, la boucle de la ceinture. Tu es un grand artiste ! Voilà une œuvre que pas un des trente mille troupiers de Bonaparte ne pourrait réussir.

« Le Caire... Le Caire... Est-ce que seulement ça existe ? » se demandait Lavalette. Bien sûr, il y avait sur la carte ce point que le capitaine Valin avait désigné comme étant la capitale de l'Égypte, mais les jours passaient et tout ce que l'on distinguait à l'horizon, dans la vapeur de feu qui montait du désert, c'étaient ces trois montagnes irréelles, légèrement bleutées, d'une régularité d'épure, qui étaient disait-on les pyramides. L'armée cheminait si lentement qu'on eût dit parfois qu'elle s'en éloignait au lieu d'en approcher.

L'exaspération croissait au fur et à mesure que l'on s'enfonçait dans l'étouffante chaleur du Sud. Le seul moment agréable de la journée était celui où les généraux commandaient la halte. D'une allure chancelante, les soldats se dirigeaient vers le fleuve et la moitié de l'armée se livrait aux délices de la fraîcheur retrouvée, tandis que l'autre, l'arme au pied pour parer à toute surprise, attendait son tour.

Il avait fallu la petite bataille de Chébreis pour redonner à la troupe la confiance qu'elle avait perdue.

La victoire avait été si rapide et si complète que les

hommes se demandaient s'ils n'avaient pas rêvé. Cette bataille arrivait à point nommé. La flottille de Perrée était arrêtée par les basses eaux du Nil et le ravitaillement de la troupe posait de nouveaux problèmes. Dans les villages où, pour l'exemple, on procédait à quelques exécutions, on ne trouvait que des lentilles, de la volaille, des buffles étiques et des pastèques (« sainte Pastèque », disaient les soldats) dont on se gavait, quitte à subir le lendemain d'atroces accès de dysenterie.

L'humeur du général en chef était exécrable. On murmurait qu'il avait reçu de l'un de ses familiers, à la halte de Wardan, la révélation de l'inconduite de son épouse, Joséphine, mais il y avait une autre raison à sa colère : Bonaparte savait que la partie n'était pas jouée tant que les beys tiendraient Le Caire, que Mourad et Ibrahim continueraient à le narguer en faisant tournoyer leurs cavaleries sur les lointains du désert. Il lui fallait une vraie bataille qui lui ouvrirait les portes de l'Égypte.

Il y avait dix-huit jours que l'on avait pris Alexandrie. On était le 20 juillet, lorsqu'un soir, à quelques lieues du Caire, des éclaireurs débouchèrent au galop dans le camp. Des forces considérables de mamelouks défendaient les avancées de la capitale. Jamais depuis Hannibal l'on n'avait vu réunie une telle cavalerie. Bonaparte songea qu'il tenait sa bataille. La tactique, pour affronter victorieusement cette marée d'hommes et de chevaux, serait celle dont il avait eu l'idée à Chébreis : la formation en carrés. Une image s'était imposée à lui brusquement : celle d'une digue élevée contre la fureur des vagues. Il avait vu juste ; les mamelouks l'avaient appris à leurs dépens. Mais comment les carrés français allaient-ils se comporter face à un tel raz de marée ?

Le tambour battit sur le camp endormi, à quatre heures du matin. L'armée marcha sans relâche, malgré la chaleur suffocante, droit sur Le Caire. La masse colossale des pyramides s'élevait maintenant à vue d'œil, paraissant écraser la plaine surchauffée, défier le vide immense du désert, marquer les bornes d'un monde mystérieux. À leur vue, les hommes sentaient naître en eux une ardeur nouvelle, d'autant qu'au loin, entre les colossales constructions et la ligne verte qui marquait le cours du Nil, ils voyaient se lever les nuages de poussière dorée signalant la présence des troupes de Mourad et d'Ibrahim.

Ce n'est que vers deux heures de relevée, alors que la chaleur pesait sur la plaine, que l'armée s'immobilisa. Dans l'éblouissement fauve de la lumière et du sable, un spectacle prodigieux se présentait aux soldats de la République. Entre le village d'Embabèh, appuyé au Nil, et les pyramides, s'étendait en ligne oblique un océan d'hommes, de chevaux où étincelaient armes et joyaux, ondulant sous les pulsations obsédantes des tambours. Bonaparte était bien incapable de déterminer l'importance de ces forces. La cavalerie de Mourad, à elle seule, comptait au moins dix mille chevaux, sans présumer de celle d'Ibrahim, campée sur l'autre rive du Nil, avec femmes et esclaves. Les fantassins, qui faisaient contraste, par leur misérable apparence, avec les mamelouks, les fellahs appelés à la rescousse, étaient une multitude : ils occupaient Embabèh, se répandaient par nuées, brandissant des armes disparates, autour des cavaliers.

Tandis que quelques pelotons de mamelouks menaient leur fantasia sur les avants de Bonaparte, celui-ci prenait ses dispositions de combat, distribuait des ordres à son état-major d'une voix sèche et brève.

La première, la division Desaix fit mouvement vers un petit bosquet de palmiers. « Sacré nom ! se dit Lavalette, il y voit clair, le Petit Caporal. Nous allons prendre toute cette chiennerie dans un filet et tailler dedans comme dans un champ de pastèques ! »

La pensée de Lavalette et celle de Mourad avaient suivi le même chemin. Le chef des mamelouks descendit de la butte couronnée d'un sycomore géant d'où il dominait la plaine. Il réunit huit mille cavaliers autour de lui et, dans le battement féroce des tambours de guerre, chargea les colonnes de Dugua, puis changeant brusquement de direction, fondit sur Desaix. Quelques ordres brefs claquèrent. Formés en carrés sur six rangs de profondeur, les hommes de la 21e demi-brigade reçurent le poids énorme des huit mille chevaux lancés sur eux au grand galop.

— Gare ! s'écriait Desaix : le premier rang présente la baïonnette et les autres tirent lorsque l'ennemi arrive à dix pas !

Dressé sur ses étriers, sa lorgnette pointée vers le lieu du combat, Bonaparte ne put rien distinguer d'autre qu'un nuage de poussière dorée dans lequel se fondait un noir nuage de poudre. Il crut un instant que la charge de Mourad avait disloqué le carré français. Il poussa un soupir de soulagement lorsque, le souffle brûlant du désert ayant dissipé ce voile épais, il aperçut, à peine entamé, se dessiner le quadrilatère des uniformes bleus au coude à coude. La digue avait tenu ! Le flottement, c'est dans le camp des mamelouks qu'il se dessinait. Leurs vagues se teintaient d'une écume de sang. Les canons postés aux angles avaient creusé des cratères dans leur masse en mouvement.

— On les a eus ! hurla Lavalette.

Il se tenait dans le peloton de grenadiers postés au sixième rang et sur lesquels on comptait pour colmater les brèches. Il chercha du regard, au centre du carré, le baron Vivant Denon et son ami Ali qui avaient trouvé place avec quelques autres au milieu des bagages. (« Les savants et les ânes au centre ! » avait ordonné l'officier d'état-major venu porter à Desaix l'ordre d'avancer.) Le dessinateur, debout sur un fourgon, crayonnait tranquillement, comme dans la contemplation d'une bergerie de Lancret. Quelques jeunes savants, médecins et chirurgiens notamment, étaient venus spontanément apporter leur aide à Larrey que l'on reconnaissait à ses airs revêches, à ses manches retroussées et à son tablier de cuir souillé de sang, au milieu du va-et-vient des majors et des infirmiers.

Lorsque Lavalette reporta son regard sur le champ de bataille, il vit avec soulagement que l'orage se déplaçait. Impuissant à démanteler la division Desaix, Mourad avait rallié ses cavaliers et faisait porter le poids d'une nouvelle charge, plus féroce encore que la première, sur le carré composé par la division Reygnier. Les boulets et les balles tracèrent au milieu de ces fiers cavaliers des sillons de sang. Les tambours, brusquement, cessèrent de battre, comme un cœur qui s'arrête et un silence terrible tomba sur le champ de bataille. Il ne devait durer que quelques instants. Lorsque les pulsations sauvages se réveillèrent, les cavaliers de Mourad se regroupèrent autour de leur chef. « Cette fois-ci, songea Lavalette, ils vont charger Bonaparte ! » Il se tourna vers le général Desaix qui, debout sur ses étriers, sondait les rangs adverses, le vit soudain lever son sabre.

— A mon signal, deuxième et troisième rangs, feu !

La fusillade roula comme un tonnerre. Avant même que Lavalette eût pu comprendre ce qui se passait, il se trouva face à face avec un géant noiraud dont la monture, lancée comme un boulet, venait d'enfoncer les cinq rangs qui précédaient et alla rouler à ses pieds. Le mamelouk se redressa, sabre au clair, bondit sur Lavalette et vint s'embrocher à sa baïonnette.

— Et de deux ! dit Lavalette.

Il se sentait gagner par cette ivresse qui naît du tumulte, de l'odeur de la poudre, du sang chaud qui se répand sur la chair éclatée. Il quitta son poste, se rua vers le premier rang où il prit la place laissée libre par le passage du cavalier.

Le spectacle qui s'offrait à sa vue lui serra la gorge autant que l'âcre odeur de la poudre brûlée. Un monceau de chevaux somptueusement harnachés, de cavaliers aux vêtements amples et colorés lui cachait la moitié du champ de bataille. Il en montait des hennissements et des râles. De l'autre côté, l'infernale fantasia se poursuivait dans la féroce lumière, sur fond de pyramides. Qu'avait lancé le général à la troupe, avant la bataille ? On en avait rapporté aux hommes de Desaix des bribes qu'ils rafistolaient au mieux. Il y était question de trente ou quarante siècles perchés sur les pyramides en train de contempler l'armée française. Lavalette leva machinalement les yeux vers l'endroit indiqué : il n'y vit rien d'autre que la cime vertigineuse découpée comme au scalpel sur le ciel d'un bleu virant au violet.

La plaine, sous les pyramides, grouillait comme une termitière. Le beau désordre ! Des fellahs égyptiens, des Coptes, des Noirs soudanais et abyssins, des Bédouins montés sur leurs dromadaires se mêlaient en courants désordonnés aux vagues de mamelouks qui affluaient et refluaient en tous sens.

L'ordre vint de poursuivre le mouvement tournant, de manière à prendre Mourad dans un piège. Pour éviter d'être acculés au Nil, les mamelouks s'infiltraient au galop entre les carrés qui leur lâchaient au passage des rafales de mitraille. Le combat tournait au carnage. Le bruit courut que les mamelouks d'Ibrahim se retiraient vers les Syrtes de Belbeis, en direction de l'orient.

Restait la petite citadelle d'Embabèh, adossée au Nil, hérissée d'une populace hurlante. Le carré de l'extrême gauche, celui qui s'appuyait à la berge du Nil et que commandait le général Bon, se forma en colonnes d'attaque et, dans une charge irrésistible, enleva la position. Les mamelouks qui franchissaient les lignes de défense pour rallier les dernières forces de Mourad étaient pris à vingt mètres sous un feu nourri.

Au pas de charge, le carré de Desaix se rapprochait du Nil, suivi à cent mètres par celui de Reygnier quand un frisson de panique se manifesta sur les arrières : un nuage de poussière montait au nord, épais comme une muraille. « Des renforts ennemis », songea Desaix. Il s'apprêtait à faire effectuer une volte-face à sa division quand un jeune Arabe s'approcha de lui, accompagné par un adolescent géomètre, Villières du Terrage.

— Ne craignez rien, seigneur, dit Ali. C'est simplement le vent du désert qui se lève. Il va hâter la déroute de vos ennemis.

Ali disait vrai. Ce qui restait de fellahs, aveuglés par le sable qui leur griffait le visage, acheva de se débander.

— Cette fois, dit Bonaparte, nous tenons la victoire.

Il pointa sa lorgnette vers le dernier groupe des mamelouks : environ trois mille cavaliers qui paraissaient attendre la décision de leur chef. Bonaparte poussa un soupir de soulagement quand il les vit tourner bride et s'enfoncer dans les sables en direction des étendues mystérieuses du Saïd.

— Nous les poursuivrons jusqu'en Éthiopie s'il le faut ! dit-il.

Il se retourna, s'écria :

— Villoteau ! appelez-moi Villoteau !

Le chanteur d'opéra, qui, quelques jours auparavant, avait fait preuve d'un zèle dangereux en entonnant la *Marseillaise* durant le débarquement, se présenta quelques instants plus tard au général.

— Eh bien, Villoteau, dit Bonaparte, je l'attends, votre *Marseillaise*. C'est le moment ou jamais !

Vert de peur, hissé par les hommes sur le fût d'un canon, Villoteau bomba le torse et, une main sur le cœur, lança une sorte de plainte modulée, déchirante, qui n'avait rien d'un chant.

— Impossible ! dit-il. J'ai la gorge prise. C'est cette odeur de poudre brûlée...

Bonaparte le considéra avec mépris et lui jeta :

— Vous êtes un pleutre, monsieur Villoteau. C'est la peur qui vous paralyse.

Un aide de camp, Eugène de Beauharnais, beau-fils de Bonaparte, fendit au galop les rangs de la division Dugua, sauta aux pieds du général en chef, et balbutia, en montrant le Nil d'où s'élevaient des flammes et des fumées :

— Les djermes d'Ibrahim sont en train de brûler avec tous les trésors des beys !

Lorsque Bonaparte donna des ordres à Cafarelli pour qu'avec ses sapeurs il aille sauver ce qui pouvait l'être, il était déjà trop tard. Les six cents embarcations massées entre Embabèh et Boulaq, dans les faubourgs du Caire, étaient la proie des flammes. Ibrahim n'avait pu sauver sa capitale ; au moins, avant de s'enfuir, l'avait-il assurée d'un répit à l'invasion des Français.

Écrasé de fatigue, Dominique Vivant Denon s'était endormi sous un sycomore malgré les moustiques qui le harcelaient et l'atroce fumet qui montait du champ de bataille. Éveillé en sursaut, il pâlit de frayeur en se trouvant nez à nez avec un grand escogriffe de mamelouk enturbanné de pourpre, drapé dans de somptueuses étoffes couleur safran, une ceinture de soie ceignant son abdomen. Le mamelouk éclata de rire, mit la pointe de son sabre sur la poitrine du baron.

— Grâce ! s'écria Denon.

— Je te fais grâce pour cette fois-ci, l'artiste, mais je t'ordonne de nous suivre. Pas, Tricot ?

— Sûr ! Vous le regretterez pas, monsieur le baron.

C'est alors que, malgré les traces de poudre qui leur maculaient le visage, le baron reconnut Lavalette et son compère, tous deux costumés en mamelouk, images de cauchemard dans la lumière de l'incendie qui allongeait démesurément l'ombre de leurs moustaches.

— Où m'emmenez-vous ? bredouilla l'artiste.

— Suis-nous, tu le verras ! répondit Lavalette. Sais-tu où est passé Ali ? Ce pouilleux m'a filé entre les doigts tout de suite après la bataille. Depuis, impossible de le retrouver.

Denon secoua la tête en se levant : il n'avait pas vu Ali et ignorait où il se trouvait. « Pourvu, se dit-il, que nos soldats ne l'aient pas pris pour un misérable fellah et passé par les armes ! »

— Je vous suis, dit-il.

— D'abord, goûte ça, dit Lavalette. Ça te remettra d'aplomb.

Denon trempa son doigt dans le récipient que lui tendait Lavalette, goûta, poussa une exclamation :

— C'est de la confiture ! Où l'avez-vous dérobée ? Elle est peut-être empoisonnée ?

— N'aie crainte. Nous l'avons trouvée au camp des mamelouks, à Gizeh. C'est de la confiture de rose, baron ! Nous en avons ramené de pleines cantines, ainsi que des bijoux, de la vaisselle, des vêtements, des monnaies ! Nous sommes riches comme Crésus !

Il montra sa ceinture constellée de bourses dont chacune contenait une petite fortune. Puis il prit Denon par les épaules et l'entraîna le long du Nil où achevaient de brûler les djermes d'Ibrahim. Des soldats plongeaient nus dans le fleuve, en ramenaient des cadavres qu'ils tiraient sur la berge pour leur arracher argent et bijoux. Deux hommes se battaient pour la possession d'un mort. Plus loin, un vaste marché en plein air s'était ouvert où l'on bradait des cafetans de soie, des armes et des colliers qui brasillaient à la lueur de l'incendie.

— Tu vois ! s'exclama Lavalette, c'est le grand marché arabe. Veux-tu que je t'habille en mamelouk de pied en cap ? Rien de plus facile. J'ai là de quoi te transformer en pacha.

Ils obliquèrent vers la plaine. Il semblait que jusqu'au pied des pyramides se tînt une énorme foire d'empoigne. On vendait pêle-mêle des chevaux, des chameaux, des dromadaires et des ânes échappés au carnage, ainsi que des selles, des tapis, des étriers. On marchait sur les cadavres dépouillés pour enlever une belle affaire. On jouait aux dés un turban à aigrette et pierre précieuse. On s'injuriait pour un étendard à croissant de cuivre et queue de cheval abandonné par les vaincus. Un bruit confus, fait de cris, de rires, de chansons, montait de l'étendue grouillante, avec parfois, dominant le tumulte, la plainte d'un agonisant qui réclamait merci ou le hennissement d'un cheval blessé que l'on avait oublié d'achever.

Ivre d'horreur, encadré par les deux grenadiers qui le portaient presque, le baron songeait à l'enfer de Dante dont il se prit à murmurer quelques vers. Il était écœuré au point qu'il n'avait même pas envie de tirer son calepin et son crayon de la poche de sa vareuse.

— Que dis-tu de ce cheval ? s'écria Lavalette. Il te plaît ? Je te l'offre.

— Grand merci, répondit le baron. Qu'en ferais-je, seigneur ?

— Ce que j'en fais moi-même. Regarde !

Lavalette lâcha le baron, sauta sur la bête comme on monte à l'assaut, bascula de l'autre côté, tandis que la bête affolée se cabrait dangereusement.

— L'imbécile, dit Denon.

Il aida Lavalette à se relever.

— Vous feriez mieux de vous reposer, dit-il. Après une telle journée, une nuit de sommeil vous serait salutaire.

— Et Bonaparte ! s'exclama Tricot, vous croyez qu'il dort, monsieur le baron ? Regardez-le !

Debout sur les murs d'Embabèh, contre un rideau de torches fumeuses, les jambes écartées, une main passée dans l'ouverture de sa redingote noire, immobile comme une statue, Bonaparte contemplait le spectacle qui déroulait sa fresque infinie à travers la plaine. Loin derrière lui, sous la lune de juillet, Le Caire dressait ses remparts encore inviolés, les dômes de ses mosquées, ses minarets.

Les trois hommes, Vivant Denon toujours soutenu

par les grenadiers, s'approchèrent de la muraille. Les sentinelles les repoussèrent sans ménagements.

Lavalette ôta son chapeau, l'agita en s'écriant :

— Belle nuit, mon général ! Nous les avons bien eus, ces sauvages !

Bonaparte ne répondit pas.

— On dirait qu'il dort debout, s'étonna Tricot.

— Non, dit le baron. Il ne dort pas, mais il rêve. Voilà des années qu'il imaginait cette scène. Des années qu'il est hanté par les rêves d'Alexandre et de César. L'Orient ! M'en a-t-il parlé, à Toulon, à Naples, sur le pont du navire, par des nuits comme celle-ci ? Abattre les Anglais, venger les négociants français maltraités par les Turcs, ce sont là des prétextes. Ce que Bonaparte veut, je le sais à présent : c'est se tailler en Orient un royaume à la mesure de ses ambitions. Il y mettra le temps qu'il faudra, il sacrifiera autant d'hommes qu'il lui sera nécessaire d'en sacrifier, mais je crois qu'il y parviendra...

— Ben, dit Tricot, si vous dites vrai, monsieur le baron, je ne suis pas prêt de la revoir, la Marie !

3

LA FÊTE DU NIL

Il avait suffi d'un roulement de tambours et de deux compagnies de grenadiers pour que les portes de la capitale s'ouvrissent mystérieusement. Les soldats avançaient à l'aveuglette, derrière les guides, vers ils ne savaient quel but, les yeux ouverts sur le vide de la nuit.

— Au pas ! sacrebleu ! grondait le général Dupuy. On dirait un troupeau de chèvres !

« Au pas ! grognait Lavalette. Pourquoi et pour qui ? » On traversait une ville morte. Dans la lumière des lanternes que des indigènes, montés sur des ânes, portaient au bout d'un bâton, des hordes de chiens affamés paraissaient les seuls habitants. La vie s'était retirée des murs blanchis à la chaux d'où sortaient des odeurs écœurantes d'eaux sales et de crasse. Par instants, des hululements étranges montaient de l'intérieur d'un immeuble :

— Qu'est-ce que c'est, mon capitaine ? demanda Lavalette qui se sentait soudain minuscule et désarmé dans cette immensité menaçante.

— Des femmes qui se lamentent, répondit Valin. Tu ne vas tout de même pas avoir peur des femmes, toi, Spartacus Lavalette ?

Après s'être perdues dans des labyrinthes de ténèbres, avoir traversé des places désertes, les deux compagnies escaladèrent les rampes qui montent vers la citadelle bâtie par Saladin et adossée au massif du Mokatam. Quand Lavalette se trouva sur le chemin de ronde dominant la cité d'où montaient les claires fusées des minarets, où les dômes des mosquées émergeaient comme d'un champ de pastèques, il sentit la confiance lui revenir. Quand il raconterait au village qu'il était des deux compagnies qui avaient enlevé sans coup férir l'une des plus grandes capitales de l'Orient, on le traiterait en héros.

Le Caire s'était endormie égyptienne ; elle se réveilla française sans qu'un seul coup de feu eût été tiré intramuros. La vie reprenait comme si de rien n'était. Il eût fallu sonder profond dans l'œil des Cairotes pour y découvrir des traces de panique.

Lorsque Lavalette, accompagné de Tricot et de quelques autres, descendit en ville, il eut l'impression que toute la population par avance les tolérait. Où étaient-ils passés, cette nuit, ces mendiants aveugles qui bêlaient leur plainte aux coins des rues, ces dignitaires perchés sur leur âne ou leur mulet, ces marchands criant leurs poissons, leurs lentilles, leurs pastèques et leurs galettes ? Le Caire, lentement, se repeuplait. La population avait changé de maîtres, c'était tout. Elle s'inclinait respectueusement sur le passage des grenadiers. Quelques gamins en haillons vinrent même leur proposer des fruits et des antiquailles. Contre un bouton de culotte qu'il fit passer pour une pièce de monnaie, Lavalette s'offrit des oranges qu'il dégusta en marchant. La vie était belle. Il avait l'impression de posséder une ville, lui qui n'avait jamais eu en propre que sa chemise. Il n'avait pas dormi de la nuit mais il se sentait frais comme un gardon devant la nouveauté de ce monde qui s'ouvrait à lui et ne demandait qu'à se laisser conquérir.

Une seule ombre à sa joie : Ali. Le jeune Arabe lui manquait. Il devait se trouver quelque part dans ces quartiers pouilleux que l'on devinait s'ouvrant au fond de ruelles tendues de toitures de roseaux, si inquiétantes que les grenadiers n'osèrent s'y hasarder. Lavalette s'attendait à tout instant à le voir surgir, la main tendue vers lui, l'allure fière sous ses haillons.

La journée se passa sans que le jeune Arabe parût. « Il est mort ou il nous a trahis », songea Lavalette. Il préférait qu'il fût mort.

Dupuy, aidé de Bon, acheva dans la journée l'occupation de la ville. Durant des heures, des patrouilles parcoururent l'immense cité, intervenant, l'arme à la main, lorsque des négociants français les priaient de venir les délivrer des pillards qui s'étaient introduits dans leurs entrepôts.

Au soir de cette éprouvante journée, Lavalette sombra dans un sommeil épais comme la vase du Nil. Il dormit mal. La nuit était lourde entre les murs de la demeure que l'on avait affectée à la compagnie du capitaine Valin : une immense masure à allure d'entrepôt, pleine de rats et parfumée d'une insistante odeur d'épices.

Quelques minutes après le rassemblement, il eut la surprise de voir se présenter à lui un jeune musulman bien vêtu, juché sur un âne, qui lui tendit un billet.

— Déjà un rendez-vous galant ? ironisa le capitaine Valin. Je te préviens, grenadier, que ce genre de réjouissances est provisoirement interdit.

Lavalette tendit le pli au capitaine Valin qui savait lire et écrire correctement.

— J'ai oublié mes lunettes sur le bateau, dit-il avec un clin d'œil.

— Cela vient d'un certain Ali. Il te prie de te rendre

à sa demeure. Tu n'as aucune crainte à avoir. Ce jeune garçon te guidera. Il doit s'agir de ce musulman que nous avons libéré des galères de Malte et qui, je crois, t'a sauvé la vie.

— C'est lui, dit Lavalette. Je suis bien aise de le savoir vivant.

— Tu as quartier libre, mais je ne veux pas te voir partir seul. La ville est moins sûre qu'on ne le pense. Emmène ton copain Tricot avec toi si tu veux. Et tâche de ne pas nous ramener de vilaines bestioles !

Un âne attendait Lavalette et Tricot à la sortie du cantonnement. Derrière leur guide, ils traversèrent d'interminables quartiers sordides, des places où jouaient pêle-mêle enfants pouilleux et chiens galeux, un cimetière aux tombes d'une blancheur éblouissante, avant de s'engager le long du canal du Grand Caire comme s'ils allaient quitter la ville. L'inquiétude des deux grenadiers ne fit que croître lorsqu'ils se virent aux portes d'un domaine qui paraissait taillé dans un morceau de paradis terrestre. Elle s'amplifia lorsqu'ils se trouvèrent, au bout d'une immense allée pleine d'ombre et de parfums, devant un palais d'une blancheur immaculée sur la façade duquel jouaient les ombres délicates de palmiers géants qu'agitait le souffle déjà brûlant du désert. « Ce morveux a dû se tromper, se dit Lavalette. Ou alors, c'est un traquenard. » Il glissa un clin d'œil inquiet vers Tricot qui, bouche bée, se demandait s'il n'était pas en train de rêver. Ils allaient, après un regard de connivence, faire demi-tour quand une voix partit de la galerie à arcades qui se prolongeait sur toute la façade, derrière des massifs d'orangers et de citronniers.

— Soyez les bienvenus, mes amis !

Ali s'avança vers les deux grenadiers, les mains tendues.

— Tu te moques de nous, gredin ! dit Lavalette, mi-figue, mi-raisin. À qui appartient cette demeure ? Tu l'as prise d'assaut, pendant la bataille, avec quelques pillards de ton acabit ! Je vais en référer au général en chef et on verra bien si...

Ali l'interrompit d'un sourire.

— Tu te trompes. Cette demeure est celle de mon père, le cadi Hassan El-Din. Que la paix soit avec vous, mes amis.

« Cette maison est la vôtre.

Ali fit un signe et, surgissant de la galerie, plusieurs serviteurs — de magnifiques Noirs du Soudan — aidèrent les deux grenadiers à se défaire de leur fourniment.

— Daignez me suivre, dit le jeune seigneur, et cessez d'imaginer que l'on vous veut du mal. Sachez que, dans cette demeure, les Français sont toujours bien accueillis. Mon père entretient les meilleurs rapports avec votre consul et avec les négociants qui commercent pour votre pays. Je vais vous abandonner quelques minutes à mes serviteurs.

Dans l'intense chaleur qui soufflait du désert, la demeure du cadi était fraîche comme une caverne. Un vaste quadrilatère de bâtiments d'une belle ordonnance, aux murs extérieurs aveugles, délimitait une cour baignée d'une lumière glauque où s'étalaient, autour d'un bassin animé par un jet d'eau ruisselant sur des coupelles, des parterres verdoyants et des massifs de rosiers. Des pigeons s'envolèrent à l'approche des visiteurs. Des femmes voilées s'éclipsèrent derrière une porte délicatement ouvragée, à travers laquelle elles les suivirent du regard.

— Tricot, dit Lavalette, pince-moi. J'ai l'impression de rêver. Combien y en avait-il, de ces nuits dont nos savants parlaient sur le bateau ?

— Mille et une, répondit Tricot qui avait la mémoire des chiffres.

— Eh bien, j'ai l'impression d'être transporté dans la mille et deuxième, sauf qu'il fait jour et que nous sommes encore des grenadiers de la 61e compagnie de la 21e demi-brigade.

Cette ultime apparence devait s'évanouir sans tarder. Après leur passage dans le bain turc et un vigoureux massage suivi d'une onction de parfums d'Arabie, nos deux troupiers se trouvèrent vêtus d'étoffes légères et soyeuses qui flottaient autour de leurs membres merveilleusement libres. Ils se considérèrent l'un l'autre comme s'ils tombaient d'une planète puis éclatèrent de rire.

— Tonnerre ! s'exclama Tricot, si la Marie me voyait...

Lavalette étouffa un rire énorme. Il se voyait débarquant dans sa garrigue natale en cet accoutrement.

— Sacrebleu ! s'écria-t-il, cette guerre a du bon et je reprendrais du service pour vingt ans si j'étais sûr de finir mon temps dans cette caserne.

Les serviteurs soudanais les conduisirent, à travers la cour, vers l'aile qui faisait face à l'entrée. Ils pénétrèrent dans une pièce sonore, haute de plafond, où régnaient une lumière tamisée et des odeurs précieuses. Clignant des yeux, ils distinguèrent, installés sur les coussins disposés à même le sol dallé, Ali qui les observait d'un œil malicieux, à côté d'un vieillard au visage délicat, sans une ride, orné d'une barbe blanche.

— Mon père, dit Ali.

Le vieillard s'inclina, une main sur la poitrine.

— Que Dieu soit avec vous, mes fils !

Les deux grenadiers lui rendirent gauchement son salut, s'allongèrent mollement sur les coussins, comme on les y invitait d'un geste. Ali les regardait d'un regard amusé s'installer comme s'ils craignaient d'abîmer ou de salir le mobilier. « Les voilà donc, songeait le jeune seigneur, ces fougueux guerriers d'Occident qui ont abattu la puissance séculaire des mamelouks ! Plus timides, plus gauches que les plus misérables de nos fellahs ! »

Ali claqua ses mains l'une contre l'autre, si discrètement que les deux invités l'entendirent à peine.

— Je suppose, dit-il, que l'ordinaire de la compagnie laisse à désirer. C'est pourquoi je vous prie de faire honneur au repas que j'ai fait préparer à votre intention.

— Fallait pas..., bredouilla Lavalette, fallait pas vous déranger pour nous.

Tricot allait ajouter sa politesse à celle de son compagnon quand l'arrivée des serviteurs lui cloua le bec. Ils déposèrent entre les quatre convives des plateaux d'argent surchargés de mets dont la seule vue bouleversa les visiteurs. Autour du plat central, un mouton rôti, s'amoncelaient des plats de riz au gruau ou au lait, de pilaf au safran, des ragoûts fortement aromatisés, des pains et des gâteaux de toutes formes, des fruits et des sorbets qui paraissaient fondre au seul regard.

— Sacrebleu ! ne put s'empêcher de jurer Lavalette, je n'ai jamais vu un tel festin, même lorsque le maire de chez nous a marié sa fille.

Comme Lavalette se penchait vers le mouton rôti pour le humer de plus près, Tricot le retint discrètement.

— Attends au moins qu'on apporte les assiettes et les couverts !

Ali sourit finement :

— Y tenez-vous vraiment ? Je puis vous en faire apporter...

— Inutile ! dit Lavalette. La fourchette du vieil Adam suffira. Quant à l'assiette, je n'en vois pas l'utilité ! Quand on a l'habitude de manger à la gamelle, on apprend à s'en passer. Pas, Tricot ?

Tricot étouffa un rire de bienséance.

— Voilà comme je t'aime, Lavalette, mon ami ! dit Ali. Allez-y de bon cœur. C'est autant que les mamelouks n'auront pas, comme on disait à bord du *Peuple souverain* !

— Tonnerre ! gronda Lavalette, voilà qui est parlé.

Il envoya d'une bourrade Tricot rouler jusqu'aux pieds du cadi qui, la surprise passée, se mit à rire derrière sa main.

Quand Lavalette et Tricot eurent tiré la dernière bouffée de pipe et bu la dernière gorgée de café, ils se levèrent en rotant, comme le commandait la bienséance. Ils se rendirent, bras dessus bras dessous, Ali avec eux, jusqu'à ce groupe de musiciens qui venait d'attaquer, sous un sycomore aux ramures largement étalées, un air du pays qui rappelait à Lavalette les fêtes du dimanche, dans sa montagne du Midi. L'odeur sèche du désert qui brûlait dans la dernière chaleur du jour arrivait, mélangée à des parfums de rose et d'oranger. Lavalette sentit ses paupières se clore. Il lui semblait être suspendu entre ciel et terre, flotter comme sur un tapis d'air tiède et odorant. Il fallut que Tricot lui heurtât les côtes pour qu'il reprît pied dans le réel.

— On en veut à nos hôtes, disait Tricot. Regarde ce petit noiraud, là-bas. Ma parole, il parle en maître !

Lavalette s'essuya les yeux, avala la moitié d'un broc de limonade et se leva en chancelant.

— Attends-moi, dit-il, je vais voir de quoi il retourne.

— Laisse donc ! Ce ne sont pas nos affaires.

Lavalette ne voulut rien entendre. L'allure dégagée, les mains à plat dans sa ceinture de soie mauve, il s'avança vers le groupe, s'interposa de toute sa masse entre ses hôtes et le « noiraud » tout chamarré qui prétendait parler en maître. Il le toisa en sifflotant, s'enquit du motif de la discussion.

— Laisse, dit Ali. Ce monsieur désire réquisitionner notre demeure pour l'un des officiers de Bonaparte.

— Réquisitionner..., dit Lavalette. Avez-vous un billet, monsieur ?

Le visage grelé du visiteur se plissa curieusement, comme s'il venait de s'asseoir sur l'un de ces serpents venimeux qui pullulent le long du Nil. Ce n'était qu'un sourire, mais qui déplut fort à Lavalette.

— Parce que si vous n'avez pas de billet signé de la main du général Bonaparte ou du commandant de la place, bernique ! Vous pouvez allez vous faire f... avec vos plumes et vos dorures. Et d'abord, qui êtes-vous ?

— Barthélemy, pour vous servir, répondit le petit homme. Vous avez sûrement entendu parler de moi ? On me nomme Barthélemy le Grec.

— Connais pas, grogna Lavalette. Si vous étiez officier, nous pourrions parler, mais, apparemment...

— Peut-être suis-je plus qu'un officier ?

— Elle est bonne ! s'exclama Lavalette. Au-dessus des officiers, il y a Bonaparte. Et au-dessus de Bonaparte, il y a Dieu le Père. Si vous n'êtes pas l'un ou l'autre et si vous insistez, je vais vous corriger, monsieur ! Alors, ce billet ?

Le Grec parut embarrassé. Il tira de sa poche un morceau de papier froissé, le donna à Lavalette qui le retourna dans tous les sens et le tendit à Ali :

— Toi qui as de bons yeux...

— La vérité, répondit Ali, m'oblige à dire qu'il ne s'agit pas d'un billet de réquisition.

Lavalette croisa ses bras puissants sur sa poitrine. « On » voulait jouer au malin... « On » se faisait passer pour « plus qu'un officier »... Eh bien, « on » était prié de déguerpir au plus vite, sinon !

— Lavalette !

C'est Tricot qui avait crié. Une sorte de longue plainte déchirante.

— Lavalette, arrête ! Ne fais pas l'imbécile ! Cet homme...

Il était trop tard. Lavalette avait arraché d'un geste le cimeterre du fourreau damasquiné, orné de pierres précieuses, qui pendait au baudrier de Barthélemy, lui portait la pointe contre la gorge et l'obligeait à reculer vers le bassin. Le visage du Grec avait blêmi. Il articula péniblement :

— Vous auriez tort de vous fâcher, soldat. Vous ne savez pas à qui vous avez affaire...

Le personnage devait être plus important que Lavalette ne l'avait estimé, car trois militaires surgirent au milieu de l'allée, sabre au clair : des hussards à la moustache arrogante. Lavalette poussa sa pointe avec une telle insistance que Barthélemy bascula dans le bassin.

— A moi, Tricot ! hurla Lavalette.

Le pauvre Tricot montra ses mains nues. Que pouvait-il faire contre ces trois diables qui paraissaient peu enclins à lâcher pied ? Il recula légèrement, bien décidé à ne pas perdre le moindre détail de l'engagement et, le cas échéant, à prendre discrètement la poudre d'escampette. Lavalette n'avait jamais prétendu à la palme des bretteurs ; il jouait assez bien de la baïonnette, car le capitaine Valin n'admettait pas les manchots dans sa compagnie et forçait sur les exercices ; quant au sabre, c'était sûrement le premier qu'il tenait en main — et de plus, il était courbe !

« Il est fichu », songea Tricot. Il allait amorcer son repli vers le vestiaire quand il s'arrêta, fort intéressé. À défaut de science, Lavalette y allait avec tant d'ardeur, tenant son cimeterre à deux mains comme un véritable mamelouk, portant des coups d'une telle audace que les trois autres s'imaginaient avoir affaire à quelque personnage mythique jailli des mystères de l'Orient sous les traits et avec la parole d'un grenadier de l'armée d'Italie. Lavalette en mit un hors de combat en lui tranchant un poignet, en assomma un deuxième. Alors qu'il allait régler son compte à celui qui restait, il rompit la fusée de son cimeterre contre une colonne. Jetant au milieu de l'allée le tronçon qui lui restait en main, il brisa une branche de sycomore et fit face de nouveau. Il n'eût pas tenu longtemps si, à l'appel d'Ali, une demi-douzaine de Soudanais n'avaient fait irruption derrière lui, la lance en avant. En quelques instants, la cour fut libérée de ses envahisseurs.

Lavalette avait eu chaud. On lui apporta un broc de limonade qu'il avala d'un trait. Puis il se tourna fièrement vers Tricot.

— Alors, mon gars, qu'en penses-tu ?

— Je pense, dit Tricot, qu'il va falloir payer. Tu sais qui était ce personnage que tu as si proprement déconfit ?

— Oui, Barthélemy le Grec ! Plus qu'un officier, qu'il dit ! Tu parles !

— Plus qu'un officier, répondit rêveusement Tricot. Il est le chef de la police de Bonaparte. Si tu veux m'en croire, après ce coup-ci, notre vie ne tient qu'à un fil.

Il ajouta plus bas :

— Notre vie et celle de nos hôtes...

Denon poussa son cheval jusqu'à la pointe d'une petite langue de terre d'où saillaient des esquilles de vieilles maçonneries. La nuit était tombée depuis peu mais les canons tonnaient à une telle cadence, ajoutant leurs lueurs fulgurantes aux incendies qui consumaient quelques navires, qu'il jugea être en mesure de crayonner la scène hallucinante qui se déroulait sous ses yeux. Il rassura de quelques tapes amicales sa monture que l'orage déchaîné sur la mer avait énervée, sauta à terre et, assis sur un débris de chapiteau, sortit de sa poche son carnet et son crayon.

Il se sentait étonnamment calme. Comment s'achèverait cette bataille ? Il n'aurait su le dire. Toute la flotte française à l'ancre en rade d'Aboukir, contre toute la flotte anglaise d'Horatio Nelson, surgissant à l'improviste, peu avant le crépuscule : treize navires de ligne de part et d'autre. Que l'amiral Brueys l'emporte et l'Angleterre, les reins brisés, ne pourrait plus rien contre les visées de Bonaparte en direction des Indes. Que Nelson vienne à bout des Français, et c'était, pour tout le corps expéditionnaire, l'exil dans cette terre hostile, sans espoir de retour. Denon sentit une sueur froide lui humecter la tempe, mais sa main ne tremblait pas. En quelques coups de crayon, il dressa la silhouette colossale de l'*Orient* dont les mâts abattus commençaient à brûler.

Il avait suffi, pour que les navires de Nelson pussent s'infiltrer entre la côte et la ligne des navires français, d'une passe que Brueys avait jugée impraticable. De fait, le premier navire anglais à s'y engager avait raclé le fond et s'était couché sur le flanc ; mais il avait servi de balise pour les suivants. C'est ainsi que les treize navires français avaient été pris à revers du côté regardant le continent, que Brueys — autre négligence — avait laissé dégarni.

Le tonnerre de mille canons avait éclaté dans le calme du crépuscule, faisant rouler ses échos jusqu'à Alexandrie. Peu après, alors que des nuages de poudre et des colonnes de fumée obscurcissaient l'atmosphère, s'élevaient les « hourras » des canonniers et des hommes d'équipage des deux bords, saluant les coups au but.

Au moment où Denon, soucieux du détail, accrochait d'un coup de crayon un pavillon au dernier mât de l'*Orient* aux prises avec trois navires ennemis, un canonnier que les hommes partis dans l'après-midi pour la corvée d'eau s'occupaient à repêcher sortit de la mer. Une calotte de sang paraissait lui recouvrir le visage.

— L'amiral Brueys est mort, gémit-il. L'amiral Dupetit-Thouars également. Nous sommes perdus !

Sans cesser de dessiner, le baron apprit les détails du drame : Brueys blessé, refusant de quitter son navire, puis emporté par un boulet quelques minutes plus tard ; Dupetit-Thouars, les deux jambes fauchées, plongé dans un baquet de son pour arrêter l'hémorragie, réclamant qu'on le conduisît à son banc de quart et qu'on lui donnât du tabac, puis disparaissant à son tour, emporté par la mitraille...

La bataille prenait plus d'ampleur de minute en minute. Loin d'apaiser la fureur du combat, la nuit n'avait fait que l'exacerber. Était-ce la nuit, d'ailleurs ? C'était maintenant six navires anglais qui s'acharnaient sur cette citadelle de bois : l'*Orient*, le navire cher à Bonaparte, le géant des mers, l'une des plus belles unités du monde. Plus de mille hommes l'habitaient encore, se battant à outrance ; on distinguait les chapelets de têtes au ras des plats-bords, dans les éclairs qui se succédaient sans interruption, et dans les feux follets courant parmi les enfléchures. A certains moments, le géant ressemblait à une torche ; à d'autres moments, il semblait que l'incendie fût circonscrit. De terribles bordées ravageaient ses flancs, y creusaient des cratères de braise. L'*Orient* entrait en agonie et les hommes le savaient. Par grappes, maintenant, ils sautaient à la mer.

Soudain, Denon sentit un souffle chaud l'envelopper comme une vague, tandis qu'une lueur foudroyante, pareille à l'éruption d'un volcan, lui crevait la rétine. Le bruit ne lui parvint qu'une seconde plus tard, énorme, broyant l'ouïe. L'*Orient* venait de sauter comme une simple gargousse, l'incendie s'étant propagé jusqu'à la soute aux poudres. Les débris furent longs à retomber, tant ils avaient été projetés haut. Ils revenaient lentement à la mer fumante où ils grésillaient en plongeant comme dans une chaudière infernale. Puis ce fut le silence. Plus un coup de canon, plus la moindre mousqueterie.

« C'est fini », se dit le baron. Il songeait aux chaudes nuits au large des îles, aux musiques heureuses qui venaient du pont arrière, aux chansons des marins et des soldats, aux longues rêveries, accoudé à la rambarde, en compagnie de Monge ou de Berthollet... Il sentit des gouttes chaudes pleuvoir sur sa main. C'est alors seulement qu'il s'aperçut qu'il pleurait.

Dix minutes passèrent et l'on pouvait croire que la bataille était terminée avec l'explosion de l'*Orient*, quand un premier coup de canon, parti du *Franklin*, un navire français, rompit la trêve. La bataille continuait.

Denon se leva, sauta sur sa monture qui tirait désespérément sur sa longe et, à travers la nuit traversée d'épaisses fumées et d'odeurs atroces, piqua des deux en direction d'une ruine qu'il avait croisée à l'aller : le couvent d'Abou-Mandour. Il grimpa jusqu'à la pointe d'une tour où déjà s'étaient installés des Français qui assistaient, impuissants, aux péripéties de la bataille. Il déplia sa lunette, tira de nouveau son carnet et son crayon et se mit à dessiner fébrilement.

Quand l'aube fumeuse se leva sur le cataclysme, Denon, les yeux brûlés de fatigue, dessinait encore. La défaite était totale. Seuls deux navires et deux frégates, sous la conduite des amiraux Villeneuve et Deciès, avaient pu échapper au désastre. Sur la mer, entre les grands corps noircis des navires anglais et français, flottaient des cadavres et des épaves que, déjà, les Arabes, venus à la curée, repêchaient avec de grands cris.

— Combien avons-nous de morts ? gronda une voix puissante, au fort accent alsacien. Trois mille, quatre mille ? Acht ! de la belle ouvrage ! Bonaparte peut être fier de lui !

Dressant la tête, Vivant Denon reconnut le général Kléber dont la tête de lion se détachait sur le fond rougeoyant de l'aube.

— Ne soyez pas trop sévère, lui répondit une voix à travers la pénombre. Brueys est seul responsable. Il n'a pas suivi les ordres.

Denon cligna des yeux et reconnut le général Menou que Bonaparte avait laissé à Rosette comme gouverneur. Le ci-devant Jacques François de Boutteuf, baron de Menou, était un homme de près de cinquante ans. Autant il séduisait par sa distinction aristocratique et sa puissance de travail, autant il incommodait par ses caprices, ses étrangetés, son caractère brouillon et surtout sa propension à singer les musulmans en se vêtant comme eux à l'occasion de certaines cérémonies. Il se faisait d'ailleurs appeler « Abdallah Menou » et se proposait d'épouser une indigène. Kléber l'exécrait. Il rugit :

— Quels ordres ? Bonaparte a été incapable de trancher, vous le savez bien, Menou. Il s'y entend aux choses de la mer comme moi à celles de la messe. Incapable de décider quel serait le mouillage le plus favorable pour parer à une attaque de Nelson, il a laissé le choix à Brueys, de manière à dégager sa responsabilité. Maintenant, il va l'accabler !

Kléber soupira, se pencha sur le parapet d'où l'on dominait le corps de troupe prêt à s'opposer à un débarquement anglais.

— Vous êtes trop sévère, s'indigna Menou. Bonaparte sait toujours ce qu'il fait et où il nous mène.

Kléber se retourna vivement. Sa crinière flotta autour de son visage, fouettée par un vent aigre qui sentait la fumée.

— Je sens que vous allez me parler de l'« étoile de Bonaparte », ironisa-t-il. Elle a singulièrement pâli, ce soir, ne trouvez-vous pas ? Autant j'admire Bonaparte quand il remporte une bataille à la tête de ses troupes, par son talent et par son courage, autant je me hérisse lorsqu'on tente de le faire passer pour un dieu !

Kléber, les mains dans le dos, se mit à arpenter l'étroit espace de la plate-forme. Il s'arrêta en face de Menou.

— L'Italie ? Certes, Bonaparte y accomplit de grandes choses, mais contre qui ? Contre tout ce que la maison d'Autriche compte de généraux imbéciles. Parlez-moi de Turenne combattant contre Montecucculi !

Il fit deux pas vers Menou qui recula instinctivement, pointa vers lui son index comme le canon d'un pistolet.

— Écoutez-moi bien, Abdallah Menou ! Je crois que nous pourrons juger ici, sur cette terre d'Égypte, de la valeur de Bonaparte : celle du soldat et celle de l'homme. Gare : je serai un juge impitoyable. Je ne suis pas de ces créatures qu'il forme à sa dévotion par des présents ou des honneurs. Je saurai juger des résultats de sa campagne, mais aussi des moyens qu'il emploiera pour parvenir à ses fins !

En reculant, le général Kléber faillit s'empêtrer dans les jambes de Denon.

— D'où sort-il, celui-là ? s'écria-t-il. Encore un de ces savants ou de ces artistes dont notre grand général a fait son Panthéon égyptien !

Il aida Denon à se relever en le soulevant par la cravate.

— Ci-devant baron Dominique Vivant Denon ! Je vous reconnais. Allons ! la balle que je reçus en plein front sur les remparts d'Alexandrie n'a pas trop éprouvé ma mémoire. Que faites-vous ici ?

Denon lui tendit son carnet que Kléber feuilleta distraitement.

— Voilà qui fera le bonheur des lecteurs de gazettes si toutefois nous revoyons la France. C'est bien, baron ! Continuez, mais n'omettez rien de ce que vous verrez. L'Histoire qui jugera Bonaparte vous jugera aussi, sur vos œuvres.

Une place constellée d'immondes débris, des chiens galeux, des enfants couverts de croûtes, des murs sales, un buisson poussiéreux, le dôme d'une mosquée, trois minarets en forme de cure-dents, un ciel impitoyable... C'est tout ce que l'on pouvait découvrir de derrière l'imposte grillagée. Aujourd'hui, c'était comme les autres jours, sauf qu'il faisait une chaleur plus étouffante encore et que l'animation paraissait accrue : le peuple du Caire se préparait pour la fête du Nil.

— Alors, dit Tricot, tu descends ? J'ai les épaules en compote.

Lavalette sauta à terre.

— Tu veux monter à ton tour ?

— Inutile. C'est toujours le même spectacle.

Tricot frotta ses épaules endolories. Il songea qu'il n'avait pas mis le calendrier à jour. Ramassant un morceau de charbon, il traça une barre sur le mur de la cellule et compta : vingt-trois. Cela faisait vingt-trois jours qu'on les avait enfermés dans cette sentine puante, surchauffée comme un four, grouillante de blattes, de rats et de scorpions.

— Vingt-trois jours..., soupira Tricot. Tu crois qu'on va nous garder encore longtemps ?

— Sais pas, grogna Lavalette.

Il n'osait avouer que le fait d'être encore en vie après avoir tenu tête à Barthélemy le Grec et tranché le poignet d'un hussard lui paraissait relever du prodige. Il revoyait Bonaparte, blême de colère, le visage soudain durci, se grattant avec une sorte de fureur le dos de la main dont la peau s'écaillait. De tels actes relevaient du poteau d'exécution ! Il fallait faire un exemple et il le ferait ! Il regrettait simplement que ce soient deux grenadiers, ses soldats préférés, qui dussent payer. Le conseil de guerre se montrerait impitoyable ! Qu'on se souvienne qu'il avait condamné à mort, à Alexandrie, un charpentier qui avait volé des babioles à un Arabe.

La mansuétude dont Bonaparte avait fait preuve, après les avoir écoutés en conseil de guerre, les plongeait dans un abîme de perplexité. Le général en chef avait dû avoir connaissance de la démarche comminatoire de Barthélemy réquisitionnant pour son service personnel le palais du cadi Hassan ; il lui marquait sa réprobation en s'abstenant de sévir avec sévérité contre les deux grenadiers. Tricot était persuadé qu'il s'y ajoutait une incidence politique : en faisant preuve de clémence envers les deux condamnés, il montrait au cadi Hassan et à toute la population qu'il tenait à encourager les relations de bonne sympathie entre Arabes et Français. Ils convenaient l'un et l'autre qu'il y avait des deux et que, de toute manière, le sinistre Barthélemy méritait bien ce camouflet. Pour ce qui les concernait, un mois de détention, ce n'était pas une épreuve inhumaine. Lorsqu'ils voyaient quelque compagnie française manœuvrant sous l'écrasant soleil d'août, au milieu de la place, dans les costumes de drap bleu, l'arme à l'épaule et tout le barda sur le dos, ils en venaient même à songer qu'ils jouissaient d'un régime de faveur. En revanche, lorsque tombait la nuit et qu'ils voyaient passer, juchés sur leurs petits ânes, les soldats qui gagnaient en groupes, en chantant, les quartiers du plaisir, leur solitude se faisait plus lourde.

— Encore une semaine à tirer, murmura Tricot en se laissant tomber à côté de Lavalette, sur la paillasse. Encore une semaine de lentilles et d'eau pourrie. Tu te souviens, dis, du rôti de mouton, chez Ali ? Et des sorbets ?

Lavalette, lui, rêvait qu'il suivait la division Desaix, le long du Nil, en direction du Saïd, de la Haute-Égypte mystérieuse, peuplée de fantômes vieux de plusieurs millénaires, errant dans des nécropoles écrasées de soleil, enserrées entre deux immensités de désert. Denderah... Thèbes... Louqsor... Edfou... Syène... Ces noms mystérieux se promenaient dans sa tête comme des lucioles, l'illuminaient un instant, disparaissaient. Le baron, qui avait lu les lettres de Savary, en parlait savamment.

— Je t'envie, lui avait dit Lavalette, lorsque le ci-devant était venu lui rendre visite avant de plier bagage en direction du Sud.

— Vous nous rejoindrez, lui avait assuré Denon. La chasse aux mamelouks que mon ami Desaix entreprend durera plusieurs mois. Peut-être devrons-nous poursuivre Mourad jusqu'au Soudan, jusqu'en Éthiopie, jusqu'au cœur de l'Afrique.

Tricot rêvait de sorbets et Lavalette de contrées mystérieuses quand un petit lieutenant frais comme une rose, parfumé comme une femme, se fit ouvrir la porte de la cellule. Il recula en se glissant un mouchoir sous les narines, trouva le courage de faire trois pas dans cette puanteur.

— Un ordre du général Bonaparte, dit-il. Tous les prisonniers français actuellement détenus sont élargis afin de participer aux fêtes du Nil. Tenez-vous prêts. Vous pourrez décamper d'ici une heure. Mais tâchez de vous tenir tranquilles, sinon, à la moindre incartade, c'est le peloton d'exécution.

Un double hourrah ! sortit des lèvres de Lavalette

et de Tricot. Ils revêtirent avec une affolante sensation de bien-être l'habit « bleu national » à revers blancs et parements écarlates, chaussèrent les guêtres noires et coiffèrent la « ruche à miel ».

La vie reprenait.

La fête du Nil venait à point nommé distraire l'armée qui, accablée par le désastre d'Aboukir, se voyait contrainte à un exil prolongé — certains disaient définitif — sur la terre d'Afrique.

A ce coup du sort, Bonaparte avait répondu en créant l'Institut d'Égypte et en organisant la vie administrative du pays comme s'il allait y finir ses jours. Tandis que Kléber et quelques autres généraux pestaient contre lui et parlaient de déserter, le général en chef serrait les dents, faisait mine de considérer la défaite navale que lui avait infligée Nelson, sinon comme un bienfait du ciel, du moins comme une occasion de montrer que l'armée de la République était à l'épreuve des pires revers. Tandis que Kléber, à Alexandrie, le maudissait, Bonaparte répliquait : « Cela nous obligera peut-être à faire de plus grandes choses que nous n'en voulions faire. » C'est dans de telles circonstances qu'il se révélait égal à sa réputation. Loin de le paralyser, l'adversité décuplait ses facultés et son ardeur. Dans les jours qui avaient suivi, il semblait qu'il fût partout à la fois : à l'Institut, à la mosquée, aux pyramides, au nilomètre qui annonçait une crue exceptionnelle et une source de prospérité pour l'Égypte. Oublié le désastre d'Aboukir ! Seules comptaient les tâches à accomplir. Et elles ne manquaient pas.

Année 1798, 1er fructidor...

Les eaux du Nil arrivaient à la crête de la digue construite pour les contenir avant leur libération. Dans la matinée déjà lourde, l'armée s'échelonnait sur les deux rives du Nil, éclatante de fanfares, frissonnante de drapeaux : les hussards de Duplessis, les dragons de Murat, les chasseurs de Davout, les artilleurs de Dommartin, les légions immenses des fantassins aux buffleteries soigneusement blanchies à la pierre de craie, forêt de baïonnettes étincelant au soleil rasant du matin, cantinières portant leur tonnelet en bandoulière...

Bonaparte se tourna vers son état-major et sourit.

— Quel coup d'œil, messieurs ! On se croirait aux Tuileries.

Il allait ajouter quelque propos quand le bruit du tambour arabe lui fit dresser l'oreille. Le représentant du pacha Koraïm, décapité sur l'ordre de Bonaparte peu après son arrivée au Caire, s'avançait, précédé des musiciens et accompagné de sa cour, des ulémas théologiens de la mosquée des Fleurs, El-Azhar, du corps des janissaires conduits par l'aga. Bonaparte ne put réprimer un frisson de plaisir. Le spectacle, dans la pure lumière du matin, sous les palmiers des grands jardins, au bord du Nil d'un bleu irréel, était tel qu'il le rêvait depuis que l'Orient lui avait souri à travers les brumes de Brienne. Il n'y manquait rien : même pas les barques peintes et sculptées qui, par dizaines, couvraient les abords de l'île de Roda, ni la population bruyante qui couronnait les buttes alentour, rien de ce dont Savary parlait dans ses lettres sur l'Égypte.

Lorsqu'un lieutenant du pacha se fut installé sous le dais dressé en son honneur et eut proclamé la hauteur de la crue, un frisson de délire parcourut la foule. Un geste de Bonaparte donna le signal : une gargousse fit éclater la digue, tandis qu'un dignitaire jetait dans le fleuve la statuette d'argile qui, depuis le temps des pharaons, symbolisait la terre d'Égypte, la Fiancée du Nil fécondée par le dieu.

— Regardez ! s'écria Berthier. Les Arabes se jettent à l'eau.

Par vagues, en effet, dans le tonnerre des canons, la population du Caire accueillait l'eau bienfaisante qui, par les canaux préparés pour la recevoir, allait redonner aux champs et aux jardins d'Égypte leur prodigieuse fertilité.

Bonaparte remit un prix à la barque qui, à force de rames, avait la première pénétré dans les eaux nouvelles. Il revêtit symboliquement de pelisses noire et blanche deux dignitaires, distribua des cafetans aux officiers, jeta à poignées dans le fleuve des pièces d'or que les plongeurs se disputaient.

Bonaparte fit un signe à son interprète, Venture de Paradis.

— Dites au lieutenant du pacha que je suis très flatté d'avoir présidé cette fête et que le souvenir en demeurera en moi, impérissable.

— Pour une belle fête, dit Tricot, c'est une belle fête. Si la Marie était là...

Lavalette, songeur, laissa sa main flotter dans l'eau et son regard errer sur le spectacle prodigieux que la nuit lui offrait. « Rien ne semble vrai de ce que je vois, de ce que j'entends, de ce que je sens, se disait-il, et pourtant c'est bien Ali et personne d'autre qui est en face de moi. C'est la nuit, bien que toutes ces lumières donnent une apparence de jour. C'est bien la place de l'Esbékié où je suis passé ce matin avec Tricot et que maintenant je traverse en barque... »

Ali se pencha vers lui, posa sa main sur son genou.

— Pourquoi mon ami Spartacus Lavalette ne dit-il rien ?

Il montra un groupe de Cairotes en train de danser sur un parapet, dans la lumière des lampadaires multicolores, en psalmodiant d'une voix déchirante.

— Mon ami Lavalette veut-il que je traduise ce que chantent ces hommes ? *Vous êtes venus nous délivrer par l'ordre du Dieu de Miséricorde, car vous avez pour vous la victoire et le Nil le plus beau que l'on ait pu contempler depuis un siècle. Ce sont là des bienfaits que Dieu seul peut accorder*. C'est à vous, mes deux amis, que s'adresse cette invocation. Ils chantent aussi la gloire de Bonaparte. Ils l'appellent « l'Œil droit d'Allah », le « Favori de la Victoire », le « Sultan du feu », le « Marabout », le « Roi des Français », le « Lion du désert ». Ils proclament les faits d'armes du « Maître de l'Occident ».

— Sont-ils sincères ?

— Ils le sont. Resteront-ils dans ces bonnes dispositions ? C'est une autre affaire. Si Allah le veut, mon peuple servira ton chef jusqu'à la mort, sinon il l'abandonnera ou même il deviendra son ennemi.

Il ajouta à voix basse :

— Mais moi, Lavalette, je resterai pour toujours ton ami, quoi qu'il arrive. Quant à Bonaparte, tout dépendra de lui et de la volonté d'Allah.

Des milliers de barques recouvraient la place de l'Esbékié noyée par la crue du Nil et transformée en un bassin d'une demi-lieue de tour. À la pointe du mât de chacune d'elles, un lampadaire de couleur se balançait faiblement dans le souffle du désert. Par grappes, pareilles à des feux follets, des lampes s'accrochaient aux palais somptueux des beys qui cernaient l'immense place. Au-dessus, pareillement illuminés, se dressaient les minarets, s'arrondissaient les dômes des mosquées. Parfois, d'une barque qui côtoyait la leur, montaient des rires étouffés : c'était celle des femmes ; elles se promenaient ensemble, comme les hommes, et la loi interdisait, sous peine d'avoir la tête tranchée, d'aborder ces créatures qui se gavaient de fruits et de sorbets dans la lumière dansante des quinquets.

Lavalette sursauta quand une puissante détonation retentit au fond de la place.

— Calme-toi, dit Ali. C'est le signal du feu d'artifice.

Lavalette, bouche bée, assista, allongé sur des coussins profonds, un goût de sorbet à la rose au fond de la gorge, au spectacle de centaines de pièces d'artifice faisant éclater leur étrange floraison dans la nuit d'Égypte.

— Ainsi, dit Ali, vous allez me quitter ?

— Nous le devons, soupira Lavalette.

Il avait reçu, le matin même, ainsi que Tricot, sa feuille de route pour partir avec la division Desaix vers le Saïd. Mourad avait accueilli avec mépris la proposition de paix de Bonaparte et, jour après jour, s'enfonçait plus avant dans le désert, tandis que le bey Ibrahim, avec ses femmes et les trésors qu'il avait sauvés, avait pris la route de l'Orient où, quelques jours auparavant, Bonaparte s'était jeté à sa poursuite. Les mamelouks allaient dans d'autres contrées panser leurs blessures et reconstituer des forces capables de tenir tête à « Bounaberdi ».

— Je connais bien le Saïd, dit rêveusement Ali, et je vous plains. C'est un pays terrible, un désert sans fin. Dès que l'on quitte le Nil, c'est pour pénétrer dans le pays de la mort. J'aimerais pourtant vous accompagner, mais c'est impossible. A peine aurais-je le dos tourné, les hommes de Barthélemy le Grec envahiraient le palais de mon père. Le chef de la police n'a pas renoncé à son double projet : se venger de l'affront qui lui a été infligé et occuper notre demeure. Il attend son heure, mais cette heure ne viendra pas tant que je serai là, si Allah nous accorde, à mon père et à moi, sa protection.

— Sacrebleu ! gronda Lavalette, si fort que des visages inquiets émergèrent du plat-bord des barques voisines.

Il ajouta, plus bas :

— Foi de Spartacus Lavalette, si jamais ce maudit Grec touche un cheveu de ta tête et de celle de ton père, je lui ferai passer un mauvais quart d'heure !

Il tendit la main et cracha dans le fleuve.

4

EN ROUTE POUR LE SAÏD !

Vivant Denon fit claquer sa main sur son carnet refermé et soupira en s'épongeant le front :

— C'est fini, mes amis, je vous remercie. Vous, Lavalette, particulièrement, car vos genoux sont une écritoire des plus confortables, mais Dieu que j'ai soif !

Lavalette lui tendit sa gourde. L'eau, additionnée de citron, était tiède et Denon fit la grimace. Les autres soldats qui s'étaient tenus debout autour de l'artiste pour lui servir de parasol se poussèrent du coude en s'esclaffant. Monsieur le baron voulait-il qu'on lui fît servir le thé ? Un sorbet lui serait-il agréable ? Denon était le premier à rire de ces lazzi. Il aimait bien ces soldats de la jeune République, perdus dans des ruines vieilles de plus de quatre millénaires, et qui gardaient leur bonne humeur. Ils le lui rendaient bien : cet original inoffensif, aussi téméraire que n'importe lequel des soldats de Desaix ou de Belliard, infatigable quand il s'agissait de traduire par le crayon, sous les balles ou dans les dangereuses solitudes, une scène ou la vision d'un monument jailli des sables, ils avaient fini par l'adopter ; sans leur sympathie vigilante, il serait mort de faim ou de soif, son crayon à la main, ou aurait été enlevé par les mamelouks.

— Que faites-vous là ? fit une voix sévère, à quelques pas du groupe. J'avais interdit qu'on s'éloignât du camp !

Le général Desaix était méconnaissable. Les joues creuses, le teint brûlé comme une écorce de palmier, la moustache basse, le dos voûté, il paraissait, en quelques semaines, avoir vieilli de dix ans. Ses yeux étaient encore rouges et boursouflés d'une ophtalmie consécutive aux variations de température et qui l'avait rendu aveugle plusieurs jours durant. Reconnaissant Denon, il faillit laisser éclater sa colère :

— Encore vous ! Vous êtes incorrigible, mon ami.

Il ajouta, plus bas :

— Montrez-moi ce que vous avez dessiné.

Jour après jour, les épreuves communes et les joies toniques de l'aventure avaient cimenté d'amitié les rapports entre le jeune général et l'artiste. Ils se querellaient parfois, lorsque Desaix, contre le baron, passait sans s'arrêter à proximité de quelque ruine. Mais la bonne humeur reprenait vite le dessus et ils étaient devenus inséparables.

— Le moral est bon, à ce que je vois, dit le général, en observant les mines amusées des soldats.

— Il serait meilleur, grogna Lavalette, si nous avions des souliers et du biscuit. Que font-ils donc, au Caire, mon général ? N'ont-ils plus de djermes pour nous envoyer du matériel et des vivres ?

Desaix considéra les souliers rafistolés avec des moyens de fortune ou les bandelettes qui en tenaient lieu. Il ne le savait que trop : une campagne n'est victorieuse que si l'on possède de l'allant, des armes... et de bons souliers. Les djermes avaient du retard, certes ; elles avaient sans doute été attaquées en cours de route ou bien les eaux, déjà basses, avaient ralenti leur progression. Bonaparte, Desaix en était persuadé, faisait tout ce qui était en son pouvoir pour aider le corps expéditionnaire du Saïd.

— Patientez ! dit le général. Regardez : je ne suis

guère mieux loti que vous, avec mes bottes éculées et mon habit dont aucun fripier ne voudrait ! Attendez que nous flanquions une bonne pile à Mourad et vous verrez que nous ne tarderons pas à retourner au Caire.

Le Caire... La capitale se trouvait à plus de cinquante lieues en aval du fleuve. Desaix répéta son nom et vacilla, pris d'un vertige. Les hommes se précipitèrent.

— Vous devriez prendre quelque repos dans une oasis, dit le baron. À ce régime, vous ne tiendrez pas une semaine de plus.

Du repos ! Desaix savait qu'il ne pouvait s'accorder le moindre répit tant que Mourad et les quelques centaines de cavaliers qui battaient la campagne n'auraient pas baissé pavillon. L'ennemi paraissait le narguer ; on le signalait à Behneseh et, lorsqu'on y arrivait en tirant la langue, il avait décampé en direction du Fayoum. Mourad l'insaisissable ! Tout ce qu'on avait réussi à lui arracher, c'étaient deux vieux mamelouks incapables de suivre le train. Tout ce qu'on trouvait dans le sillage qu'il laissait à travers les sables, c'étaient des feux de bivouac encore chauds, des carcasses de chevaux et de dromadaires sur lesquels s'acharnaient les vautours et les hyènes. Dans la chasse qui s'était engagée, le gibier avait l'avantage : il filait comme le vent, laissant le chasseur harassé, déçu, encombré de son artillerie, de sa cavalerie trop lourde, de son infanterie désespérément lente. « Il finira bien par s'arrêter », songeait Desaix. Maintenant qu'il avait reniflé la trace de son ennemi, rien ne pourrait l'empêcher de le traquer, où qu'il se terrât, fût-ce dans les mystérieuses montagnes de la Lune d'où, disait-on, sortait le Nil.

— Allons, dit le général. Rentrons, mes amis. Vous savez ce qui arrive aux traînards ?

Les hommes baissèrent la tête. Aucun d'eux n'avait oublié les incidents de ces derniers soirs : des hommes enlevés par des cavaliers, presque sous leurs yeux, et emportés au galop avant qu'ils pussent réagir. On les retrouvait quelques jours plus tard, atrocement mutilés. Parfois, c'était la tête d'un grenadier ou d'un hussard qui venait atterrir à l'intérieur du camp.

Avant de franchir les avant-postes, Lavalette se retourna une dernière fois vers la montagne où la lumière du soir commençait à dessiner des reliefs étranges, à faire sourdre des sources d'ombre. Mourad était là-haut avec ses cavaliers et quelques milliers de fellahs enragés.

C'est là qu'on allait l'attaquer. Là-haut, vers le village de Sédiman.

Il ne fut pas question de dormir, cette nuit-là. L'armée de Desaix campa, le fusil entre les genoux, l'œil rivé, à travers l'étrange luminosité de la nuit, vers les ombres qui se glissaient autour du camp. Parfois retentissaient des injures en français, suivies d'éclats de rire qui se répercutaient bizarrement à travers le désert : c'étaient des mamelouks ou des fellahs rampant jusqu'aux avant-postes, le couteau entre les dents, le pistolet dans la ceinture. Les sentinelles folles d'angoisse fouillaient la pénombre qui se brouillait à leurs yeux, et faisaient feu sur la moindre ombre qui bougeait.

L'armée de Desaix était campée sur la crête d'une vallée de sable et de pierraille, en marge du Bahr-el-Yusef, un défilé étroit et sinueux dans lequel le convoi des barques de ravitaillement avait eu le plus grand mal à progresser. Sur la crête opposée de la vallée, de maigres feux de bouse de chameau, des tambours, des chants sauvages dénonçaient la présence des mamelouks groupés autour de Mourad. On distinguait nettement la tente du bey, déployée comme un oiseau géant. Combien étaient-ils ? Quatre mille, disaient les uns ; cinq mille rectifiaient les autres. Il fallait y ajouter la tourbe des fellahs mal armés mais terriblement audacieux, qui se jetaient dans la mort comme dans les eaux du Nil un jour de grande soif.

Desaix paraissait soucieux. Il avait avalé trois tasses de café très fort afin de lutter contre le sommeil. On le voyait arpenter le camp, en compagnie de Rapp, son chef d'état-major, des généraux Friant et Belliard, du capitaine Tournerie qui commandait l'artillerie légère. Il allait d'un pas rapide, s'arrêtait, repartait, scrutait la nuit de ses yeux malades. On était enfin au contact avec les cavaliers de Mourad. Le jour qui allait naître verrait se dérouler un grand combat. Plus tard, on parlerait de la bataille de Sédiman à l'égal de celle qui s'était déroulée loin de là : la bataille des Pyramides... On comptait près de trente mille hommes, mais le corps expéditionnaire du Saïd, au moment d'affronter Mourad, moins de quatre mille, exténués, haillonneux, semblables aux hordes de volontaires qui s'étaient jetés aux frontières menacées de la Révolution.

— Regardez ! dit Belliard. Les hommes se lèvent. Ils n'attendent pas qu'on batte la caisse, les bougres ! Il leur tarde de renifler l'odeur de la poudre.

— C'est bon signe, dit Friant. Nous pouvons attendre de grandes choses de cette journée.

Le cœur de Desaix se mit à battre plus fort, au point qu'il porta la main à sa poitrine comme si elle allait éclater. Le ciel commençait à se colorer à l'est. Il tira sa montre, l'approcha d'une lanterne. Il allait être trois heures du matin. De l'autre côté de la vallée, sur la crête, les tambours arabes battaient avec une monotonie obsédante.

— Formation en carrés, dit Desaix, tourné vers Rapp. Trois mille hommes au centre sous mon commandement. Valin commandera le peloton de droite avec cent quatre-vingts hommes. Celui de gauche sera confié à Sacrost. Exécution, messieurs ! Nous avancerons dès que le soleil apparaîtra.

La vallée était là, sous leurs pas. Ils y plongèrent du même mouvement ample et lent, dans le roulement des tambours, droit vers les retranchements des mamelouks qui venaient de s'effacer.

« Ils ne vont pas nous faire le coup de s'envoler une fois de plus ? » songea Lavalette. Cela faisait trois jours qu'ils apparaissaient et disparaissaient, jouant avec les nerfs de leurs ennemis, les narguant, faisant mine de les charger, disparaissant comme une volée de moineaux dès que les pièces de Tournerie se mettaient en position de tir.

Lavalette poussa un soupir d'aise lorsqu'il vit se dessiner, dans les premiers feux de l'aube, sur plus d'une lieue de distance, les silhouettes de milliers de cavaliers dont les armes crépitaient de lumière. Un frisson de plaisir et d'impatience secoua l'armée.

— Tendez le jarret ! Allongez le pas ! s'écria Valin. Nous allons prendre légèrement les devants.

Tandis que le mouvement s'exécutait, le peloton de Sacrost, qui flanquait la gauche de Desaix, effectuait au contraire une manœuvre de retrait, de manière à ouvrir au maximum les angles de tir. Il y avait à peine une heure que la division s'était mise en marche et les dernières fraîcheurs de la nuit s'évaporaient quand les deux pelotons et le bataillon Desaix parvinrent sur une colline dénudée d'où la vue embrassait un paysage de mort. Les mamelouks ne se manifestaient que par des nuages de poussière qui s'étiraient au fond de la vallée et se fondaient dans le soleil. Ils menaient une folle fantasia silencieuse, rythmée seulement par les sonorités sourdes des tambours.

Ils devaient avoir une connaissance parfaite du terrain, car, tandis que la poussière masquait leurs chevauchées autour de la colline, un groupe important surgit d'un repli de terrain et s'abattit avec violence sur le carré central. Les hommes eurent tout juste le temps d'épauler et d'obéir à l'ordre du général en chef :

— Feu !

Fauchés à vingt pas de la première rangée de fantassins, les mamelouks culbutèrent dans un tourbillon d'étoffes aux couleurs chatoyantes. Ceux qui en réchappèrent se jetèrent, sabre à la main, contre les baïonnettes et s'y embrochèrent. Désorientés par cette terrible riposte, les cavaliers se retirèrent pour se regrouper. De plus en plus proche, la rumeur des tambours de guerre avait repris et leur bourdonnement semblait monter de la terre comme une énorme pulsation.

— Pour qui, à présent ? dit Lavalette.

— Pour nous, sûr ! murmura Tricot. Ils guignent de notre côté. Ils vont nous fouler comme une vendange. Nous ne sommes pas deux cents et ils sont plus de deux mille à présent.

Il avala péniblement sa salive.

— Dis, Lavalette, comment elle commence, cette prière pour recommander son âme à Dieu ?

— Tais-toi, curé ! Ils arrivent !

Les mamelouks s'étaient regroupés en masse compacte, agitée de frissons d'impatience et de colère, face au peloton de Valin. Des chevaux se cabraient, affolés par le tumulte et l'odeur de la poudre. Lavalette et Tricot venaient à peine de déchirer avec leurs dents la cartouche dont ils versaient le contenu dans le canon que la voix puissante de Valin, sabre levé, commandait :

— Tirez à dix pas seulement !

Lavalette, qui bourrait son fusil, releva la tête.

— Dix pas ? Ils vont nous enfoncer, mon capitaine !

— Vous tirerez à dix pas. J'ai dit !

Un galop sourd fit trembler la terre. Les premiers rangs de soldats eurent la sensation de n'avoir à opposer qu'une digue dérisoire au déferlement des deux mille cavaliers qui formaient une vague d'une effrayante beauté, hérissée de sabres, de masses d'armes, de haches et de fusils, éclatante de cris sauvages.

— Feu ! hurla Valin.

Le tonnerre de mousqueterie roula à dix pas du front des cavaliers. En l'espace d'un instant, le carré disloqué devint le théâtre d'un étrange spectacle. Valin avait sous-estimé la puissance de la charge. Blessés à mort, les chevaux lancés à toute volée venaient bouler au centre du carré ou le traversaient de part en part. Dans la confusion indescriptible qui régnait, les ordres de Valin se fondaient comme un murmure dans le grondement d'une cataracte. Il aurait fallu se porter aux premiers rangs pour refermer les brèches produites par le passage en trombe des cavaliers, mais déjà une deuxième vague de mamelouks survenait. Ils s'infiltraient par les brèches jusqu'au cœur du dispositif où, malgré les farouches défenses des grenadiers, ils taillaient leur passage à coups de cimeterre.

C'est alors que Lavalette eut un trait de génie. Il se jucha non sans peine sur un cheval dont il venait de désarçonner le cavalier d'un coup de baïonnette et, gardant difficilement son assiette, il se mit à hurler :

— Couchez-vous, tous ! Couchez-vous à terre !

L'ordre se répandit rapidement. Il ne resta bientôt plus, debout, que Lavalette, Valin et quelques mamelouks. Lavalette descendit de cheval, fit basculer le capitaine en travers de sa monture et se coucha sur lui. Quelques instants plus tard, un feu nourri, venu du flanc droit du carré central, fauchait impitoyablement les mamelouks. Le boulet passa avec un feulement de fauve à trois pouces au-dessus de Lavalette, faucha trois mamelouks et alla se perdre dans la rocaille. Lavalette se sentait presque à l'aise. Un cavalier à la poitrine trouée de balles s'était abattu près de lui, son visage à une longueur de bras de celui du grenadier.

— Alors, mon gaillard, souffla Lavalette, on va faire un petit séjour au paradis d'Allah ?

Le mamelouk porta lentement la main à sa ceinture où brillait la crosse damasquinée d'un splendide pistolet. Lavalette émit un sifflement d'admiration.

— Quel bijou ! Ne te donne pas la peine de me l'offrir. Je le prendrai moi-même.

Sa main se porta vivement à la ceinture du moribond pour en dégager le pistolet.

— Fichtre ! dit-il. Il est encore plus beau que je ne pensais. Qu'en dites-vous, mon capitaine ?

— Je dis que tu es une fichue canaille, Lavalette, et j'aurais plaisir à te faire mettre aux fers si tu n'avais eu l'idée de ce plat-ventre général.

Il ajouta, plus bas :

— Fouille encore. Il doit porter quelques jolies sequins dans sa bourse.

Le mamelouk tenta de se soulever pour se dégager, mais, trop gravement blessé, retomba avec une grimace de douleur, maintenu fermement par Lavalette qui ramena une bourse bien ronde. Il la fit tinter aux oreilles de Valin. Puis il se tourna vers le mamelouk dont la barbe noire venait de se teinter de sang.

— Il ne faut pas nous en vouloir, dit-il. Tu vas mourir, et nous, nous allons vivre. Autant que ce soit nous qui profitions de ton héritage.

Le mamelouk tendit l'index en direction du pistolet, dirigea son doigt vers sa tempe.

— Il veut que tu l'achèves, dit Valin. Rends-lui donc ce service. Il l'a bien mérité.

— Je n'aime pas ça, grogna Lavalette. Faites-le, vous-même, sans vous commander.

Valin étouffa un rire. Ce Lavalette n'avait pas fini de le surprendre : courageux comme un lion, avec des sensibleries de demoiselle. Il vérifia le mécanisme du pistolet, visa, tira. Lavalette tourna la tête.

— Pauvre type, dit-il. Il l'a bien gagné, son paradis. Quelle saloperie, la guerre, mon capitaine !

Sa main se crispa sur la bourse de cuir qu'il souleva doucement, jusqu'à ses yeux.

— Il y a au moins cinquante sequins d'or là-dedans, dit-il. Une petite fortune...

Tandis qu'une troisième attaque en force des mamelouks se portait vers le peloton de Sacrost et le flanc gauche de Desaix, les survivants du peloton du capitaine Valin, traînant leurs blessés, se repliaient dans les rangs du grand carré qui se referma sur eux comme les portes d'une forteresse. Lavalette salua Vivant Denon qui, impassible, ses lunettes au milieu du nez, la nuque protégée du soleil par un mouchoir, crayonnait entre les oreilles de son cheval.

Les mamelouks ne s'obstinèrent pas dans leur troisième attaque. Un moment, Desaix eut même l'impression qu'ils se débandaient. Ils se regroupaient en fait sur la partie la plus haute de la colline : deux mamelons situés en arrière du bataillon Desaix. Allaient-ils attaquer de nouveau, malgré le massacre infligé par les Français aux premiers assaillants, « Qu'ils se replient, bon Dieu ! » songeait Lavalette. Le jour montant dans un ciel décoloré brûlait comme une braise. La réverbération était aveuglante au point que le soleil semblait plonger jusqu'au tréfonds du crâne. Il était temps, malgré sa relative brièveté, que la bataille cessât.

Lavalette en était là de ses réflexions quand une voix éclata vers l'arrière :

— Prenez garde ! Ils ont amené du canon...

Desaix n'eut que le temps d'arriver sur le flanc arrière. La lumière aveuglante d'un éclair, à quelque trois cents mètres de là, fulgura. À sa droite, face au peloton de Sacrost, une file de neuf hommes s'écroula dans le vent de feu du premier boulet.

— Occupez-vous d'eux ! s'écria Desaix.

— On ne va pas rester là, à attendre qu'on ait fauché tous nos rangs ? s'écria Friant. Mon général, il faut donner l'ordre d'avancer.

— Nous devons d'abord nous occuper des blessés, répondit sévèrement Desaix. Vous ne voudriez pas que nous les abandonnions ?

— Si nous restons sans bouger, répliqua Belliard,

nous n'aurons bientôt plus personne de valide. De grâce, faites battre la charge, mon général !

Friant surenchérit :

— Pour sauver neuf hommes, vous risquez d'en sacrifier plusieurs centaines. Pourquoi hésiter ? La victoire ou la mort nous attendent là-haut.

Les hésitations de Desaix s'évanouirent d'elles-mêmes quand un nouveau boulet eut emporté sous ses yeux deux cavaliers. Il blêmit, chancela, suivit du regard, la gorge contractée, les blessés que le bataillon laissait derrière lui en avançant dans le grondement de la charge. Les mamelouks n'allaient pas tarder à les capturer pour les tourmenter avec d'atroces raffinements.

Lorsqu'il s'arracha à ce spectacle, ce fut pour se laisser entraîner par le mouvement de fleuve de son bataillon, puis pour le précéder. Le premier, il parvint au contact, jetant ses dernières forces contre l'assaut que les mamelouks déclenchaient pour arrêter l'élan des carrés français. Le premier, il fut devant la gueule des canons, taillant du sabre dans la marée des fellahs qui s'avançaient à sa rencontre. Il ne s'arrêta de sabrer et de pousser toujours plus avant sa monture que lorsqu'il se trouva seul, face au flanc brûlé de la montagne, sans autre mouvement en face de lui que le lent tournoiement des milans et des vautours sur le ciel blanc. Lorsqu'il fit effectuer une volte-face à sa monture, elle s'écroula pour ne plus se relever, sa robe pommelée éclaboussée de sang.

Friant arriva au galop, sauta de cheval, prit le bras de Desaix. Son visage rayonnait.

— Nous sommes victorieux, mon général ! s'exclama-t-il. Grâce à vous ! Vous n'avez pas bronché sur votre cheval. Je vous crois dix degrés plus froid que la glace.

Desaix sourit, s'accrocha à l'épaule de Friant pour ne pas s'écrouler. L'image d'un homme transformé en iceberg s'imposa à son esprit et, dans la fournaise où crépitaient encore des coups de feu, où flottaient des nuages suffocants de poudre, il en éprouva une sensation de fraîcheur.

— Vous sentez-vous mieux ? demandait Friant.

Il venait de lui arroser la tête avec l'eau de sa gourde.

— Merci, dit Desaix. Je puis marcher à présent.

Tournerie était parvenu à démonter les huit pièces d'artillerie des mamelouks. La tornade des cavaliers s'éloignait vers la crête de la vallée, suivie par les flots pressés des fellahs.

Desaix montra le côté opposé de la vallée.

— Ce soir, dit-il, nous coucherons à Sédiman.

Un bruit de sanglots le fit se retourner. Vivant Denon soutenait un grenadier qui pleurait comme un enfant.

— Son camarade a été blessé par un boulet, expliqua le baron. Les mamelouks ont dû l'achever à l'heure qu'il est. Il se nommait Lavalette. Spartacus Lavalette. C'était un bon compagnon et un brave soldat...

5

LA MOSQUÉE DES FLEURS

Tandis que l'orage grondait sur Sédiman et le Fayoum, les fêtes en l'honneur de la République se poursuivaient au Caire. Bonaparte les avait voulues éclatantes : elles dépassèrent ses espoirs.

Chaque nuit, durant plusieurs semaines et jusqu'aux premiers jours d'octobre, le gigantesque obélisque de Cléopâtre, boutonné de feux de haut en bas, brillait au cœur de l'ombre comme un étrange joyau. Des monuments que l'on ne se décidait pas à détruire avaient été édifiés en plusieurs points de la capitale, de la rive du Nil au château de Saladin. Bonaparte y avait fait proclamer en lettres d'or : *Il n'y a point d'autre Dieu que Dieu et Mahomet est son Prophète*. Il avait fait ériger un obélisque de bois et de carton au milieu d'une arène, place de l'Esbékié, avec des devises géantes à la gloire de la République et de ceux qui avaient chassé les mamelouks. Les spectacles se succédaient sur les places principales, entrecoupés de proclamations dans lesquelles le général en chef déclarait :

— Qui eût dit, il y a un an, que vous seriez aujourd'hui sur les bords du Nil, au centre de l'ancien continent ? Soldats, votre destinée est belle ! Vous mourrez avec honneur comme les braves dont les noms sont inscrits sur cette pyramide... Depuis cinq mois que nous sommes éloignés de l'Europe, des millions de citoyens pensent à vous.

Bonaparte rayonnait. Les Turcs et les Arabes paraissaient avoir accepté la présence des troupes françaises sur le sol d'Égypte. Les mamelouks d'Ibrahim avaient fui vers l'orient ; ceux de Mourad décampaient devant la division Desaix vers les étendues brûlantes du Saïd. L'assemblée des notables, le *Diwan*, était à la dévotion du « Roi de l'Occident », on chantait ses louanges dans les mosquées ; ses savants et ses artistes travaillaient d'arrache-pied à mettre le pays en valeur et à tirer de sa nuit millénaire, comme une momie, la vieille civilisation des pharaons.

L'amour avait souri au général : on ne le voyait plus qu'en compagnie de la jolie Pauline Fourès, qui, déguisée en soldat, bottée et vêtue comme un hussard, avait suivi son mari en Égypte.

Et pourtant, Bonaparte, à certains moments, paraissait préoccupé. La défaite d'Aboukir ayant coupé les ponts avec la vieille Europe, il aurait aimé que son armée s'incorporât davantage à la vie égyptienne. Ce pays valait bien la France. Puisque le billet de retour avait sombré avec les navires de Brueys, autant valait se faire une raison et jouer carrément le jeu. Il approuvait Menou d'avoir pris ce parti. Ce général avait épousé la fille d'un propriétaire d'établissement de bains, vivait, s'habillait à l'égyptienne, se rendait au moins une fois par jour à la mosquée, malgré les quolibets de ses officiers et de ses hommes qui ne l'appelaient plus qu'Abdallah Menou, du nom qu'il s'était lui-même donné. Malheureusement, à part quelques officiers qui agissaient plus par zèle que par conviction, l'armée continuait à s'habiller et à vivre à la française. Lui-même, Bonaparte, avait tenté de donner le ton. Il était apparu un soir dans une assemblée vêtu de pantalons bouffants et d'un caftan richement brodé, la tête coiffée d'un turban à aigrette. La mort dans l'âme, il avait été contraint de battre en retraite sous les rires qui avaient salué son apparition et de revenir à la vieille redingote noire qu'il portait à Toulon.

Bien que l'armée semblât se faire à sa nouvelle existence, il apparaissait moins probable que jamais qu'elle décidât de bon cœur de se faire musulmane et de renoncer au retour. Quand on en parlait aux soldats, ils protestaient qu'ils n'accepteraient jamais de se priver volontairement de vin, de porc, et de montrer sept fois par jour, pour prier, leur derrière au ciel. La plupart vivaient dans l'opulence mais tous eussent préféré l'ordinaire le plus minable d'une garnison de province. Libre à Bonaparte de se livrer à ses singeries hypocrites en présence des muftis ou des ulémas ! Quant à eux, ils eussent traversé l'Afrique à pied pour rejoindre la France plutôt que de laisser leurs os dans le sable du désert. Quand on leur citait en exemple la ténacité et le courage de l'officier du génie unijambiste Cafarelli, ils répliquaient :

— Sans doute, mais lui au moins est toujours sûr d'avoir un pied en France.

Quand on prétendait, devant Bonaparte, que les Turcs et les Arabes, quelque grimace que l'on fît devant eux, resteraient toujours les ennemis irréductibles des Français, qu'ils ne manquaient aucune occasion de les frapper dans le dos, Bonaparte répliquait :

— Souvenez-vous de Spartacus Lavalette !

L'atmosphère était étouffante entre les murs blanchis à la chaux où flottaient des odeurs médicamenteuses et des fumées aromatiques. Le jour, c'était la torture de la chaleur ; la nuit, celle des moustiques : ils pénétraient dans l'hôpital par nuées et harcelaient les malades qui se débattaient contre leurs assauts dans un concert de jurons.

Le jour, quand sa blessure ne le faisait pas trop souffrir, Lavalette le miraculé jouait aux cartes et perdait, sequin après sequin, avec la plus parfaite indifférence, la modeste fortune qu'il avait accumulée. La nuit, les mains croisées sous la nuque, libérant l'une d'elles de temps à autre pour écraser un moustique, il rêvait.

Les nouvelles de la Haute-Égypte n'étaient ni bonnes, ni mauvaises. La chasse aux mamelouks se poursuivait dans la fournaise du Saïd. Chaque jour, par des courriers descendant le fleuve, on apprenait la progression lente mais tenace de la division Desaix dans une contrée mystérieuse, semée de villes tombeaux où ne vivaient, autour de quelques misérables indigènes, que des serpents, des chauves-souris, des crocodiles, faune insolite que l'Afrique déployait autour des soldats de la République, minés par l'ophtalmie, la fièvre et la fatigue.

Lavalette rêvait... Pire que les pires épreuves, l'immobilité lui pesait. Le boulet qui lui avait arraché à la cuisse un morceau de chair gros comme le poing n'avait pas entamé son ardeur. Dès que le chirurgien Larrey passait à portée de voix, il le hélait rudement, lui reprochant de se faire un malin plaisir à le confiner entre ces murs puants. C'étaient alors des joutes oratoires dont les autres malades se régalaient.

— Une nuit, hurlait Lavalette, je ferai le mur et tu pourras toujours envoyer tes geôliers à ma recherche, maudit boucher !

— Essaye un peu ! répliquait Larrey, et tu resteras ici jusqu'à la fin de tes jours. Mais sois tranquille : dès que je pourrai me débarrasser de toi, espèce de grand escogriffe, je te jetterai à la rue avec mon pied au cul !

Le calme retombait après l'escarmouche. Un jour, le chirurgien lui avait lancé :

— Ce n'est pas parce que les mamelouks t'ont soigné comme un coq en pâte qu'il faut te prendre pour le roi d'Égypte !

Lavalette entendait encore à son oreille la voix rauque qui interrogeait : « Lavalette ? » avec un singulier accent. Il revoyait le visage brun, maculé de sueur et de poussière, qui s'était ouvert d'un large sourire lorsqu'il avait hoché la tête et murmuré : « Oui, c'est moi, Lavalette. »

Dès lors, tout avait été comme dans ces zones du sommeil où le rêve le dispute à la réalité. Lavalette s'était senti soulevé de terre et emporté avec précaution, puis pansé, bichonné, abreuvé d'eau fraîche additionnée de jus de citron. Il s'était dit que les mamelouks devaient l'avoir pris pour Bonaparte, quoiqu'il n'en eût guère l'aspect ni le maintien. Ils avaient achevé les huit hommes qui râlaient autour de lui. Et lui, Lavalette, ils l'avaient soigné et sauvé. Pourquoi ?

Ce n'est que sur la djerme qui, de nuit, descendait le fil du fleuve en direction du Caire qu'il avait eu l'explication de cet étrange comportement à son égard. Il avait suffi d'un nom pour qu'il comprît : Ali, fils d'Hassan... Lavalette était sous sa protection ; son ami veillait sur lui sans qu'il le sût, et, une nouvelle fois, l'arrachait à la mort. Quand il y songeait, Lavalette en avait les yeux humides. C'était parfois des larmes de rage, lorsqu'il songeait que Barthélemy le Grec, avec la bénédiction de Bonaparte, étant arrivé à ses fins, occupait sans le moindre scrupule le magnifique palais des bords du grand canal. Ce qu'Ali et son vieux père, le cadi, étaient devenus, Lavalette n'avait pas tardé à l'apprendre : ils avaient rejoint les rangs de ceux qui refusaient une occupation fondée sur le meurtre et la spoliation. On disait qu'Ali était au Caire, mêlé à la tourbe des bas quartiers, et Hassan dans les rangs des mamelouks combattant aux côtés de Mourad.

Un matin, on apporta à Lavalette un message qu'un jeune Copte avait déposé pour lui. Lavalette le tourna, le retourna, finit par le tendre à un infirmier.

— Lis, toi ! D'où je suis on n'y voit goutte.

Quoi qu'il arrive, disait le billet, *tu seras toujours mon ami. On peut reprocher beaucoup de choses à mon peuple, mais pas de revenir sur une amitié sincère et partagée. Si Dieu voulait qu'un jour nous nous trou-*

vions face à face, les armes à la main, sache que je jetterai mon sabre pour te tendre les bras. J'ai subi ton mépris avec peine ; j'ai accueilli dans la ferveur ton amitié. Ne m'oublie pas.

L'infirmier termina à grand-peine la lecture de la missive, tant le rire l'étouffait. Si Lavalette ne la lui avait pas arrachée des mains, il serait allé la lire à toute la chambrée, à toute l'armée.

— Ma parole ! dit l'infirmier, c'est une véritable lettre d'amour !

— Oui, répondit gravement Lavalette. Une lettre d'amour. Et tu es trop sot pour la comprendre.

Le matin du 21 octobre, alors que la chaleur commençait à peser sur la capitale, Lavalette fut réveillé par un murmure profond. Il songea que quelque marché devait se tenir à proximité et referma les yeux en attendant qu'on lui apportât, ainsi qu'aux autres grabataires, le café matinal. Quelques minutes passèrent. Puis des gerbes de cris fusèrent de la place. Lavalette sursauta. Complètement réveillé, il courut à la fenêtre où déjà s'agglutinaient les malades les plus valides.

— On dirait une émeute, dit un jeune hussard en se retournant. Le général Dupuy va lâcher quelques compagnies sur cette canaille et tout rentrera dans l'ordre.

Lavalette parvint en jouant des coudes à s'infiltrer jusqu'au premier rang. Une émeute ! Cela semblait pire encore. On eût dit que toute la population cairote s'était trouvée dehors. Une marée humaine déferlait par les ruelles, se débandait sur la place, se jetait par vagues contre des boutiques ouvertes dont on obligeait les propriétaires à se barricader derrière leurs volets. Une lourde fumée montait derrière le quartier de l'est, cuivrée de lueurs fauves. Le hussard se pencha au-dehors, interpella les grenadiers qui, devant le portail de l'hôpital, attendaient placidement, l'arme au pied.

— Holà ! vous autres, qu'attendez-vous ? Qu'on vienne vous tirer par les moustaches ?

Une voix lui répondit en écho, de l'intérieur de la salle. Il reconnut Larrey.

— Regagnez vos plumards, bande d'éclopés ! Et si j'en prends un le nez dehors, je le fais mettre aux fers !

— Qu'est-ce qu'ils veulent, ces malheureux ? s'informa Lavalette.

Larrey, l'air plus sombre et plus bourru que jamais, expliqua que ce que l'on avait pris, aux premières heures de l'aube, pour une simple émeute tournait à l'insurrection. Le Caire bouillait comme une énorme marmite. Par un Copte au service de Barthélemy le Grec, on avait appris qu'une trentaine de cheiks s'étaient réunis à la mosquée El-Azhar, la mosquée des Fleurs, pour y rencontrer les émissaires de Mourad et d'Ibrahim, mêlés à des Turcs et à des Anglais. Ce beau monde avait décidé de soulever toute la population contre les Français. Et la population, la veille encore calme et amicale, était devenue, en l'espace de quelques heures, une sorte d'hydre aux milliers de têtes vomissant l'injure, la menace et le feu. Du haut de leurs minarets, les muezzins, après la prière habituelle, avaient diffusé les mots d'ordre de la révolte.

— Ils ont tué à coups de bâton le vieux cadi Ibrahim Ekthtem effendi, raconta Larrey, parce qu'il se disait l'ami des Français et refusait de suivre les insurgés, puis ils ont mis le feu à son palais. C'est lui, là-bas, qui est en train de brûler. Il y a pire encore : plusieurs de nos compatriotes, des artistes, des savants, des soldats, qui se rendaient à leurs occupations ou à leurs postes, ont été sauvagement abattus. La chiennerie est déchaînée !

— Que fait le général en chef ? Où est-il ? demandèrent plusieurs voix.

Bonaparte était parti au lever du jour pour l'île de Roda, dans la banlieue du Caire, en compagnie de Cafarelli et de son état-major, afin d'y inspecter des travaux. Il n'allait sûrement pas tarder à revenir en ville, à condition qu'il pût se frayer un chemin à travers les flots pressés des Bédouins qui assaillaient les portes de la capitale.

— Et le général Dupuy ? s'enquit Lavalette. Il est commandant de la place, il me semble.

— Dupuy, grogna le chirurgien, n'a pas pris ce soulèvement au sérieux. Pourtant, s'il n'intervient pas rapidement, nous allons tous nous faire massacrer.

Il pointa le doigt vers Lavalette.

— Toi, le grand escogriffe qui a la langue si bien pendue, te sens-tu capable de tenir un fusil ?

— A vos ordres, répondit Lavalette en bombant le torse.

— Tu vas faire un tri parmi ces tire-au-flanc, choisir ceux qui peuvent marcher et manier la pétoire. Tu les réunis, tu veilles à ce qu'ils soient revêtus de leur uniforme et correctement armés. Mais gare ! je ne veux pas de traînards ou de fillettes qui tournent de l'œil si leur blessure se remet à saigner. Après quoi, tu les présentes au capitaine des grenadiers qui est en bas, et vous filez vers le quartier général demander du secours.

Lavalette porta la main à son bonnet de nuit et salua militairement. Larrey le tira à part et lui dit à voix basse :

— Cette lettre que tu as fait lire à l'un de mes infirmiers, ça voulait dire quoi ?

— Au diable si je le sais ! bougonna Lavalette, troublé.

— Ce billet venait de ton ami Ali ?

Lavalette baissa la tête, grignotant la pointe de sa moustache.

— Écoute, poursuivit Larrey, l'amitié, c'est bien joli, mais quand on est en guerre il n'y a plus d'ami qui tienne. Tu dois être d'abord fidèle à ta patrie. Ton Ali est l'un des chefs de l'insurrection. Il ne faut pas être très malin pour le comprendre. Il est donc devenu ton ennemi. Ce sont les lois de la guerre. Elles sont cruelles, j'en conviens, mais ni toi ni moi n'y pouvons rien. Si tu ne reconnais pas ces lois, autant valait rester à garder tes moutons dans la garrigue !

Lavalette avait pâli. Son regard remonta jusqu'au visage de ce chirurgien qui parlait comme un officier et il eut soudain envie de lui jeter à la figure qu'il se moquait bien des lois de la guerre et qu'un soldat qui n'est pas capable de rester un homme n'est pas digne d'exister. Il songea qu'Ali demeurerait son ami et que toutes les lois de la guerre n'y pourraient rien. Peu lui importait le destin de cette tourbe qui vomissait sa haine devant les portes de l'hôpital. L'amitié d'Ali, c'était autre chose. Lavalette devinait vaguement qu'elle se situait dans une région du cœur où les impératifs de la vie quotidienne n'ont pas prise. Il en était surpris, au point qu'il se demandait parfois si Ali avait une existence réelle, si le souvenir qu'il gardait de leurs brèves entrevues n'allait pas se dissoudre en lui sans laisser de trace, comme ces personnages des *Mille et Une Nuits* qui traversaient les récits des officiers, sur le pont de l'*Orient*, ne laissant dans l'esprit que l'image d'un brouillard de perles.

— Tu m'as bien compris, Lavalette ?

Lavalette hocha la tête, sans conviction. Lorsqu'il eut son fusil en main, il lui parut plus lourd que d'ordinaire.

De minute en minute l'insurrection prenait plus d'importance. Aucun des comptoirs et des magasins tenus par des Français n'avait été épargné. Fanatisés par les ulémas, trois cent mille Cairotes étaient descendus dans les rues. La moindre trace de sang, la moindre odeur de poudre les jetaient dans les transes. Par toutes les portes de la capitale la foule des Bédouins accourus du désert sur on ne savait quels signes mystérieux affluait, l'arme au poing, prête au massacre et au pillage.

Le peloton mené par Spartacus Lavalette était parvenu, non sans peine mais en évitant de faire parler la poudre, à joindre le corps de dragons commandé par le général Dupuy dans la rue des Vénitiens. La foule des émeutiers y était si dense que la troupe s'y trouvait bloquée, incapable d'avancer ou de battre en retraite. Il en allait d'ailleurs de même des insurgés qui s'étaient à ce point imbriqués dans les rangs des soldats qu'ils se trouvaient comme prisonniers.

— Il faut sortir de cette souricière, mon général ! lui cria Lavalette. Sinon, nous allons nous faire égorger.

— Facile à dire ! répliqua Dupuy. Que ferais-tu à ma place ?

— J'avancerais pied à pied, sans faire usage de mes armes, de façon à parvenir jusqu'à la place, là-bas, où nous pourrions manœuvrer plus à l'aise.

Le général Dupuy s'énervait. Prenant le contre-pied de ce que lui suggérait le grenadier, il donna l'ordre à ses dragons de charger, sabre au clair. Ils avancèrent de quelques mètres, tracèrent dans la foule un sillon de sang qui se referma aussitôt. On n'était guère plus avancé, sauf que quelques dizaines d'émeutiers gisaient sur le sol, piétinés par les chevaux, et que la colère de la foule monta d'un ton.

« Foutue bêtise ! songea Lavalette. Il ne manque plus que l'un de nous perde la tête et se mette à tirer ! »

A peine cette pensée venait-elle de lui traverser l'esprit, un bruit de tonnerre retentit à une dizaine de pas derrière lui. Barthélemy le Grec venait de surgir avec un peloton de la police. Énervé, il avait fait feu avec son tromblon. La mitraille avait creusé dans la masse humaine un véritable cratère de chairs sanglantes.

— L'imbécile ! hurla Lavalette. Il va tous nous faire massacrer.

La colère des émeutiers devint extrême. Les armes, couteaux, sabres, lances, se mirent à scintiller comme des insectes de métal. Des chevaux s'écroulèrent, d'autres se cabraient en hennissant, éventrés ou égorgés, tandis que les dragons, après avoir vainement tenté de jouer du sabre, se laissaient engloutir dans la marée humaine.

— Tenez bon, mon général ! cria Lavalette. Nous arrivons ! Les éclopés, suivez-moi ! Feu à volonté !

Le peloton parvint à progresser de quelques mètres en direction du général Dupuy quand Lavalette poussa un juron. Complètement emprisonné par les rangs serrés des émeutiers, le général venait d'être atteint sous l'aisselle par un couteau fiché à la pointe d'un bâton. Il chancela. Lavalette vit ses bottes battre l'air. L'espace d'un instant, leurs regards s'étaient croisés. Le grenadier sentit un souffle sauvage le soulever.

— En avant ! hurla-t-il. Pas de quartier.

Il était comme ivre. Pied à pied, jouant de la baïonnette et de la crosse, il parvint jusqu'au général. Tandis que ses hommes dégageaient la place autour du blessé, il le chargea sur ses épaules et, après avoir défoncé une porte d'un coup de pied, pénétra avec son fardeau dans la première bicoque qui se présenta. Elle était déserte. Il parvint à trouver un broc d'eau. Arrachant un pan de sa chemise, il en fit un pansement. La blessure était grave, la lame ayant pénétré sous l'aisselle et tranché une artère. Lavalette fit un joli pansement bien propre.

— Courage ! dit-il. Vous vous en tirerez pour cette fois-ci. Vous m'entendez, mon général ?

Le général ne répondit pas. Il paraissait très occupé à observer fixement le jeu des ombres et des lumières qui bataillaient au plafond.

La capitale tout entière sentait la fumée et la poudre. Cette immensité de palais, de mosquées, de bazars, d'entrepôts et de masures s'était, en quelques heures, transformée en champ de bataille. Peu après la mort du général Dupuy, Bonaparte était enfin parvenu à pénétrer dans la ville en forçant la porte de Boulaq. Pied à pied, il avait réussi à progresser jusqu'au quartier général où, succédant à Dupuy, le général Bon avait pris en main la répression de la révolte. Un coup d'œil sur un plan sommaire de la ville, un bref entretien avec Junot et les officiers de l'état-major, et Bonaparte put se convaincre que la révolte vivait ses dernières heures. Il distribua ses ordres et bientôt, dans le crépuscule qui flamboyait sur l'horizon du Nil, on entendit rouler les canons. La place de l'Esbékié, au cœur du Caire, une fois déblayée, des bouches à feu furent placées en batterie à l'entrée de chaque rue y aboutissant. Le général en chef avait la situation bien en main. Pourtant il paraissait songeur.

— Berthier, dit-il, je suis inquiet. Est-ce que cette

canaille ne va pas profiter de la nuit pour revenir à la charge ? Je crains un massacre général contre lequel nous serions impuissants à réagir.

Songeant à celles qui avaient ensanglanté la Sicile, il murmura :

— Des Vêpres égyptiennes, Berthier... Est-ce possible ?

— Je n'y crois pas, dit Berthier. Les Arabes et les Turcs répugnent à combattre la nuit. La ville va s'endormir comme si de rien n'était. Mais nous avons tout à craindre, en revanche, du jour qui vient.

Berthier avait raison. La nuit fut lourde et paisible. De temps à autre, des cris : les « Qui vive ? » des sentinelles ou les ordres des officiers qui commandaient les patrouilles, ou encore les aboiements des chiens qui se disputaient quelque charogne. Un peu de lune dessinait la coupole de la mosquée des Fleurs, les murailles brutales de la forteresse où, plusieurs siècles auparavant, Saladin avait tenu tête aux croisés. Le Caire ressemblait à une énorme bête blessée, écrasée de fatigue et de sommeil. Parfois, une odeur de fleur d'oranger venait mourir aux fenêtres du quartier général, venue on ne savait d'où.

Il était minuit et le général en chef ne dormait pas encore. Appuyé à la fenêtre, il respirait la nuit, sondait le théâtre vide où la tragédie observait un entracte. Il aperçut un clignotement sur les remparts de la forteresse et tressaillit.

— Berthier, s'écria-t-il, Dommartin est en place !

Le chef d'état-major, qui sommeillait, la tête sur ses bras repliés, bondit. L'ordre était enfin exécuté. Dommartin était parvenu à installer ses batteries sur les falaises du Mokatam, entre la Qoubbeh et la citadelle : elles dominaient d'une centaine de mètres la mosquée des Fleurs. « C'est là, songeait Bonaparte, que les rebelles se retireront. C'est là que je les écraserai. »

— Alerte ! nous sommes attaqués !

Vivant Denon sursauta. Il rêvait qu'il se promenait en compagnie du petit général polonais, Sulkowski, tué la veille aux portes du Caire, qu'ils longeaient les rives d'un canal ombragé de palmiers dattiers, un canal qui n'avait ni commencement, ni fin. Il aimait bien Sulkowski. La veille encore, quelques heures avant sa mort, il racontait au baron comment le convoi des blessés revenant de Belbeis avait été sauvagement attaqué par les insurgés.

— Allons, monsieur, tonna une voix, laissez vos crayons pour aujourd'hui !

On lui tendit un fusil et un paquet de cartouches, puis on le poussa sur une terrasse. Le jour venait à peine de se lever sur les jardins de Hassan-Katchef où l'Institut d'Égypte s'était installé. Des vociférations montaient de toutes parts. Le bâtiment central était assiégé. Les émeutiers s'en prenaient à présent au modeste édifice où quelques savants et artistes avaient installé leurs pénates. À l'intérieur, la confusion était à son comble. Dolomieu et Cordier, deux géologues, se chamaillaient, l'un prônant l'usage des armes pour repousser les assaillants, l'autre préférant les accueillir à coups de pierre. Finalement, chacun fut laissé à sa propre initiative.

Denon abandonna son fusil entre les mains de Saint-Simon, se saisit d'un pic et s'acharna contre le mur de la terrasse, lui arrachant des pierres et des gravats qu'il déversait à l'aveuglette sur les émeutiers. Delisle avait installé un dispositif de bascule fort ingénieux au-dessus du grand escalier, afin de noyer sous une grêle de pierres ceux des insurgés qui auraient pu pénétrer dans le bâtiment. Resté à son poste, la main sur la corde qui libérerait l'avalanche, il retint son souffle. Dans un tumulte de fusillades, de cris d'effroi et de douleur, la porte d'entrée venait de voler en éclats. « Je compte jusqu'à trois », se dit-il.

Il n'acheva pas. Le baron bondit sur lui, le ceintura.

— Malheureux, dit-il, qu'alliez-vous faire ? Ce sont les nôtres !

Un groupe de grenadiers venait de faire irruption dans l'entrée, leurs buffleteries éclatantes de blancheur croisant leur poitrine sur l'habit bleu national. Le premier qui émergea sur la terrasse était un jeune colosse moustachu. Le baron cligna des yeux dans la vive lumière de la matinée. Ce visage bourru lui était familier. Il s'écria :

— Lavalette ! Je vous croyais à l'hôpital militaire !

— J'y étais ! rectifia le grenadier en escaladant la dernière marche.

Il saisit le baron par les épaules, le força à s'aplatir sur la terrasse. Des coups de feu partaient des arbres voisins. Les balles faisaient voler des éclats de pierre et de plâtre autour d'eux.

— Je suis content de vous revoir, dit l'artiste.

— Tu aurais pu venir plus tôt me rendre visite. Comment va Tricot ? Encore un qui se la coule douce !

— Il s'ennuie de vous, Lavalette. Chaque fois que je l'ai rencontré, c'est de vous qu'il m'a entretenu. La dernière fois que je l'ai vu, il en était au point qu'il parlait de déserter pour venir vous retrouver.

Une balle siffla à la tempe de l'artiste, alla ricocher comme une sauterelle d'acier contre le parapet. Denon n'avait pas bronché.

— Tu es courageux, baron, dit Lavalette. Cette balle a failli te tuer.

— Quelle balle ? s'étonna l'artiste.

Lavalette haussa les épaules.

— Que fais-tu au Caire ? dit-il. Je te croyais loin dans le Sud.

— Desaix piétinait dans le Saïd. Nous nous querellions chaque jour ou presque. Il n'a qu'une idée en tête : rattraper Mourad et le battre une nouvelle fois, comme à Sédiman. Autant courir après le vent de sable, le khamsin ! Mon rôle, à moi, c'est de dessiner et d'étudier les monuments de l'ancienne Égypte. Où je désirais m'arrêter, il passait sans faire halte. Où il n'y avait rien à dessiner, il semblait prendre plaisir à s'arrêter.

— Tu oublies que nous sommes ici pour faire la guerre.

— Nous y sommes aussi pour faire avancer la connaissance du passé et apporter la civilisation à ce peuple misérable.

— Tu vas rester longtemps au Caire ?

— Non, mon ami. Le Saïd me manque. Quand on a vu les colosses et les temples se dresser sur l'horizon du désert on en est comme hanté. Il faut que je retourne là-bas.

— Moi, les pierres, tu sais...

— Ne dites pas cela, Lavalette ! Quand nous sommes arrivés devant Thèbes, le spectacle de ces monuments était tel que les hommes, sans avoir reçu d'ordre, se sont mis en rang et ont défilé au son des clairons et des tambours. Cela, jamais je ne l'oublierai.

Le bonnet du grenadier s'envola, fauché par une balle.

— L'endroit est malsain, dit Lavalette. Décrochons. Nous serons mieux en bas. D'ailleurs, je vais devoir te quitter. Ça continue de barder en ville. On va avoir besoin de moi. Salut et fraternité, baron !

Le ciel s'était brusquement couvert au-dessus du Caire et la capitale était devenue un véritable étouffoir. L'air brûlant stagnait dans les rues étroites où la troupe patrouillait inlassablement. Des nuées de mouches avaient fait leur apparition et harcelaient les soldats. Après une nuit de mauvais sommeil, ils avançaient comme des somnambules à travers les quartiers qui avaient retrouvé leur calme. Le foyer de l'insurrection, c'était désormais la mosquée El-Azhar et ses abords. Les rebelles s'y étaient repliés ; ils étaient là plusieurs milliers, mal armés, mal équipés, mais fanatisés par leurs chefs. Isolés du reste de la ville, tous les débouchés étant tenus par les Français, ils attendaient, sous la menace des batteries de Dommartin, qui, des hauteurs du Mokatam, braquaient leurs gueules sur l'immense sanctuaire. La tension était extrême. Il y eut, chez les insurgés, un moment d'espoir lorsque les membres du Diwan, sévèrement réprimandés par Bonaparte pour n'avoir pas su prévoir le soulèvement, s'avancèrent vers eux ; certains allèrent jusqu'à s'imaginer que le « Roi des Français » leur apportait sa capitulation ! Lorsqu'ils apprirent que c'était la leur que l'on exigeait ils reconduisirent les notables à coups de fusil. Puis le silence et la chaleur retombèrent comme un couvercle sur la grande mosquée, traversés de temps à autre par les modulations poignantes des prières.

« Qu'attendent-ils ? » se demandait Lavalette, les yeux tournés vers les canons du Mokatam.

Dans le même temps, il songeait : « Ali se tient là, à quelques pas de moi, dans cette mosquée transformée en forteresse, et, peut-être, tout à l'heure, un éclat d'obus, une balle l'atteindront-ils. » Ali ne pouvait pas être ailleurs. Sa place était au milieu de cette populace fanatisée. Peut-être, dans cet instant même, contemplaient-ils la même scène : un Arabe à demi nu s'avançant en dansant, seul, narguant les fusils des grenadiers, criant des injures, moitié en français, moitié en arabe ; un officier le mettait en joue, le blessait sans qu'il arrêtât sa danse sauvage ; lorsqu'un autre officier l'abattit, l'homme tourna sur lui-même comme une toupie, dans l'éclair multiplié de son cimeterre, avant de s'abattre avec une sorte de râle suraigu qui était comme un cri de joie.

La lueur d'un éclair toucha l'œil de Lavalette puis, quelques fragments de seconde plus tard, un grondement. L'artillerie de Dommartin commençait à bombarder la mosquée des Fleurs. Le premier boulet disloqua un groupe d'insurgés massés à l'une des entrées du sanctuaire. Le second s'écrasa sur la coupole. Ceux qui suivirent tombaient comme grêle. Il semblait que la falaise fût transformée en cratère, les canonniers s'en donnant à cœur joie. Lavalette croyait entendre leurs *hourras !* lorsqu'un boulet faisait s'effondrer une bicoque vermoulue d'où montaient des cris de femmes et d'enfants. « Je n'aime pas ça ! » grogna Lavalette, mais, en même temps, il souhaitait que l'ordre d'attaquer fût donné.

Une heure passa, puis deux. Les quartiers autour de la mosquée des Fleurs n'offraient plus qu'un spectacle de décombres fumants. Le sanctuaire lui-même ne tenait encore debout que par miracle. Par les brèches qui s'ouvraient dans les murailles, on distinguait un grouillement de fourmis affolées.

« Qu'ils se rendent, nom de Dieu ! » songeait Lavalette. À chaque boulet qui éclatait, il lui semblait voir jaillir en l'air le corps disloqué d'Ali, et son cœur se serrait.

Il pouvait être six heures du soir et la chaleur ne semblait pas avoir baissé d'un degré quand un phénomène étrange se produisit. Du ciel gris de fer partit un éclair suivi d'un long roulement de tonnerre. Ni Lavalette, ni ceux qui l'entouraient n'y prêtèrent attention. En revanche, des fellahs, contenus par un cordon de flanqueurs dans une bâtisse en ruine, se mirent à genoux et se jetèrent le front contre terre : le phénomène était si rare sous ces latitudes que les malheureux s'imaginèrent que la voix des éléments et la colère de Dieu ne faisaient qu'un. La même terreur sacrée dut se manifester chez les rebelles qui tenaient encore la mosquée, car un lourd silence, ponctué seulement par des éclatements de mitraille, avait succédé au coup de tonnerre. De fait, un groupe venait de quitter le champ de ruines et se dirigeait vers l'entrée de la rue Sanatiyeh où Bonaparte se tenait sur son cheval, sondant à la lunette les entrailles de pierre déchirées par les batteries de Dommartin.

Bonaparte, impassible, laissa le groupe s'approcher, écouta ces hommes parler d'une voix ferme. Au fur et à mesure que Venture de Paradis traduisait leurs propos, son visage se durcissait, accusait ses angles. Il se frotta vigoureusement le dessus de la main droite qui tenait la bride et répondit :

— Vous avez refusé ma clémence quand je vous l'offrais. Maintenant, c'est l'heure de la vengeance qui sonne. Vous avez commencé ? C'est à moi de finir !

Il fit un signe de la main, comme pour chasser une mouche d'au-dessus de son assiette et intima aux rebelles l'ordre de se retirer. Il se disait que trop de sang français avait coulé : trois cents morts dans ces deux seules journées, dont le général Dupuy et son cher Sulkowski ! Cette « horde de vagabonds », cette « canaille, la plus brute et la plus sauvage qui existe au monde », devait payer. Qu'importait que la répression tournât au massacre !

Bonaparte sentit une main se poser sur la sienne. Il se retourna vivement, sourit à la jolie Pauline Fourès qui, vêtue à la hussarde, lui disait :

— C'est bien, mon ami. C'est ainsi qu'il fallait parler à ces sauvages.

Bonaparte bomba le torse. Ses lèvres minces se tendirent d'un sourire qui paraissait un rictus. Puis il porta sa lunette à son œil. Il ne restait plus qu'à attendre. Les grenadiers s'étaient portés en avant, baïonnette au canon, pour supporter le choc du suprême assaut : celui du désespoir.

Il ne tarda pas à se produire. Par vagues, les insurgés jaillissaient des ruines comme des rats, se jetaient à corps perdu sur le rempart des baïonnettes qui ne cédait pas d'un pouce. Du haut du Mokatam, les batteries de Dommartin avaient repris leur concert. Alors que l'on croyait la mosquée vidée de ses occupants, des groupes de désespérés en sortaient, venaient pousser leurs cris de mort au visage des soldats et se laissaient empaler avec un courage qui tenait de la démence.

Lavalette se sentit pris de vertige. Outre que sa cuisse le faisait atrocement souffrir, d'affreuses nausées lui soulevaient le cœur. C'étaient trop de cadavres, trop de sang ! Il résistait contre l'envie de se replier, de laisser sa place à ceux qui, derrière lui, frémissaient du désir de se porter aux premiers rangs. Mais céder sa place, c'eût été risquer d'abandonner Ali à son sort. Et Ali était là, il le savait.

Un crépuscule de soufre teintait le ciel lorsque Bonaparte donna l'ordre de faire taire les canons. Il venait d'apercevoir un drapeau blanc agité par une brèche. Peu après, quelques notables qui avaient tenu les rênes de la rébellion se présentaient à lui et, le visage contre la terre, demandaient miséricorde. Ali n'était point parmi eux : il n'était pas dans sa manière d'implorer sa grâce comme un chien.

Bonaparte pardonna. Tous ceux qui n'auraient pas été pris les armes à la main bénéficieraient de sa clémence.

— Reste-t-il encore des rebelles dans la mosquée ? demanda-t-il.

Il en restait quelques dizaines. Des irréductibles tapis dans les ruines. Bonaparte fit la grimace : faire nettoyer la mosquée, c'était risquer de perdre une centaine d'hommes pour en tuer trente ou quarante.

— Envoyez les grenadiers, dit-il, comme à regret, et pas de quartier pour ceux qui seront pris les armes à la main. Je retourne au quartier général. Berthier, vous me tiendrez au courant. Que l'on fasse vite !

La mosquée et les demeures qui la ceinturaient constituaient une véritable petite ville. Il fallut l'investir, maison par maison, décombre après décombre, presque pierre à pierre. Mais les véritables difficultés commencèrent quand les premiers grenadiers touchèrent aux murailles du sanctuaire, ou à ce qui en restait. Des amoncellements de cadavres, parfois, une main sortait, tenant un pistolet, et un soldat français tombait, atteint d'une balle dans le dos. La pénombre qui régnait déjà dans le sanctuaire accroissait encore les difficultés et les dangers. La mousqueterie tonnait dans un silence de mort, ou le cri long et déchirant d'un rebelle qui, blessé par la décharge d'un fusil, basculait d'une galerie. Les fanatiques étaient plus nombreux qu'on ne l'avait prévu. On croyait avoir nettoyé une partie de la mosquée et quand les grenadiers avaient tourné le dos la fusillade reprenait.

On entendait parfois aussi un appel répercuté par ce qui restait des voûtes et qui retombait en pluie :

— Ali ! Ali ben Hassan !

Le cœur de Lavalette battait à rompre. Il avait pénétré depuis un quart d'heure déjà dans les ruines et la charge qu'il avait placée dans son fusil y était toujours. Il s'était entendu réprimander ironiquement par ses compagnons qui trouvaient étranges ses atermoiements. Peu importait à Lavalette. Il préférait rater son coup plutôt que d'atteindre par inadvertance celui qui, à trois reprises, lui avait sauvé la vie. Il finit, pour ne pas se faire soupçonner outre mesure, par faire feu sur les chauves-souris qui commençaient à tournoyer.

— Ali !

Un sergent mal embouché avait fini par s'approcher de lui, l'œil mauvais.

— Qu'as-tu donc à gueuler ? Qui est cet Ali que tu appelles ?

— Personne, avait répondu Lavalette. En turc, ça veut dire « Rendez-vous ».

Le sergent n'insista pas. Peu après, Lavalette l'entendit crier « Ali » à tous les échos, accompagné par d'autres grenadiers qui reprenaient en chœur son appel.

Lavalette pénétrait dans une sorte de chapelle latérale où achevaient de se consumer de merveilleuses broderies de bois doré répétant les versets du Coran lorsqu'une voix chuchota près de lui :

— C'est toi qui cherches Ali ben Hassan ?

Lavalette se retourna vivement, porta la pointe de sa baïonnette sur un jeune Arabe accroupi, l'épaule droite à demi arrachée par un éclat de boulet.

— Tu sais où il se tient ?

Le blessé fit signe qu'il le savait et ajouta :

— Que lui veux-tu ? Le tuer ? Ali est invincible.

— Non ! se récria Lavalette. Ali est mon ami. Je veux le sauver au contraire.

— Alors, regarde cette porte, après le deuxième pilier à droite. Il se tient là. Dieu soit avec toi, Lavalette !

— Comment connais-tu mon nom ?

— Ceux qui connaissent Ali ben Hassan te connaissent et savent que sa protection est sur toi comme la main d'Allah.

Il grimaça de douleur et supplia :

— Achève-moi, Lavalette. Aie pitié de moi.

Lavalette s'exécuta : un coup de baïonnette en pleine poitrine et le rebelle s'éteignait dans un hoquet. Le grenadier s'avança à pas lents vers la porte que lui avait indiquée le jeune Arabe. Elle était entrebâillée. Il finit de l'ouvrir de la pointe de sa baïonnette. Elle donnait sur un escalier accédant aux galeries supérieures. Lavalette s'y engagea, appela « Ali » à plusieurs reprises, finit par se retrouver sur une galerie crevée en son milieu, et qui paraissait déserte. Des bruits de pas le firent se retourner : personne. Il commençait à se demander si l'homme qu'il venait d'expédier n'avait pas cherché à l'abuser quand il aperçut un deuxième escalier, fort raide. Il s'y dirigea lorsque, passant près d'un tas de décombres, il fut assailli par-derrière, privé de son arme et bâillonné d'une main ferme. On l'entraîna dans un réduit baigné d'une pénombre translucide.

— Laissez-le maintenant, dit Ali.

Les hommes se retirèrent comme des ombres.

— Je savais que tu viendrais, dit Ali.

— Et moi, je savais que tu étais là. S'il l'avait fallu, j'aurais désobéi aux ordres pour te rejoindre. Tu vas me suivre.

— Non, Lavalette.

— Je réponds de ta vie.

De nouveau, Ali secoua la tête. C'est alors que

Lavalette s'aperçut qu'il était blessé à la tête : un côté de son turban était rouge de sang.

— Ce n'est rien, dit l'Arabe, qui avait suivi le regard du Français. Le jour de ma mort n'est pas venu.

— Ce sera le jour de ta mort si tu t'obstines. Bonaparte a consenti à faire grâce à tous ceux qui se rendraient. Jette tes armes, suis-moi et demain tu seras libre.

Le regard d'Ali se glaça. Il se redressa lentement.

— Libre ? On dirait que tu ne connais pas Bonaparte ! Il n'est pas homme à laisser en liberté un ennemi qui saisira la première occasion pour le tuer. Pour moi, la liberté ne commencera que du jour où le tyran aura quitté cette contrée ou qu'il ne sera plus.

— Pourquoi cette haine ? Bonaparte n'est pas un monstre ! Il sait se montrer clément. La preuve !

— J'étais prêt à devenir son ami, à le soutenir. Il m'a libéré des galères de Malte, je ne l'oublie pas. Mais il a trahi ma confiance en couvrant la spoliation de ma demeure et le meurtre d'une partie de mes serviteurs. Il a trahi la confiance de mon peuple par des profanations et des brimades. Autant j'étais prêt à lui venir en aide pour chasser la dynastie des mamelouks, autant je me sens son ennemi lorsqu'il décide de prendre leur place. Un tyran est un tyran ! La lutte ne fait que commencer. Elle se poursuivra implacablement. Où qu'il aille, il me trouvera sur son chemin. J'ai l'appui des Turcs et des Anglais. Je le vaincrai, je le jetterai à la mer.

— Tu ne sortiras pas vivant d'ici. En bas, mes compagnons tirent sur tout ce qui bouge.

Le visage de l'Arabe se détendit d'un sourire.

— Sais-tu comment on m'a surnommé ? « Ali l'Invincible. » C'est un titre que je dois m'attacher à mériter.

La porte venait de s'ouvrir de nouveau. Trois insurgés au visage noir de poudre et de nuit s'entretinrent rapidement avec le chef.

— Pardonne-moi, dit Ali. Je dois te quitter. Souviens-toi que tu es mon ami et que tu le demeureras bien que tu serves l'homme que je déteste le plus au monde. Nous nous reverrons, Lavalette.

Ali s'inclina, une main sur la poitrine.

— Dieu te protège.

— Attends ! s'écria Lavalette.

Il était trop tard. Ali venait de disparaître. Lavalette se lança à sa poursuite sur la galerie encombrée de gravats, qui menaçait de s'écrouler à tout instant, puis dans un escalier fort raide et fort sombre qui devait être celui d'un des minarets de la mosquée des Fleurs. L'escalier tournait, tournait sans fin. Lorsque Lavalette, hors d'haleine, parvint au sommet, il fit le tour de la plate-forme : elle était déserte. « Il n'a pas pu s'envoler ! » se dit-il. C'est alors qu'il aperçut, petite tache claire dans l'ombre qui régnait sur la mosquée, le caftan d'Ali, accroché à une aspérité :

— Sacrebleu ! s'écria-t-il. Il a sauté, le malheureux !

Le cœur près d'éclater, il dégringola l'escalier du minaret, rencontra en bas un groupe de grenadiers, leur cria qu'il était inutile de monter, qu'il n'y avait personne. Il courut comme un fou, croisa un peloton conduisant une dizaine d'irréductibles, se rua au pied du minaret. Il y avait là quelques cadavres, mais pas celui qu'il cherchait.

La dernière patrouille recueillit Spartacus Lavalette. Muni d'une torche de résine, il parcourait la mosquée en tous sens, comme un fou, retournant les cadavres, fouillant les gravats. Les soldats se dirent que la pauvre tête du grenadier Lavalette n'avait pu résister au spectacle du grand massacre de la mosquée des Fleurs.

6

LA PESTE

— Pas de nouvelles, Barthélemy ?

Le chef de la police secoua la tête. Des nouvelles de France, il ne fallait pas en attendre tant que le blocus des côtes par les navires du commodore Sydney Smith se poursuivrait. Et ce blocus était impitoyable. Pas la moindre lettre, pas le moindre message, pas une seule gazette ne parvenaient jusqu'aux côtes d'Égypte. Bonaparte, qui s'était allongé à même le tapis pour examiner par le détail une carte de la route des Indes, se releva en soupirant.

— Rien ! Toujours rien ! dit-il d'un ton rageur.

Que se passait-il en France ? Comment se comportaient nos armées au-delà des frontières ? Est-ce que les généraux qu'il avait laissés en Italie n'étaient pas en train de compromettre sa conquête ? Le Directoire avait-il la situation en main ? Et Joséphine ? Était-elle aux eaux ou à Paris, et en quelle compagnie ?

Le général en chef se releva, fit claquer sur sa botte noire à revers jaunes la règle qu'il tenait à la main. Il s'avança jusqu'au balcon du somptueux palais de Mohammed bey El Elfi, qui ouvrait largement sur la place de l'Esbékié d'un côté et, de l'autre, sur de merveilleux jardins plantés de sycomores, de palmiers, de cyprès et d'orangers qui embaumaient.

La place était calme à cette heure du jour affectée à la sieste. Barthélemy le Grec paraissait somnoler, appuyé au chambranle de la grande porte. Le nègre du Darfour préposé à l'entrée sommeillait, le menton sur sa poitrine. Pas un souffle d'air ne traversait les immenses pièces, les escaliers géants dallés de marbre, les cours secrètes où murmuraient des jets d'eau, où pépiaient des nuées d'oiseaux multicolores. Ici et là, allongés à même le sol dallé frais comme une source, assis dans l'embrasure d'une porte, vautrés dans leur fauteuil, somnolaient les généraux de l'état-major. Bonaparte les contempla d'un regard méprisant. L'envie le prit de tirer un coup de pistolet en l'air pour jouir du spectacle de ces somnambules au visage huileux, à la moustache et à la chevelure négligées sortant de leur sommeil avec des expressions de panique. Seul le petit Eugène de Beauharnais, l'un de ses aides de camp, le fils de Joséphine, faisait plaisir à voir : vêtu de la galabieh, il s'était plongé dans la lecture du *Pharsale* que Bonaparte avait laissé sur le coin d'une table ; de temps à autre, indolemment, il chassait une mouche qui s'aventurait sur son visage ou sa main.

Le Caire était calme comme un de ces cimetières turcs hantés par les couleuvres. Des hussards jouaient, pareils à des enfants, à l'ombre d'un énorme sycomore : ils attachaient des pétards à la queue de leurs ânes (qu'ils appelaient des « demi-savants ») et s'amusaient à les voir ruer et galoper autour de l'arbre. Quand la chaleur commencerait à tomber, ils se rendraient dans l'une quelconque des mosquées transformées en cafés ou au Tivoli, l'établissement à la mode, qui rappelait les rendez-vous galants des bords de la Seine, ou bien encore ils iraient se promener en barque sur le Nil.

Le Caire paraissait avoir oublié les deux tragiques journées d'insurrection. Bonaparte s'était contenté de faire tomber les têtes de quelques cheiks coupables d'avoir soufflé la révolte, de quelques prisonniers pris les armes à la main. On avait retiré la veille seulement les têtes exposées sur la place de l'Esbékié. De nouveau la population cairote chantait les louanges du *sultan de feu*, les poètes composaient des odes à sa clémence et à son courage. La révolte avait coûté à Bonaparte plus de trois cents morts, mais il y avait gagné un regain de popularité et avait purgé la capitale, grâce à Barthélemy, de tous les éléments troubles qui y fermentaient.

La paix revenue, restait à mener un nouveau combat : celui des savants, des ingénieurs, des artistes contre la misère et l'ignorance.

Débarquant dans un pays où tout était à entreprendre et à découvrir, ils s'étaient mis à la tâche pour créer un monde nouveau, comme s'ils avaient atterri sur une lointaine planète et qu'ils dussent y passer le restant de leur existence. Tandis que les savants et les ingénieurs bâtissaient des moulins, des forts, créaient des fabriques, creusaient de nouveaux canaux, projetaient de retrouver l'ancien, celui des pharaons qui reliait la Méditerranée et la mer Rouge par les lacs Amers, les artistes arrachaient bribe à bribe leur mystère et leur beauté aux grandes nécropoles. Le cœur de Bonaparte battait plus fort lorsqu'il voyait, sur les hauteurs brunâtres du Mokatam, tourner les premiers moulins à vent édifiés par l'ingénieur Conté. Il souriait d'aise en contemplant les nuées de savants et d'artistes en froc noir, leur mouchoir sur la nuque, en train de mesurer l'oreille du Sphynx ou d'escalader les pyramides. Et il découvrait que sa véritable mission était moins, peut-être, de faire de l'Égypte un bastion pour la conquête de l'Orient et de ruiner le commerce britannique que d'y recréer une civilisation qui puisse s'égaler à celle des pharaons de pierre dont le regard vide sondait les profondeurs du désert.

Un bruit de toux le fit se retourner. L'un des janissaires du palais s'encadrait dans la porte. Il précédait un magnifique grenadier à la moustache cirée, au bonnet soigneusement dépoussiéré, aux buffleteries passées à la pierre de craie qui les rendait éblouissantes.

— Que me veux-tu ? demanda le général en chef.

Le soldat salua.

— Grenadier Spartacus Lavalette. Vous m'avez fait demander, mon général ?

Bonaparte cacha un sourire derrière sa main. Où était-il allé pêcher son prénom, ce fils de paysan du Midi à l'accent épais ? Il s'approcha du grenadier, l'entraîna sous une galerie baignée d'une lumière verte et, lui posant la main sur l'épaule, il le fit asseoir sur un banc de pierre, près de lui, après avoir chassé un Copte enroulé dans sa galabieh, en train de dormir pesamment.

— Que fais-tu au Caire ? demanda Bonaparte. Ton régiment est dans le Saïd, il me semble ?

La gorge contractée par l'émotion, Lavalette, dans un style qui paraissait gauche à force de se vouloir fleuri, conta le combat de Sédiman, sa blessure, la grâce qu'il avait reçue comme un don du Ciel et son retour au Caire dans la coque d'une djerme.

— Ton aventure, lui dit le général, ressemble à un roman, mais je te crois. Tu ne serais pas capable d'inventer ce que tu racontes si mal.

Il ajouta à brûle-pourpoint :

— Parle-moi de cet Ali. Il était ton ami, à ce qu'on prétend.

Lavalette faillit rectifier — « Il est » — mais se contint. Il n'ignorait pas que la moindre contrariété risquait de transformer cet homme d'apparence paisible, presque amicale, en un lion rugissant. Lavalette s'éclaircit la voix.

— As-tu soif ? demanda Bonaparte.

Avant que le grenadier eût répondu, il héla un janissaire, lui ordonna d'apporter deux tasses de ce café très fort qu'il tenait toujours à sa portée et qui lui permettait de garder en toutes circonstances l'esprit lucide.

Lavalette raconta l'épisode du débarquement au fort du Marabout, son sauvetage par Ali, la traversée du désert en direction du Caire, sa surprise en constatant que son sauveur était le fils d'un des notables de l'Égypte, sa déception lorsqu'il avait appris que Barthélemy le Grec s'était emparé par la force du palais du cadi...

— Je sais, je sais ! grogna Bonaparte à voix basse. Barthélemy a outrepassé ses pouvoirs et j'aurais dû le punir sévèrement. Mais il était trop tard, et il m'est trop précieux pour que je le désavoue. Il est vil comme un chacal, mais rusé, et il connaît admirablement la population. Tu as donc revu Ali ces jours derniers ? Est-ce à dire que tu entretiens des rapports avec les chefs de la rébellion ?

Le visage de Lavalette tourna au rouge de la brique.

— Mon général !

— Ne te fâche pas ! s'écria Bonaparte. Je voulais te mettre à l'épreuve. Je suis persuadé que tu es un pur patriote et que pour rien au monde tu ne trahirais ton général. Pas même pour couvrir un ami. Ai-je raison, Spartacus ?

— Vous avez raison, mon général, répondit Lavalette.

Bonaparte lui pinça l'oreille si rudement qu'il faillit hurler. Il savait que c'était là un signe de sympathie ou de reconnaissance mais, outre que ces mains galeuses ne lui disaient rien qui vaille, il n'appréciait pas ces familiarités équivoques.

— Sacré Spartacus ! Tu es un bon bougre et je te pardonne. Raconte-moi comment Ali t'a échappé, l'autre soir. Tu as prétendu qu'il s'était envolé. Après tout, la population de cette ville a bien fait courir le bruit que Mahomet m'était apparu ce même soir, après le fameux coup de tonnerre, et qu'il m'avait parlé. C'est peut-être lui qui a emporté Ali sur son aile ?

Lavalette crut de bon ton d'éclater de rire. Il en fit trop. Le visage de Bonaparte vira à la glace. Il se leva brusquement.

— Il me faut cet homme ! dit-il, car il est dangereux. Qu'il soit ton ami, je m'en fous éperdument. Ou du moins cela servira mes desseins. Il est probable que, d'ici peu, nous quitterons Le Caire pour la Syrie. Il se passe là-bas, entre les Anglais et le pacha d'Acre el-Djezzar, « le Boucher », des choses que je n'aime guère. Après m'avoir coupé la route du retour, les Anglais vont essayer de m'interdire celle de l'Orient. Tu me suivras. D'après Barthélemy, ton Ali est en route pour El-Arich et Jaffa. Tu m'aideras à le retrouver. Je veux, avant la fin de cette campagne, voir sa tête au bout d'une pique. Tu auras tout à gagner en m'aidant loyalement. En revanche, si tu me trahis, c'est ta tête qui remplacera celle d'Ali.

La main de Lavalette se porta machinalement à son cou.

— Nous n'en sommes pas encore là ! s'écria jovialement Bonaparte.

Un matin, à trois jours de là, Lavalette flânait sur le bord du Nil, à hauteur de la pointe nord de l'île de Roda, en face du Caire, prêtant attention tantôt aux processions de femmes puisant l'eau dans le Nil, tantôt aux ouvriers en train de construire des défenses, quand il aperçut une djerme en train d'accoster. Il se porta vers la rive en tirant sur sa pipe. C'était un convoi de prisonniers qui descendaient du Fayoum où les troupes de Desaix s'étaient installées après la victoire de Sédiman. Lavalette s'approcha d'un sergent qui se proposait de faire l'appel des éclopés. Soudain, du pont de l'embarcation, une voix joyeuse le héla :

— Ohé, Lavalette !

Il se frotta les yeux et dut se rendre à l'évidence : c'était son camarade Tricot. Il ne paraissait pas trop mal en point, le bougre ! Rasé de frais, son gros nez luisant de santé, il présentait, malgré l'uniforme en loques et le bonnet déchiré, une mine réjouie. Quelques minutes plus tard, Lavalette le serrait contre sa poitrine, les larmes aux yeux. Tricot absent, il lui manquait une part de lui-même. Il lui envoyait un mot écrit, parfois, par un écrivain public qu'il payait d'un sequin, et Tricot, parfois, lui répondait, mais c'était toujours pour lui raconter la même chanson : qu'il faisait chaud à crever, que la nourriture était mauvaise et que l'absence de chaussures décentes était un supplice.

C'était justement au pied droit que Tricot était blessé. Il lui manquait le gros orteil.

— Une vilaine blessure ! Ils m'ont eu, les sauvages !

Tricot fit signe à Lavalette de se pencher vers lui. Il lui glissa à l'oreille :

— Ça, dit-il, c'est la *version officielle*, comme disent les généraux. La vérité vraie, c'est que je me le suis fait sauter, le gros orteil, d'un coup de pétoire, et qu'après j'ai crié « Au mamelouk ! ».

— Pourquoi as-tu fait ça ? demanda sévèrement Lavalette.

Le visage de Tricot devint boudeur, comme celui d'un enfant pris en faute. Il s'ennuyait de son camarade ; il en avait assez des lentilles, de la chaleur, des moustiques, des mamelouks...

— Et tu t'imagines qu'on va nous laisser ensemble ? s'écria Lavalette, pour cacher la grosse émotion qui se nouait en boule dans sa gorge, mêlée à l'âcre goût du tabac.

Lorsque Lavalette lui eut expliqué ce que Bonaparte attendait de lui, Tricot parut toucher terre après une chute du haut d'un palmier. Il ouvrit des yeux ronds qui s'embuèrent, lorsque son compagnon lui parla de l'expédition projetée.

— En Syrie, dis-tu ?

— En Syrie, en Palestine, en passant par El-Arich, énonça Lavalette, fier d'une information toute fraîche. Je n'ai pas fini d'en baver ! Nous allons avoir à nous battre contre les mamelouks d'Ibrahim, les Turcs de Djezzar pacha, les Anglais, les Autrichiens et les Russes. Encore heureux que les Druses soient nos alliés !

Il aspira une bouffée de tabac, prit un air avantageux, le torse bombé, une main dans l'ouverture de sa vareuse, comme il l'avait vu faire à Bonaparte :

— Étant donné la confiance que me témoigne Bonaparte, peut-être m'accordera-t-il la permission de t'emmener avec moi. Avant de me quitter, il m'a dit, en me pinçant l'oreille : « Je n'ai rien à refuser à un brave comme toi. Tu peux me demander ce que tu veux. »

Tricot paraissait ébloui. Il toussa néanmoins, discrètement.

— Et Ali ? Tu as accepté de le livrer comme Bonaparte te le demandait ?

Le visage de Lavalette se rembrunit. Il mordilla une pointe de sa moustache et hocha la tête.

— Je n'ai rien promis, de crainte de décevoir Bonaparte. Je ne tiens pas à perdre son amitié, tu comprends ? D'ailleurs, Ali ne se laissera pas prendre. Je suis persuadé qu'il y a quelque chose en lui qui échappe à la commune mesure.

— Hein ? fit Tricot.

Il ne reconnaissait plus Spartacus Lavalette. Où avait-il pris ces manières de se tenir, de parler, de fumer sa pipe en la tenant dans l'anneau d'un index ? Était-ce l'amitié d'Ali ou celle de Bonaparte qui le grisait ? Ou les deux ensemble ?

— Salut ! fit Tricot d'un air penaud. Nous nous reverrons, Lavalette.

— C'est ça ! dit Lavalette. Tu me trouveras tous les après-midi au Tivoli. Nous jouons au vingt-et-un, moi et quelques officiers du quartier général. Et faut dire que j'ai une chance de cocu !

L'hiver était délicieux au Caire. Les inondations de septembre avaient transformé toute la région en un jardin d'une prodigieuse fertilité. Ce qui avait été un sol aride craquelé par la chaleur et qui, sous les pas des chevaux, paraissait se réduire en poussière suffocante devenait un limon d'où naissaient des végétations de paradis. En voyant les grands troupeaux de buffles paître les vastes espaces du bord du Nil, Lavalette songeait aux étroites prairies de mai dans les replis de la garrigue. Dans l'air balayé par des vents légers, les pyramides se pavanaient, dorées de soleil. Le désert lui-même paraissait amical. On l'entendait, le soir, jusque sous les arcades du Tivoli où l'orchestre jouait des valses, haleter dans son sommeil.

On touchait au terme du mois de janvier 1799 quand la surprenante nouvelle atteignit Le Caire : Djezzar pacha se préparait à envahir l'Égypte. Ce n'étaient plus de vagues racontars propagés par les Anglais pour porter atteinte au moral des troupes françaises. Cette fois-ci, l'affaire paraissait sérieuse. On avait vu apparaître au large du Delta des unités turques et russes, mêlées à la flotte de Sydney Smith. Ils étaient si peu pourvus de bonnes intentions qu'ils venaient jusqu'à portée de canon tâter nos défenses. Kléber et Menou se tenaient prêts dans l'éventualité d'un débarquement. En outre, Djezzar s'était mis à la tête de deux armées comptant au total environ cinquante mille hommes, dont les célèbres corps de janissaires. La première se concentrait à Rhodes ; la seconde en Syrie. Les espions du général en chef étaient formels : la menace se précisait.

Bonaparte exultait. Rien ne lui plaisait tant que cette atmosphère de fièvre qui secouait la capitale, l'âpre souffle du danger, cette odeur de poudre et de sable chaud qu'il avait respirée aux pyramides et à Belbeis.

Ceux qui l'approchaient ne le reconnaissaient plus. Il était, en quelques jours, redevenu semblable à sa légende : un homme de fer insensible à tout hormis à la discipline. Il cassait un capitaine de son grade parce qu'il avait joué aux cartes avec de simples soldats, injuriait un grenadier dont les guêtres portaient des traces douteuses, accablait de reproches son secrétaire, Bourrienne, qui laissait traîner un pli, ou Berthier qui ne transmettait pas ses ordres avec suffisamment de promptitude. L'armée lui donnait du souci : les hommes s'étaient habitués à une vie sans fatigues et sans problèmes ; il décida de les maîtriser. Ce furent des marches harassantes dans le désert, des exercices au plus fort de la chaleur, des tirs de masse qui rappelaient aux Cairotes les tonnerres du Mokatam. En quelques jours, le général en chef avait repris ses hommes en main. Il lui suffirait d'en prélever douze ou treize mille pour aller mettre le feu à la barbe du « boucher de Damas » : le vieux Djezzar pacha.

Le général en chef quitta Le Caire le 10 février. Il laissait la place au général Destaing. Plus au nord, peu avant El-Arich, il devait retrouver le gros de la troupe, composé des divisions commandées par les généraux Reygnier, Bon, Lannes, Kléber, à laquelle se joignait la fameuse cavalerie de Murat (neuf cents hommes qui valaient bien les mamelouks), un corps de quatre cents cavaliers montés sur des dromadaires ou des chameaux à raison de deux par monture. Dommartin commandait l'artillerie et Cafarelli, toujours allant malgré sa jambe de bois, entraînait derrière lui les trois cent quarante hommes du génie.

— Nous serons dans une semaine à El-Arich ! avait décrété Bonaparte.

Dans l'état-major, on avait pris ces paroles pour une boutade, bien que le général ne fût guère d'humeur à plaisanter. Mais, dès le premier jour, on avait compris qu'il parlait le plus sérieusement du monde. Avec un tel meneur d'hommes, le désert perdait son caractère effrayant ; Bonaparte l'apprivoisait. Lorsqu'ils apercevaient, là-bas, devant eux, la petite silhouette noire surmontée du panache tricolore, dévorée par le soleil, toujours en mouvement, toujours en train, malgré la fatigue, de dicter quelque message à Djezzar, au shah de Perse, à Tipoo-Sahib ou au Directoire, autour de lui on traînait la jambe, on pestait contre la chaleur, la soif, les moustiques, la faim, mais on se sentait attiré par lui comme par un aimant. On partait pour la terre de Canaan comme vers une fête. Qu'importait qu'il faille traverser des déserts où, la nuit, de place en place, les carcasses des dromadaires et des chameaux faisaient des taches phosphorescentes ! Au bout de ces terres inhumaines il y avait les jardins d'Acre, les opulentes cités plus riches que celles d'Égypte et si anciennes que les hommes avaient perdu la mémoire de leur origine. Gaza... Jaffa... Acre... Constantinople... Aux yeux brouillés par le sommeil et l'ophtalmie que les soldats français dardaient sur les solitudes du désert, le plumet de Bonaparte était comme une promesse formelle.

Un soir, à Katyeh, peu avant El-Arich, Bonaparte réunit les généraux avec lesquels il venait d'opérer sa jonction. Il eut un regard de mépris pour cet étalage d'uniformes qui paraissaient sortir de chez le fripier, ces visages creusés par la souffrance. Sous la frange de sa chevelure à la Titus, son regard impitoyable s'arrêta sur Kléber : il était le seul qui donnât encore quelque apparence de dignité. Il savait que cette sacrée tête de bois n'approuvait pas cette campagne, mais n'ignorait pas non plus qu'avec lui il n'était d'accord sur rien. Toujours cette dualité farouche entre les vétérans de l'armée du Rhin et ceux de l'armée d'Italie, entre les gens du Nord et les « Provençaux ».

— Messieurs ! s'écria Bonaparte. Je sais que la journée a été dure pour vous. Elle le fut pour moi aussi. Mais je vous demande d'ouvrir grand vos oreilles.

Un bruit sec le fit se retourner. Junot venait d'écraser un moustique sur le dos de sa main. Bonaparte reprit :

— Ne vous laissez pas effrayer par les distances. Après tout, messieurs, il n'y a pas plus loin du Caire à l'Indus que de Bayonne à Moscou.

— A l'Indus ? interrogea Kléber.

Bonaparte le foudroya du regard. Puis il s'éclaircit la voix avant de poursuivre, comme s'il n'avait pas entendu l'intervention de l'enfant terrible du corps expéditionnaire.

— Pour le Directoire auquel je l'écrivais récemment, j'ai trois buts : construire une place forte à l'extérieur de l'Égypte pour assurer cette conquête, obliger le sultan de Constantinople à s'expliquer sur son attitude hostile envers nous, et enfin ôter à la flotte anglaise les subsistances qu'elle tire de la Syrie.

Bonaparte, les mains croisées dans le dos, arpenta la tente de cette allure vive et nerveuse que ses généraux connaissaient bien. Une fusillade lointaine roula dans le crépuscule : des Bédouins attaquaient les avant-postes.

— Autant m'en ouvrir à vous sans plus tarder, poursuivit Bonaparte. Mes ambitions ne se bornent pas à ces trois points.

Il s'arrêta devant Junot qui paraissait très occupé à se curer les narines et résista au désir de le bousculer d'une bourrade.

— L'Orient..., murmura une voix derrière lui.

Bonaparte faillit se retourner pour demander qui avait parlé. Il y renonça, ne voulant pas jouer les maîtres d'école.

— Oui, dit-il, l'Orient !

Il y pensait depuis Brienne. Il passait des nuits à en rêver. Il se voyait pénétrant dans les cités fabuleuses des bords de l'Indus ou du Gange, juché sur un éléphant caparaçonné d'or fin, le turban sur la tête, au milieu d'une tourbe de peuplades serviles qui s'inclinaient devant lui comme devant une divinité réincarnée, dans les parfums d'encens montant du seuil des palais et des sanctuaires. « C'est là-bas, songeait-il souvent en pensant aux Anciens, que se font les véritables empires : ceux qui durent. » Il y avait là-bas, au-delà du désert, des centaines de millions d'hommes qui ne demandaient qu'à suivre un nouvel Alexandre.

La toux discrète de Bon le rappela à la réalité.

— Oui, répéta-t-il, l'Orient... Si je réussis cette

campagne, je trouverai dans Saint-Jean-d'Acre les trésors du pacha et des armes pour cent mille hommes. C'est alors que je soulèverai, que j'armerai la Syrie, déjà indignée de la férocité de Djezzar. Je marcherai sur Damas, sur Alep. Je grossirai mon armée. J'annoncerai aux peuples l'abolition de la servitude et des gouvernements tyranniques des pachas. J'arriverai à Constantinople à la tête de cette masse armée. Je renverserai l'Empire turc. Je fonderai dans l'Orient un empire nouveau, un grand empire qui fixera ma place et la vôtre dans la postérité.

— Fort bien, dit Kléber d'un ton de froide ironie. Et que ferons-nous une fois à Constantinople ?

Bonaparte porta la main à son estomac.

— Pardonnez-moi, messieurs, dit-il.

Il quitta précipitamment la tente. On l'entendit qui vomissait avec des efforts lamentables. Lorsqu'il revint, ses traits étaient défaits, son teint terreux. Kléber et quelques autres songèrent à la saillie de Mallet du Pan : « Bonaparte, ce Scaramouche sulfureux... »

— Tu as besoin de repos, général, dit Lannes. Nous parlerons de l'Orient une autre fois.

— Simples douleurs d'entrailles, répliqua Bonaparte. C'est ce soir que nous avons à parler de l'Orient et non un autre soir.

Il se tourna vers Kléber.

— Une fois à Constantinople, nous prendrons la direction de l'est. Après la Mésopotamie, nous toucherons la Perse. Le shah nous prêtera son appui, il me l'a promis. Par ses montagnes, nous gagnerons l'Inde où nous attend le sultan de Mysore, Tipoo-Sahib. Avec son aide, nous écraserons les Anglais. Si le destin nous est favorable, nous parviendrons à réunir une armée de soixante mille hommes, montée sur cinquante mille chameaux et dix mille chevaux, portant avec elle des vivres pour cinquante jours et de l'eau pour six jours. Nous arriverons en quarante jours sur l'Euphrate et en quatre mois sur l'Indus. Nous pourrons rejoindre Tipoo-Sahib le 1er mars prochain.

Le couvre-feu était sonné depuis quelques minutes quand une voix s'éleva à l'autre extrémité du camp. Une voix puissante et pure, mais terriblement indiscrète dans la nuit lourde de dangers.

Bonaparte bondit sur le seuil de la tente et s'écria :

— C'est encore cet imbécile de Villoteau ! Eugène, va lui dire que, s'il n'arrête pas de faire ses vocalises, je le mets en cage pour de bon ! Demain, quand je lui demanderai de chanter pour entraîner la troupe, il me fera répondre qu'il a de la poussière dans la gorge !

Le petit Eugène de Beauharnais se leva et disparut dans la nuit. Le visage tiraillé par la douleur, le général en chef reparut dans la lumière du quinquet autour duquel tournoyait une nuée de moustiques.

— Ces soixante mille hommes, dit Kléber, où les prendrez-vous, mon général ?

— Question judicieuse ! s'exclama Bonaparte. Je fais venir vingt mille nègres que j'achète à mon ami, le sultan du Darfour. Les chrétiens du Liban et les Druses de Daher me fournissent trente mille hommes. En chemin, nous recrutons les meilleurs guerriers des peuplades sur le territoire desquelles nous passons. Peut-être, lorsque nous toucherons l'Indus, aurons-nous cent mille hommes...

— Il faudra d'abord, objecta Kléber, prendre Gaza, Jaffa et Acre. Ce sont des forteresses difficiles à investir. Comment comptez-vous y parvenir ? Il nous faudra des canons, beaucoup de canons. Et ce n'est pas avec ceux que Dommartin a pu traîner à grand-peine jusque-là...

— Nous aurons des canons ! répliqua Bonaparte.

Il expliqua que l'amiral Perrée avait embarqué à Rosette les pièces et le matériel de siège que contenaient les magasins d'Alexandrie et qu'à l'heure présente, dix navires de charge, escortés par trois frégates, faisaient voile vers Jaffa. Kléber se dressa d'un bloc, la colère brouillant son regard bleu d'Alsacien.

— Un beau cadeau que vous allez faire aux Anglais, mon général ! Voulez-vous parier avec moi que pas un de ces navires n'arrivera devant Acre ? C'est une aventure insensée dans laquelle vous nous avez embarqués !

Bonaparte avait blêmi. Tandis que Lannes et Bon forçaient Kléber à se tenir tranquille, le général en chef fit quelques pas vers lui.

— Je savais que vous ne seriez pas d'accord, dit-il, mais que vous le soyez ou non, peu m'importe !

— Nous ne sommes même pas assurés de retrouver nos bases en Égypte ! rugit Kléber. Ce ne sont pas les quelques milliers d'hommes que vous y avez laissés qui pourront faire face à une nouvelle insurrection ou à une attaque sur le Delta ! Et vous parlez de l'Indus !

— Taisez-vous, répliqua Bonaparte d'une voix cassante, ou je vous inflige les arrêts !

Il se retourna vers ses généraux, ceux qui portaient l'écharpe des aides de camp et les autres, et les balaya d'un regard glacé.

— Messieurs, vous pouvez disposer. Prenez un peu de repos car demain nous aurons encore du chemin à faire. Vous, Bourrienne, restez. Nous avons encore de l'ouvrage.

Bourrienne sentit ses épaules s'enfoncer sous le poids d'une terrible lassitude. Après vingt lieues de désert parcourues à cheval, il allait falloir couvrir des pages et des pages sous la dictée du général, les yeux brûlés par la fatigue, la main ankylosée sur la plume d'oie, la tête embuée de sommeil. Et lorsque le secrétaire se laisserait aller en arrière pour détendre son échine endolorie, il entendrait l'apostrophe cinglante : « Allons, Bourrienne, vous dormez ? »

— Le général a dormi une heure à peine, dit Spartacus Lavalette. Et regardez-le, on dirait qu'il sort d'un bain turc. Frais, propre, rasé, l'œil clair. Je vous le dis, mes amis, ce n'est pas un homme mais un demi-dieu.

Les grenadiers groupés autour de Lavalette hochèrent gravement la tête en rangeant ce qu'il leur restait de biscuit dans leur giberne.

— Tu as entendu, dit l'un d'eux, quand le général Kléber s'en est pris à lui ?

Lavalette, qui était de faction à ce moment-là, n'avait entendu que des bribes de conversation et des éclats de voix.

— Tout ce que je peux vous dire, c'est que ça bardait.

— Tu crois qu'il va être cassé de son grade ?

— Peut-être qu'il va être mis aux arrêts de rigueur ?

— Après ce coup, Bonaparte va sûrement le renvoyer à Alexandrie, peut-être en France ?

Sous l'assaut des questions, Lavalette jouait les sibylles. Non, Bonaparte ne sévirait pas contre Kléber. C'était avec Desaix son meilleur général. D'ailleurs c'était une des manies de Kléber que ce farouche besoin de prendre le contre-pied de tous les projets de Bonaparte. Mais il ne le détestait pas vraiment ; il avait même pour son supérieur une admiration plus profonde qu'il n'y paraissait.

— Vous verrez qu'il fera des étincelles, notre Alsacien, quand il s'agira d'en découdre avec les mamelouks et les janissaires !

Lavalette tira encore quelques bouffées de sa pipe, la cogna contre son soulier pour en faire tomber la cendre. Le petit jour était d'une pureté magique. Le désert paraissait se soulever pour secouer son engourdissement. L'air était frais comme ceux des matins d'été sur la garrigue ; il semblait qu'il glissât entre les doigts comme de l'eau.

— Allons ! dit Lavalette, en route, les gars !

Il se sentait un peu perdu dans cette armée, loin du capitaine Valin, de Vivant Denon qui devait être en train de remonter le Nil en direction de la Thébaïde, de Tricot qu'il avait laissé, larmoyant, à l'hôpital du Caire. Le seul personnage qui lui marquât quelque assiduité était celui qu'il détestait le plus : Barthélemy le Grec. Il venait parfois le rejoindre dans son cantonnement, son visage tavelé comme une poire de curé plissé d'un sourire équivoque. Leurs conversations tournaient immanquablement autour d'Ali, la bête noire du chef de la police. Lavalette ne lui répondait que du bout des lèvres et le Grec en était pour ses frais, mais il ne se décourageait pas, persuadé qu'Ali reviendrait à Lavalette comme une mouche à une tache de sirop.

Le 17 février, comme il l'avait annoncé, Bonaparte rejoignait, dans les parages du fortin d'El-Arich, la division de Reygnier accablée par la chaleur, la soif et la disette. Elle était là depuis plusieurs jours déjà, résistant à la désespérée aux assauts des Bédouins, aux sorties des Turcs et des Albanais qui gardaient le poste. Reygnier avoua à Bonaparte qu'il désespérait de sa venue et que ses hommes étaient prêts à jeter leurs armes dans la mer ou à les tourner contre leurs officiers.

C'était la période du ramadan. Les occupants du fort passaient leurs journées à dormir et leurs nuits à festoyer. C'est au cours de l'une d'elles que Reygnier, sur les ordres de Bonaparte, força les murs de la place autour de laquelle les canons français s'étaient rangés en demi-cercle. On épargna seulement les vieillards. Tout le reste de la garnison fut passé au fil de l'épée et les drapeaux turcs envoyés au Caire.

La campagne débutait sous des auspices favorables. Les Turcs faits prisonniers ne voulurent pas croire qu'il avait fallu seulement une semaine à l'armée pour traverser le désert.

Gaza n'offrit guère plus de résistance. Djezzar était là avec sa horde bigarrée de mamelouks, de janissaires, de guerriers du désert et de la montagne. Bonaparte le distinguait à la lorgnette, en train de cavalcader sur son cheval caparaçonné de draperies. Il avait juré de faire tomber la tête de Bonaparte, le général en chef ne l'ignorait pas, mais il ne pouvait s'empêcher d'éprouver pour ce chef de soixante ans, ardent au combat, cruel avec ses sujets et ses serviteurs, coléreux et entêté, un sentiment qui ressemblait à de l'admiration.

Gaza fut prise sans que Djezzar pût intervenir. Ses hordes, frappées de stupeur, reculèrent dans le désert, laissant libre le chemin de Jaffa.

On atteignit cette ville sous une bruine qui rappelait Paris en cette même saison. Le ciel était bas, la mer grise et moutonnante. L'armée marchait bon train sous les rafales de pluie que le vent de mer rabattait sur elle. La pluie... On en rêvait depuis la tragique traversée du désert de Bahireh par lequel s'était ouverte la campagne. On gémissait après elle comme les peuplades du cœur de l'Afrique. On rêvait qu'on s'en drapait, qu'on la buvait à flots, qu'elle pénétrait les chairs brûlées par le soleil. Maintenant qu'elle était là, les hommes se livraient à elle, tête nue, poitrine offerte. Ils lui parlaient, ils l'adoraient, ils l'imploraient de ne plus les abandonner, cette pluie qui sentait le pavé gras des villes, le crépuscule d'hiver, le jardin engourdi d'automne, le bonheur. L'armée entière vibrait sous les bourrasques comme une forêt. Bonaparte lui-même plaisantait avec son état-major, tendait à l'ondée ses mains malades. Il fit mander Villoteau, lui demanda de chanter *Il pleut bergère*, afin que toute l'armée le reprît en chœur. Villoteau éternua, fit un geste d'impuissance : il s'était enrhumé !

— Prends garde, Villoteau, lui cria Bonaparte du haut de son cheval, tu auras le sort de Parceval-Grandmaison !

Villoteau baissa la tête, penaud. Bonaparte faisait

allusion au poète qu'il avait emmené avec lui, dans l'espoir d'en faire l'Homère de cette *Odyssée*. Las ! Le barde s'était révélé sec d'inspiration comme un pois chiche, sans pour autant renoncer à sa morgue. Bonaparte l'avait envoyé tenir un poste de douanier à Suez.

On se passa de Villoteau et les lieues succédaient aux lieues sans que l'on sentît la fatigue. On avait quitté Gaza le 24 février ; on arriva le 3 mars en vue de Jaffa.

La pluie n'avait guère duré. De nouveau, c'était la chaleur pesante à peine tempérée par la brise de mer, le harcèlement des moustiques, la poussière de la piste contre laquelle les hommes luttaient en se mettant sur le visage un bâillon de linge mouillé. La disette commençait à se faire sentir ; on avait progressé avec une telle rapidité que l'intendance n'avait pu suivre. Par dizaines, les hommes s'écroulaient ; on les laissait sur le bord de la piste, exposés aux raids des Bédouins.

Un soir enfin, Jaffa apparut. Ce fut un éblouissement. La cité, assise en amphithéâtre sur le flanc de la montagne, était gardée par des murailles cyclopéennes au-dessus desquelles jaillissaient des plumets de palmiers. Après les solitudes arides de la côte et les villages misérables sur lesquels les soldats affamés se jetaient comme une nuée de sauterelles, on pouvait croire à un mirage.

Lorsque Bonaparte eut établi les cantonnements, on vint lui signaler que des groupes sortaient de la ville. Il ajusta sa lunette et poussa un soupir d'aise : c'étaient des chrétiens maronites de Syrie ; ils avançaient, précédant une caravane de petits ânes et brandissant la croix. C'était bon signe. Jaffa ne tarderait pas à tomber.

Le lendemain, l'armée se déploya autour de la ville. Les remparts de la vieille cité datant d'avant le Déluge étaient solides, hérissés de soldats en armes : Arabes, Albanais, Kurdes, Syriens, nègres, brandissant des armes hétéroclites. La vue des Français les rendait enragés. Un soir, à quelques jours de là, alors que tout était prêt pour l'attaque, Bonaparte rédigea une sommation à l'intention du gouverneur Abou-Sahib. Il lui donnait jusqu'au matin à sept heures pour déposer les armes et ouvrir les portes de la ville. Barthélemy le Grec suggéra au général en chef d'envoyer Spartacus Lavalette porter la sommation : il pourrait ainsi s'enquérir d'Ali.

— C'est une bonne idée, répondit Bonaparte, mais je préfère envoyer un musulman. Abou-Sahib lui fera peut-être couper la tête, mais à un chrétien il la fera couper sûrement. Et Lavalette peut m'être encore utile.

Un mamelouk du corps des dromadaires voulut bien se charger d'assumer un tête-à-tête avec l'irascible gouverneur. Il s'éloigna, accompagné seulement d'un trompette et d'un cavalier porteur du drapeau blanc. Les portes de Jaffa s'ouvrirent à la première sonnerie, et le cortège disparut derrière les battants de la lourde porte de bois. Quelques minutes plus tard, du haut des remparts, une tête se détachait d'un turban déroulé : c'était celle du mamelouk.

— Nous devrons prendre la ville d'assaut, soupira Bonaparte.

L'eau était délicieuse et Lavalette s'y plongeait jusqu'aux oreilles. Devant lui, des voiles de bateaux de pêche se pavanaient dans la brise du matin ; derrière, au-delà du quai et des installations portuaires, la ville se dorait au soleil levant. Ils étaient là quelques dizaines, en train de s'ébattre comme des enfants. Sur la plage, d'autres soldats attendaient leur tour.

— Ma parole, dit une voix derrière Lavalette, on dirait une odeur de sardines frites. Tu ne sens rien ?

Lavalette ne sentait rien. Le petit capitaine Renaud de Montrevel avait un odorat d'une finesse exceptionnelle. Il s'approcha en quelques brasses de Lavalette.

— Et tu ne vois rien non plus, dit-il, entre le rempart et la tour, là, dans l'angle de la muraille ?

— Si, une brèche, dit Lavalette.

— Et c'est tout l'effet que ça te fait ?

— Je ne suis pas le ci-devant baron Vivant Denon pour m'extasier sur les moindres brèches de ces bicoques.

— Ce n'est pas une brèche ordinaire. Je l'ai bien étudiée. Elle donne directement dans la ville. Avec une cinquantaine d'hommes, nous pourrions nous rendre maîtres de ce tas de pierres calcinées, ouvrir la porte à la première attaque. Si seulement je pouvais trouver ces cinquante braves ! Mais je crains bien qu'ils réservent leur restant d'énergie et de courage pour le pillage de la ville.

Lavalette plongea, ressortit comme un dauphin.

— Vous parlez sérieusement, mon capitaine ?

— Très sérieusement. Mais l'affaire est trop risquée pour qu'elle intéresse qui que ce soit dans cette horde pouilleuse qu'est devenue l'armée de Syrie !

— Si vous voulez de moi..., dit Lavalette. J'aime les affaires risquées. Je n'ai pas fait péter mon fusil depuis cette foutue insurrection du Caire. Il commence à se rouiller.

Un roulement de tonnerre éclata à l'ouest de la citadelle.

— Tu entends, dit Montrevel. C'est l'artillerie qui donne de plein fouet, à « bombes » et à « brèches ». Bonaparte va jouer du canon pendant quelques jours avant d'envoyer ses hommes au massacre, alors qu'avec une poignée de braves bien décidés...

— Allons-y ! dit Lavalette. Nous n'avons pas de temps à perdre.

Toute l'armée crevait d'envie de pénétrer dans Jaffa, d'aller tâter ce fruit mûr proche de la main et inaccessible. Il fut facile à Montrevel et à Spartacus Lavalette d'en trouver une cinquantaine, à laquelle se joignirent deux tambours et deux trompettes.

Montrevel eut le premier l'honneur de pénétrer dans la place. Cette partie de l'enceinte n'était pas gardée car elle donnait sur le port, et Abou-Sahib se doutait bien que les Français n'attaqueraient pas par là. Ils cheminaient le long des maisons désertes, toute la population s'étant portée sur les hauts lieux de la ville pour assister à la canonnade. Parvenus sur une place, ils n'avaient eu que le temps de se jeter dans une bicoque en apercevant, à une cinquantaine de pas devant eux, un petit corps de janissaires marchant derrière un drapeau turc. L'effet de surprise fut tel, lorsque les Français leur tombèrent sur le poil, que les janissaires n'eurent pas le temps de se servir de leurs armes. Leurs cadavres dissimulés dans une cave, les Français reprirent leur progression en tirailleurs. Le grondement des pièces d'artillerie se faisait de plus en plus proche. Entre les maisons, par d'étroites venelles, ils pouvaient distinguer à présent les chemins de ronde grouillants de guerriers en uniformes bigarrés, certains entièrement nus, qui vomissaient des imprécations.

Montrevel réunit ses hommes qui s'accroupirent autour de lui.

— Il ne nous reste plus qu'à attendre, dit-il.

Il se tourna vers le copte nommé Achraf, maigre et noir comme un brandon, qui les avait accompagnés et lui dit :

— Tu vas monter sur le rempart. On ne prêtera pas attention à toi. Dès que les canons auront fait une brèche et que nos troupes s'apprêteront à attaquer, tu viendras nous rejoindre. Nous ne bougeons pas d'ici.

Le copte s'inclina.

— Un instant, dit Lavalette en le retenant par la manche. Tâche de savoir si le jeune chef Ali, fils d'Hassan, cadi du Caire, est dans la ville.

Il lui glissa trois sequins dans la main. Achraf disparut dans le dédale des ruelles et l'attente commença, ponctuée par les détonations des dix pièces de douze qui battaient la muraille et les clameurs qui venaient par vagues des remparts.

Il était quatre heures de relevée quand Achraf reparut. Le temps était venu. Pilonnée copieusement, une tour venait de céder. Les carabiniers et les chasseurs de la 22e demi-brigade se préparaient à attaquer sous les ordres du général Rambeau.

— C'est le moment, dit le capitaine. Suivez-moi !

Enveloppé d'une simple galabieh, coiffé d'un turban, il était allé quelques heures auparavant reconnaître les abords des remparts et en était revenu radieux sous la couche de poussière dont il avait barbouillé son visage. Il avait en tête son plan bien établi.

Lavalette se leva, un nœud d'amertume dans la gorge. Ali était dans la ville, auprès du gouverneur.

— Qu'est-ce que ça veut dire ? s'exclama Bonaparte.

Il braqua sa lunette sur le point dégarni des remparts, reconnut Renaud de Montrevel, entouré de quelques dizaines de soldats français. Le jeune capitaine brandissait un étendard turc tandis qu'autour de lui les fusils français donnaient allègrement dans le flanc des assiégés.

— Ils vont se faire massacrer, les imbéciles ! s'écria le général en chef. Berthier, dites à Lannes de se porter dans leur direction !

Lannes commençait à faire mouvement vers la porte qui commandait la tour lorsqu'une fanfare retentit, couvrant un moment les mousqueteries. Montrevel faisait donner tambours et trompettes, tandis que ses soldats, judicieusement répartis sur les arrières des assiégés, les accablaient de balles.

— Lavalette ! s'écria le capitaine de Montrevel, c'est le moment d'ouvrir la porte !

Il chercha le grenadier du regard. Il avait disparu.

— Laisse-moi faire, dit le copte, je sais où le trouver.

Drapé dans une lévite ridiculement petite, ses cadenettes dissimulées sous un bonnet crasseux, Lavalette suivit Achraf. Des groupes affolés de femmes et d'enfants commençaient à traverser la ville en tous sens. La percée du général Lannes, la présence dans les murs des cinquante hommes de Montrevel avaient semé la panique parmi la population. Elle dévalait par grappes des ruelles menant aux remparts en poussant des cris d'effroi. Lavalette se souvint avec un serrement de cœur des paroles de Bonaparte, qu'on lui avait rapportées la veille, après que le général eut appris le sort réservé au parlementaire qu'il avait envoyé au gouverneur : toute la garnison devrait être passée au fil de l'épée. Il ne fallait pas être fin clerc pour comprendre que ces paroles imprudentes lâchaient la bride à la folie de pillage et de meurtre qui possédait l'armée. Autant lâcher dans une basse-cour une meute accablée par la colère et la faim ! Il allait se passer dans Jaffa des événements terribles, Lavalette le pressentit. Lui-même devait serrer les poings et se contenir en passant devant les trésors qu'il devinait, derrière les murs de ces demeures opulentes, de ces rues marchandes, de ces palais mystérieux. Mais c'est à Ali qu'il pensait, plus qu'à la satisfaction de ses appétits. Il voulait le sauver. Encore fallait-il le trouver.

Achraf montra un vaste bâtiment qui rappelait, par sa forme en quadrilatère, un caravansérail. Ali devait s'être réfugié là en compagnie des officiers d'Abou-Sahib. C'est là que commençaient à se replier les combattants, au nombre de quatre mille environ, qui n'espéraient plus pouvoir défendre la ville contre ces diables de Français. Ils se trouvèrent pris dans un courant d'où montait une odeur de transpiration et de peur. Rejetés dans l'immense cour qui occupait le centre du caravansérail, ils se dirigèrent vers la partie nord que gardait un cordon imposant de janissaires vêtus d'étoffes chatoyantes et bardés d'armes. Achraf parlementa avec un officier plein de morgue et obtint non sans peine que l'on allât prévenir Ali. Le jeune chef se présenta peu après, le visage tendu, sa galabieh serrée à la ceinture par une large écharpe rouge, un énorme poignard damasquiné en travers du ventre. Il promena un regard soupçonneux sur les deux intrus, fronça les sourcils et leur fit signe de le suivre. Il les précéda jusqu'à une sorte de cellule où ils pénétrèrent après qu'un soldat se fut assuré que les deux hommes ne portaient point d'armes. Lorsqu'ils furent seuls, Lavalette ôta son bonnet, laissant ses cadenettes tomber de chaque côté de son visage.

— Toi, Lavalette ! s'écria Ali.

Lavalette attendit un sourire qui ne vint pas, un geste vers lui qu'il ne fit pas. Ali lui tourna le dos. Les mains appuyées au rebord de la fenêtre, il suivait du regard le va-et-vient des guerriers qui arrivaient à flots pressés.

— Tu étais de ceux qui nous ont attaqués par-derrière ? demanda-t-il.

— J'en étais, dit Lavalette, et, pour être franc, j'ai fait le coup de feu tout comme mes camarades. Mais si j'ai accepté, c'était dans l'espoir de te retrouver et de te mettre en garde. Barthélemy le Grec est à tes trousses et ne te lâchera pas. Quand il parle de toi, ses mains se mettent à trembler.

— Tu crois que je ne le sais pas ? J'attends mon heure, moi aussi. C'est lui qui m'a jeté dans la rébellion, je ne l'oublie pas.

— En attendant, il faut fuir. Nos soldats ne vont pas tarder à envahir la ville. Ce n'est pas avec ces quelques centaines de guerriers que tu pourras tenir longtemps.

— Je ne fuirai pas, dit Ali en se retournant. Je défendrai Jaffa jusqu'au bout, contre toi s'il le faut.

— Tu es injuste, Ali, dit Lavalette en fronçant ses gros sourcils. Sais-tu ce que je suis en train de faire ? De trahir pour sauver ta peau.

— Je ne t'ai rien demandé.

— C'est vrai, mais tu m'as trop donné. Il vient un moment où l'excès de générosité donne la nausée à celui qui en bénéficie. Tu m'as sauvé trois fois la vie, Ali, et maintenant que je te tends la main, tu refuses de la prendre.

— Tu parles comme un marchand. Or l'amitié n'est ni une marchandise, ni une monnaie. Quand on aime, qui que ce soit, on ne tient pas le compte des services rendus. Crois bien que je n'hésiterais pas à faire appel à toi si le besoin s'en faisait sentir. Ce n'est pas le cas. Tu peux retourner avec les tiens.

Ébranlé, Lavalette sentit l'absurdité de sa démarche. Ce n'était que trop vrai : il fallait laisser Ali libre de ses décisions. Et pourtant il devinait que le jeune chef se fourvoyait, qu'en choisissant la résistance, il choisissait la mort. Il toussa avec embarras.

— Quand je t'ai suivi en haut du minaret, le soir de l'insurrection, j'ai bien cru que tu t'étais écrasé au sol. Mais je n'ai trouvé que ta galabieh, pas ton cadavre. Que s'est-il passé ?

Ali sourit furtivement.

— J'aimerais te laisser croire que je me suis envolé. En réalité, j'ai sauté dans la cour en m'accrochant à la balustrade. Je me suis débarrassé de ma galabieh pour te faire croire que je m'étais suicidé. J'ai pu quitter la mosquée au cours de la nuit et rejoindre les mamelouks d'Ibrahim, et me voici.

Lavalette remit précipitamment son couvre-chef. Un janissaire venait d'entrer. Il échangea quelques paroles rapides avec Ali dont les traits s'altérèrent.

— C'est bien ce que je craignais, dit-il quand le janissaire se fut retiré. Tes compatriotes sont comme fous : ils massacrent toute la population. C'est la faute d'Abou-Sahib : je l'avais prévenu que le traitement qu'il avait décidé d'infliger au parlementaire de Bonaparte se retournerait contre nous. Il n'a pas tenu compte de mon avis...

La mort avait pénétré dans Jaffa sur les pas des Français. Ils étaient possédés de cette folie de destruction et de meurtre que les musulmans appellent le *berserk*. Le fusil ou le sabre en main, ils pénétraient dans chaque demeure, tuaient tout ce qui s'y terrait : les femmes, les enfants, les vieillards, les chiens. Une tuerie systématique que rien ne paraissait pouvoir endiguer. Bonaparte était dépassé. La meute lâchée, comment la ramener à la raison et l'apaiser ? Des généraux tentaient de s'interposer entre les soldats ivres de sang et les habitants terrorisés, parfois à coups de poing, parfois à coups de sabre. Autant valait jeter des pierres contre les vagues ! Un soldat était-il atteint par une balle tirée d'une maison ? Ses compagnons lui passaient sur le corps avec une parfaite indifférence. On en vit ressortir des palais ou des mosquées qu'ils avaient pillés des colliers d'or et de perles surchargeant leur poitrine, les poches bourrées de joyaux, titubant dans les fumées de l'incendie.

La tuerie, le pillage se poursuivirent toute la nuit, à la lueur des torches, toute la journée du lendemain et une nuit encore. Lorsque l'aube se leva sur Jaffa, il semblait qu'hormis les Français il ne restât plus rien de vivant dans la ville. La garnison (entre trois et quatre mille hommes) s'était repliée dans le caravansérail. Les murs hérissés de fusils attendaient la suprême attaque. Mais les Français semblaient las. Ceux que l'on voyait passer au large, hébétés, dans l'odeur de l'incendie et de la mort, flairant les ruines, retournant un cadavre, paraissaient inoffensifs : un troupeau de porcs après une prodigieuse glandée.

— Tu as eu tort de t'obstiner, disait Lavalette lorsqu'il rencontrait Ali à l'intérieur du caravansérail. Maintenant, pour toi et tes hommes, il ne reste qu'une solution : capituler en demandant grâce. Bonaparte sait être clément quand il le faut. Veux-tu que je me rende jusqu'à sa tente pour lui parler ? Il m'honore de sa sympathie. Je plaiderai pour toi. Je te défendrai contre Barthélemy le Grec.

Ali secouait la tête et poursuivait son chemin. Les heures passaient, oppressantes, ponctuées de coups de feu, de chansons de soldats français en goguette. Parfois, le vent soufflait des odeurs putrides.

Sur la fin de la matinée, alors qu'un soleil impitoyable pesait sur le caravansérail et que les troupes de Lannes faisaient mouvement pour donner l'assaut, Lavalette vit s'avancer, précédés du drapeau blanc et accompagnés d'un interprète, deux jeunes officiers dont l'un portait l'écharpe d'aide de camp : c'était le petit Eugène de Beauharnais, le beau-fils de Bonaparte ; l'autre était un jeune officier : Croisier. Lavalette et Achraf, avec la permission d'Ali, s'avancèrent vers eux.

— Grenadier Lavalette ! dit Spartacus en saluant. Voici Achraf le Copte, mon interprète.

— Que fais-tu ici ?

— Ce que vous venez y faire vous-mêmes, je pense : demander à ces braves qu'ils se rendent s'ils veulent être épargnés. Le général en chef a bien raisonné.

— Mon beau-père n'est pour rien dans notre démarche, dit Eugène d'un air embarrassé. Nous venons de notre propre initiative. Si nous réussissons, nous aurons évité un nouveau massacre.

— Je vous y aiderai, dit Lavalette. Abou-Sahib a pris la fuite, mais il y a là un jeune chef qui vous entendra peut-être.

Lavalette se mordit les lèvres. Il allait, par maladresse, prononcer le nom d'Ali.

— Il se nomme Ahmed, dit-il. Je vais le prévenir.

— Après ce qui s'est passé dans cette ville, dit Ali, comment voulez-vous que je croie les Français sur parole ? Ils se sont conduits comme... comme...

— Nous ne savons que trop comment ils se sont conduits ! dit Eugène. Nous avons souffert dans notre cœur, dans notre honneur de ces débordements. La grâce de Bonaparte en sera la réparation. Acceptez de déposer les armes et vous aurez la vie sauve. Sinon vous serez écrasés sous les bombes, grillés comme des rats, et pas un de vous ne survivra, comme dans la mosquée des Fleurs.

— Je vais en parler à mes officiers, répondit Ali. Patientez.

— Ne tardez pas trop, répondit Croisier.

Le temps passait et le jeune chef ne revenait pas. Au-dehors, par les impostes d'où tombait une lumière aveuglante, on entendait monter le roulement des canons autour de la redoute. Lannes devait commencer à s'impatienter, à se demander si les deux jeunes téméraires n'allaient pas subir le sort du parlementaire que Bonaparte avait délégué à Abou-Sahib. Lorsque Ali revint, le visage sombre, Lavalette songea que les officiers avaient refusé la reddition.

— Nous acceptons, dit Ali, à condition que chacun ait la vie sauve. Votre parole, messieurs !

— Nous vous la donnons sur notre honneur, répondit Eugène dans un élan.

La division de Lannes s'ouvrit pour laisser passer les prisonniers, accompagnés de vieillards, de femmes, d'enfants. Un silence de mort régnait sur la ville. Des flaques de sang séchaient un peu partout dans le soleil. L'odeur de la mort était présente à chaque pas : elle soufflait des maisons désertes, montait des jardins où des équipes d'auxiliaires s'activaient pour enfouir les cadavres dans des fosses creusées à la hâte. Ali marchait en arrière de Lavalette, la tête basse, le visage inexpressif. Lavalette se retournait parfois, cherchant en vain son regard : Ali paraissait vivre dans un autre monde, dans une autre réalité ; celle où il était engagé, il n'y avait plus sa place, il n'y avait plus sa part ; le moindre de ces quatre mille malheureux qui allaient se jeter aux pieds du conquérant valait autant que lui ; il n'était plus rien : la reddition qu'il avait acceptée équivalait à une déchéance ; jamais il n'oserait reprendre les armes. Ceux qui l'entouraient, à quelque nation qu'ils appartinssent, pensaient comme lui.

Lavalette se trouvait derrière Eugène de Beauharnais et Croisier lorsque les deux officiers se présentèrent, radieux, à Bonaparte. Planté devant sa tente, les jambes écartées, une main glissée dans sa petite redingote noire, le général paraissait abasourdi. Il avait blêmi ; son regard parcourait la masse des prisonniers qui n'en finissaient plus de sortir de la ville. Il bégaya :

— Que m'amenez-vous là ?

— Des prisonniers ! répondit fièrement Eugène. Ils sont quatre mille. Nous avons évité ainsi un nouveau carnage.

— Des prisonniers ! s'exclama le général en chef. Que diable voulez-vous que j'en fasse ? Les rejeter dans le désert comme nous l'avons fait à Gaza, pour les retrouver en face de nous à Saint-Jean-d'Acre ! Qui vous a donné l'ordre de faire des prisonniers ?

— Ne vouliez-vous pas faire cesser le carnage ? demanda Croisier.

Bonaparte se laissa tomber sur un escabeau et se prit la tête dans les mains. « Il va sûrement éclater », songea Lavalette. Il eut un mouvement comme pour s'écarter d'une bombe en train de fumer dangereusement. Bonaparte n'éclata pas. Il dit, d'un ton plus calme, tendant ses mains à vif vers les deux officiers, presque suppliant :

— Que voulez-vous donc que j'en fasse ? Passe encore pour les vieillards, les femmes, les enfants.

Mais les autres ! Il fallait les laisser mourir ! Vous voulez donc me faire commettre un crime ?

— Qu'allez-vous en faire ? demanda Eugène, la gorge sèche.

— Je n'en sais rien ! Réunir mes généraux, en parler... Cela sera long. Vous pouvez vous retirer.

Tandis qu'on encadrait les prisonniers pour les conduire à l'écart, Eugène s'appuya au bras de Lavalette.

— C'est fini pour moi, dit-il d'une voix éteinte. Je me ferai tuer à la première occasion.

— Vous avez agi selon les lois de l'honneur, dit Lavalette.

Eugène leva les yeux vers lui et sourit faiblement :

— L'honneur ? dit-il, ce n'est pas dans une guerre comme celle-ci qu'il faut l'exalter. Le tort de ces hommes, c'est de n'être point des Autrichiens ou des Anglais. Le tort de ce pays, c'est d'être impitoyable pour l'homme. Mon tort à moi, c'est de l'avoir oublié.

— Alors, dit Barthélemy avec un mauvais sourire, il semble que tu aies décidé de faire du zèle ? Et courageusement, ma foi ! Se jeter au milieu de cette meute sanguinaire pour tâcher d'y retrouver l'homme que nous cherchons, c'est bien, Lavalette ! Je parlerai de toi au général en chef. Il te récompensera, même si tu as fait chou blanc. Mais il se peut que tu aies réussi. Auquel cas, je verrai avec plaisir briller des galons sur cette manche.

Lavalette rougit, blêmit, se frotta vigoureusement la moustache.

— Tu ne réponds pas ? s'étonna le Grec. Oui ou non, as-tu reconnu Ali, fils de Hassan ?

— Comment l'aurais-je reconnu ? grogna Lavalette. Ces fils de chiens m'ont jeté, à peine m'étais-je présenté, dans un galetas plein de rats et de scorpions. Quand je demandais à voir Ali, ils me riaient au nez !

Allez donc voir vous-même si vous le reconnaissez ! Ils se ressemblent tous, ces moricauds...

— Nous y allons ensemble de ce pas, dit Barthélemy. S'il est dans cette chiourme, nous le reconnaîtrons bien.

En parcourant les rangs des prisonniers, attachés par le poignet à de longues cordes, Lavalette se sentait les jambes molles. Barthélemy s'était fait accompagner d'un Copte barbichu, maigre et vif comme un rat affamé, qui passait de l'un à l'autre des prisonniers, sans oublier les enfants, posant chaque fois la même question : « Ali, votre chef, où est-il ? » Il s'en trouva plusieurs pour affirmer l'avoir vu.

— Ne croyez pas tout ce qu'ils disent, conseilla Lavalette. Ils espèrent ainsi obtenir leur grâce.

Barthélemy fronça les sourcils.

— Je connais ces gens mieux que toi, dit-il. Je sais lorsqu'ils disent la vérité et lorsqu'ils tentent de me berner.

Il tendit la main vers un vieillard ascétique, au visage rongé d'une sorte de lèpre, qui parlait d'abondance et faisait des signes vers un point de la chiourme.

— Celui-là dit vrai, Lavalette.

Le vieillard s'offrit à guider les trois hommes. Il avait aperçu Ali alors qu'il refusait le pain et l'eau qu'on apportait aux prisonniers. Il se tenait au milieu d'un groupe composé de quelques officiers albanais et maghrébins, de femmes et d'enfants à l'allure très digne.

— Alors, dit Barthélemy, où est-il ? Tu dis bien qu'il se tenait ici ? Il n'a pas pu s'envoler ? Parle !

Le Copte traduisit et le vieillard fit un geste d'incompréhension. C'est bien ici qu'il l'avait vu. Il l'aurait reconnu entre mille.

— Il a dû s'envoler ! murmura Barthélemy d'une voix grinçante. Comme au Caire ! Ou alors c'est ce vieillard qui ment.

Il parcourut les rangs des officiers prisonniers, liés

poignet à poignet, alla jusqu'à soulever les voiles d'une matrone, si amples qu'ils auraient pu cacher un homme. La femme protesta par une bordée de jurons. Revenu au vieillard, Barthélemy le chassa à coups de pied. Lavalette sentait la vie et l'assurance revenir en lui, comme le sang à la suite d'une longue ankylose. Ali s'était-il envolé ? Et pourquoi pas ?

Barthélemy se planta en face du grenadier, lui mit le bout de sa cravache sous le menton.

— Toi, dit-il, je t'accuse d'avoir protégé une nouvelle fois ce rebelle. Si j'en avais la preuve formelle, tu serais exécuté dans les heures qui viennent.

— Pourquoi ne me renvoyez-vous pas au Caire ? protesta Lavalette. Je n'ai pas demandé à vous suivre !

La cravache de Barthélemy s'abaissa lentement. Il répondit avec son mauvais sourire.

— Pourquoi ? Tu le sais bien. Parce qu'Ali est ton ami et qu'il te protège. Je finirai bien par vous prendre, l'un et l'autre, car je suis sûr qu'il reviendra vers toi. Aussi vrai que toute cette chiennerie sera, demain, passée au fil de l'épée !

Il avait fallu quatre séances du conseil de guerre pour décider du sort des quatre mille rebelles qui attendaient aux alentours de la tente du général en chef, épuisés par la chaleur et la soif, malgré l'eau et le pain qu'on leur distribuait, parcimonieusement il est vrai. La réponse était : la mort pour tous. Cette nouvelle sema la consternation dans l'armée. On n'y croyait pas, on ne voulait pas y croire : on ne supprime pas, ainsi, quatre mille malheureux désarmés, ou alors on accepte d'être comparé aux plus farouches guerriers des époques révolues, pour lesquels la vie humaine n'avait aucun prix. Des officiers vinrent s'informer auprès de l'état-major. On leur répondait :

— Qu'auriez-vous fait ? Nous n'avons pas assez de

vivres pour dix mille hommes. Que ferons-nous avec quatre mille bouches inutiles de plus ?

L'après-midi, alors que la chaleur commençait à tomber, la division du général Bon se présenta devant la tente du général en chef. Elle se partagea de manière à encadrer une partie des rebelles. Lavalette, que l'on avait, sur un ordre mystérieux, incorporé provisoirement à un corps de grenadiers de cette division, tremblait, comme en proie à une forte fièvre. Autour de lui, ce n'étaient que moustaches basses, visages sombres, mains frémissantes. L'alcool que l'on avait distribué, au lieu de stimuler la troupe, paraissait l'accabler davantage. Des officiers, Lavalette l'avait appris quelques minutes auparavant, avaient refusé de participer à cette opération, se doutant de ce qu'on allait leur demander et refusant de s'associer à ce crime. Ils ne furent pas inquiétés. Le général Bon, tassé sur sa selle, les épaules voûtées, donnait les ordres avec la voix d'un dogue prêt à mordre.

Accablés par la faim et le pressentiment du sort qui leur était réservé, les prisonniers suivirent passivement, en silence, sans une plainte, sans une larme. Lavalette entendit un enfant pleurer à quelques pas de lui, mais la mère l'obligea à se taire en lui donnant son sein. Elle se tourna vers Lavalette et lui sourit. Le grenadier sentit son cœur chavirer et des larmes lui monter aux yeux. Il se força à détacher son regard de la femme. L'alcool qu'il avait ingurgité contre son gré lui donnait de singulières imaginations : il revoyait une fête de son village, quelques années auparavant, alors que ses joues commençaient juste à se duveter ; ils formaient une ronde, ses camarades et lui, autour d'une pauvre nigaude qui souriait béatement ; lorsque l'un d'eux s'était détaché de la ronde pour l'embrasser, elle s'était rebiffée, affolée, et Lavalette s'était battu pour la défendre, battu jusqu'à la limite de ses forces.

La femme s'approcha de Lavalette, lui tendit son enfant en murmurant quelque chose qu'il ne comprit pas. Que voulait-elle qu'il en fît ? Il s'approcha d'elle, tendit les bras, quand une voix le rappela à l'ordre : « Lavalette, dans le rang ! On t'a à l'œil. » Il fit un geste d'impuissance avant de retourner à sa place.

La division arrivait dans les dunes, au sud-ouest de Jaffa, près d'une mare d'eau saumâtre, à quelques pas de la mer. Le général Bon fit diviser la masse des prisonniers par petits groupes. Lavalette, le cœur serré, vit la femme s'éloigner de lui comme à regret. De tout le temps que les dunes ne les séparèrent pas, leurs regards restèrent liés l'un à l'autre. Puis il n'y eut plus rien que l'arête dorée du sable sur le bleu violet de la mer. Lorsque les premières détonations retentirent, que la première fumée monta au-dessus des dunes, Lavalette vacilla et s'accrocha à son fusil pour ne pas tomber.

— Alors, mon gars, l'alcool ne te réussit pas, hein ? dit une voix goguenarde.

Autour de lui, le peloton auquel on l'avait incorporé se déridait. Les hommes commençaient à plaisanter en regardant les prisonniers se livrer à leurs ablutions ultimes, se saluer mutuellement, selon le rite, avant le grand voyage. Ils s'esclaffèrent en voyant un vénérable vieillard assister, impassible, à l'effort de jeunes prisonniers qui lui creusaient une tombe de leurs mains, se coucher au creux de la fosse, se laisser recouvrir de sable et piétiner.

Lorsque le peloton reçut, comme un claquement de fouet, l'ordre de se préparer, puis de faire feu à volonté, Lavalette se dit qu'il ne pourrait jamais obéir. Il vérifia cependant sa pierre à feu, déchira la cartouche avec ses dents, tira à dix pouces au-dessus du groupe et recommença. La poudre lui brûlait la gorge, lui donnant une soif atroce. Il tirait, tirait sans relâche, droit dans le ciel vide, comme si, au-dessus des malheureux qui se jetaient les uns sur les autres pour se protéger mutuellement, il visait l'image d'une déesse barbare, ivre de sang, qui dansait sur la mer éternelle.

Lavalette ne s'arrêta de tirer que lorsqu'on lui en intima l'ordre. L'air rouge, à demi fou de rage, il se retourna vers l'officier qui commandait le peloton, le mit en joue.

— Arrête, imbécile ! lui dit l'officier. Nous avons reçu l'ordre d'économiser nos munitions. Nous allons achever cette racaille à la baïonnette. Et que je ne te vois pas flancher, sinon, c'est le conseil de guerre.

Ce qui se passa ensuite dépassa en horreur ce que Lavalette pouvait imaginer. Il eût aimé prendre l'officier à la gorge, lui faire ravaler ses paroles, l'assommer à coups de crosse, mais il s'était senti poussé en avant, pris dans le tourbillon d'une effroyable kermesse où, à la place du vin, le sang s'était mis à ruisseler. Alors il avait perdu la tête et il s'était jeté dans cette orgie pour en finir au plus vite.

Lorsque, épuisé, il se laissa tomber dans le sable, il entendit la voix de l'officier derrière lui :

— C'est bien, mon gars. Tu as fait ton devoir. Nous nous occuperons des autres demain. Ce sera un régal : des canonniers turcs ! Ils sont douze cents...

— Je l'ai vu, dit Achraf. Je te jure devant Allah que je l'ai vu. Je ne l'ai pas quitté des yeux. Ceux qui l'entouraient, quelques officiers et des femmes, ont creusé une fosse et Ali s'est allongé dedans. Je l'ai vu lorsqu'il est sorti. Il s'est soulevé lentement, a regardé autour de lui, et, après avoir secoué le sable qui était resté accroché à ses vêtements, il a pris la direction de ce petit jardin, là-bas, il a sauté par-dessus le mur et il a disparu. Sur Allah je te jure que c'est vrai. Veux-tu que je te montre l'endroit où il s'était caché ? Comment il a pu survivre, comment il faisait pour respirer, ça, je l'ignore. Mais je l'ai vu comme je te vois. Il faisait presque nuit, mais, par Allah, je l'ai reconnu. Tu ne me crois pas ?

— Si, Achraf, je te crois, bien que tu sois aussi

menteur que tous ceux de ta race. Prends un sequin dans ma bourse. Un seul, tu m'entends, gredin ?

— Tu sais ce qu'on dit en ville, Lavalette ? Je n'ai entendu que des bribes de conversations, mais tous parlaient de la même chose. On dit que la peste s'est déclarée. Tu entends, Lavalette ? La peste ! Je sais que tu as sommeil, mais ce n'est pas le moment de dormir. La peste pourrait venir te prendre et t'emporter pendant que tu dors. Éveille-toi. On dit que c'est la punition que le Ciel envoie sur les Français.

La peste... Bonaparte n'y croyait pas ou feignait de ne pas y croire. On en parlait déjà avant qu'il eût quitté Le Caire. La fièvre à bubons, comme il l'appelait, s'était déclarée à Alexandrie et avait semé la terreur dans la ville. Sur son ordre, on avait habillé en femme le chirurgien Boyer, qui avait refusé de soigner des suspects, et on l'avait promené sur un âne, en ville, avec accroché dans le dos un écriteau ainsi rédigé : *Indigne d'être citoyen français : il craint de mourir.* Cette fois-ci, la chose paraissait plus sérieuse, d'autant qu'une épidémie risquait d'arrêter l'élan de l'armée, sinon de l'anéantir.

Lorsque le médecin-chef de l'expédition, Desgenettes, après une journée harassante, lui rendait visite, Bonaparte lui posait la même question angoissée :

— Alors, Desgenettes, combien de morts aujourd'hui ?

— Le mal ne fait qu'empirer, citoyen général.

Quelques jours après que les premiers cas se furent déclarés, la moitié de la garnison était contaminée et il mourait environ trente soldats par jour. Les autres membres du corps médical faillaient pour la plupart à leur tâche et le médecin-chef se retrouvait presque seul. Il avait beau tempêter, rien n'y faisait. Il s'était volontairement inoculé la peste pour bien montrer qu'elle n'était pas contagieuse. Peine perdue !

— Et vous, Desgenettes, comment vous sentez-vous ?

— Je suis très fatigué, citoyen général.

— Seulement fatigué ?

Desgenettes hochait affirmativement la tête.

Un jour, Bonaparte annonça au médecin-chef son intention de rendre visite aux pestiférés. Desgenettes l'approuva. C'était une décision courageuse : elle rendrait confiance à l'armée et aiderait à la guérison des malades.

— Armez-vous de courage, dit Desgenettes. Vous allez assister à des scènes atroces. Le spectacle d'un champ de bataille n'est rien à côté de ce que vous verrez.

Bonaparte se présenta à l'heure dite, en compagnie de quelques membres de son état-major, au monastère grec orthodoxe où les services sanitaires avaient installé une partie des malades. Il faillit reculer, tant la puanteur était insupportable. Les cadavres voisinaient avec les malades, sur des grabats souillés, étendus à même le sol, jusque dans les salles les plus reculées. Desgenettes passait au milieu d'eux, le visage sombre, les traits tirés par des nuits sans sommeil et surtout par le sentiment de son impuissance. Il pesta contre un voltigeur qui, ôtant sa chemise, lui montrait des taches suspectes.

— Tu n'es pas plus malade que moi ! vociféra le médecin-chef. Il y en a des centaines comme toi, qui s'imaginent avoir contracté la peste. Reste ici si tu en as envie ! Prends la place d'un mort ! Et je te garantis que, pour le coup, tu l'attraperas, la fièvre à bubons.

Desgenettes revint, furibond, vers Bonaparte :

— Pour un vrai malade, combien s'imaginent l'être ? Ce qu'il leur faut, c'est ne plus y penser, c'est le grand air, l'exercice, la propreté. Sauf votre respect, citoyen général, vos hommes vivent comme des porcs. Restez encore une semaine ici et il n'y aura plus d'armée de Syrie ! Vous m'entendez ? Plus un seul homme n'en réchappera. Pas même vous !

Bonaparte hocha gravement la tête et, parcourant les rangs des grabataires, s'efforça, malgré les nausées qui lui soulevaient le cœur, de garder un air naturel et même quelque apparence de sérénité. Il salua les uns et les autres, s'attarda auprès d'un capitaine de hussards, tendit la main à un grenadier géant qui fumait sa bouffarde, le dos appuyé au mur frais.

— Toi aussi, Lavalette ? dit-il. Ne me fais pas le mauvais tour de disparaître avant que nous ayons retrouvé ton protecteur. Montre tes bubons !

— Je n'en ai pas encore, mon général, répondit Spartacus Lavalette, mais je les sens qui mûrissent à l'intérieur.

— Alors tu ferais bien de déguerpir tant qu'il est encore temps.

Il se retourna tandis que Desgenettes et un prisonnier turc emportaient un cadavre. Le malheureux était d'une taille et d'un poids tels qu'ils n'y parvenaient pas.

— Permettez que nous vous donnions la main, dit Bonaparte.

Il glissa un regard ironique vers les membres de son état-major qui, un mouchoir parfumé d'essence de cèdre devant la bouche, se détournèrent.

— Moi, dit Lavalette en se levant, je veux bien vous aider, mon général.

— C'est bien, dit Bonaparte. Je te savais courageux. Je me souviendrai de toi.

Il lui pinça amicalement l'oreille. Côte à côte, ils prirent par les épaules le cadavre horriblement défiguré, et allèrent le jeter dans une courette où déjà s'amoncelaient d'autres cadavres.

— Pardonnez-moi, mon général, dit Lavalette.

Il se tourna contre le mur et se mit à vomir.

— Je ne veux plus te voir ici ! dit Bonaparte. Nous partons demain à l'aube en direction de Saint-Jean-d'Acre. Prends tes frusques, va les laver dans la mer, et tâche d'être prêt à l'heure.

Kléber ôta son uniforme. Son corps apparut dans la lumière blonde du soir, luisant de sueur, colossal, beau comme un bronze antique. Il épousseta sa tignasse de lion que le vent du désert avait saupoudrée de sable. La reconnaissance avait été difficile car les alentours de Jaffa étaient peu sûrs : il avait aperçu des groupes de Bédouins et même des mamelouks qui, à son approche, s'étaient enfuis dans la montagne.

— Nous ne sommes pas au bout de nos peines, dit-il. Tout ça pour aller se casser les dents sur Acre ! Quelle folie ! Qu'en dis-tu, Joachim !

Le général Murat cracha le brin d'alfa qu'il suçait, détendit dans le sable ses longues jambes musclées légèrement arquées. Il était de ceux qui croyaient à la bonne étoile de Bonaparte. Le général en chef exerçait sur lui une sorte de fascination. Il lui eût intimé l'ordre de partir seul avec dix cavaliers s'emparer d'Acre qu'il n'eût pas hésité.

— Je sais, poursuivit Kléber, tu le suivrais au bout du monde. Que demain il décide de tondre toute l'armée, et tu seras le premier à baisser la tête ! Allons, viens !

Ils plongèrent ensemble dans la mer, nagèrent en silence, savourant la merveilleuse fraîcheur de l'eau.

— Puisque tu ne l'aimes pas, dit Murat, pourquoi avoir accepté de le suivre ?

— Difficile à dire. C'est vrai, je le déteste, ton Bonaparte. C'est vrai aussi qu'à d'autres moments je me demande s'il ne vaut pas à lui seul toute une armée. Tantôt il m'apparaît très petit, tantôt d'une dimension écrasante. Qui est-il en réalité ? Je l'ignore, et je crois que c'est pour le savoir que je suis ici. J'en avais assez des petits bonshommes du Directoire. L'aventure que me proposait Bonaparte me convenait par son ambition. Il voyait grand et j'aime les gens qui voient grand. Mais je leur pardonne difficilement leurs faiblesses.

— Bonaparte n'a pas de faiblesses, dit Murat en se laissant aller sur le dos. Il est tout d'une pièce.

Kléber faillit s'étrangler de colère. Il jaillit hors de l'eau.

— Pas de faiblesses ? Et comment appelles-tu ce massacre des quatre mille soldats de Jaffa ? Pour moi, c'est un crime qui le marquera à jamais.

— Pour moi, c'est acte de raison. Les prisonniers qu'il a relâchés à Gaza avec promesse de ne plus prendre les armes contre lui, nous les avons retrouvés à Jaffa. Leur faire grâce, c'eût été manifester une générosité que nos ennemis auraient prise pour de la faiblesse. Nous sommes en Orient, ne l'oublie pas ! C'est un pays où les trônes s'édifient sur des têtes coupées.

— Tonnerre ! jura Kléber, ne sommes-nous pas ici, justement, pour leur démontrer leurs torts, à ces barbares ? On ne prêche pas la violence au pays de la violence.

Il plongea. Sa crinière surnagea sur l'eau comme une méduse.

— Bonaparte sait se montrer humain lorsqu'il le faut, dit Murat. Il est allé visiter les pestiférés, ce matin, au lazaret. Il a même aidé à transporter un cadavre.

Kléber éclata d'un rire énorme.

— Du théâtre ! hurla-t-il. Il y avait là suffisamment de badauds, Berthier au premier rang, pour témoigner de ce geste héroïque lorsque nous serons revenus en France. On en fera de la littérature. Il se trouvera des peintures pour transformer en une merveilleuse image ce geste calculé. Ton Bonaparte en avait lourd sur le cœur d'avoir fait massacrer ces quatre mille soldats. Il fallait rétablir l'équilibre. On le prenait hier pour un monstre. Demain on parlera de lui comme d'un saint.

Murat se rapprocha de Kléber, se planta devant lui.

— Dis-moi, Jean-Baptiste, serais-tu allé, de ton propre chef, remuer des cadavres de pestiférés ? Aurais-tu accepté de faire ce qu'il a fait ?

Kléber baissa la tête.

— Non, dit-il, parce que moi, Jean-Baptiste Kléber, je n'aurais pas eu à me faire pardonner le massacre de quatre mille prisonniers.

7

TERRE DE CANAAN

Quand Lavalette songeait à Djezzar, pacha de Saint-Jean-d'Acre, il voyait se former dans sa tête d'amples mouvements d'étoffes chatoyantes desquels surgissaient un visage boucané, aux dents éclatantes, aux yeux traversés d'orages, des mains noires qui tantôt faisaient mine de saisir un ennemi à la gorge, tantôt se reposaient comme deux corbeaux sur le poignard orné de diamants passé dans la ceinture. Il voyait rarement le vizir turc immobile : quand il ne caracolait pas à la tête de ses féroces janissaires, à demi dressé sur un cheval à la robe de nuit, il s'adonnait à quelque inutile cruauté qui justifiait son nom de « Boucher », se livrait jusqu'à la folie, malgré son âge, à quelque danse guerrière, et les lueurs fulgurantes de son cimeterre paraissaient s'enrouler autour de lui.

Parfois, Lavalette empruntait la lunette de Renaud de Montrevel ou de quelque autre officier qui fraternisait avec lui dans le merveilleux dédain de la jeunesse pour le faux prestige. Il promenait lentement, minutieusement, son regard sur les hautes falaises granitiques qui constituaient les remparts de Saint-Jean-d'Acre, s'usait l'œil à parcourir bastions, chemins de ronde, donjon, où, tour à tour, les croisés du temps de Saladin s'étaient jetés à corps perdu, dans leurs carapaces de fer. Un jour, il avait cru apercevoir Djezzar et avait tendu la lunette au jeune cheik El-Daher, chef des montagnards druses, alliés de Bonaparte.

— Regarde, toi qui le connais.

— Je le connais bien, répondit El-Daher en hochant son mince visage brun. Il a tué mon père pour prendre sa place. Mais ce n'est pas lui. Ne souhaite pas l'avoir en face de toi : il est aussi brave qu'il est cruel.

Les jours passaient, vides et monotones. Afin de faire à bon compte provision de boulets pour le jour où arriveraient les frégates de Perrée portant l'artillerie de siège, Bonaparte avait découvert un procédé à la fois astucieux et divertissant : il envoyait quelques cavaliers caracoler sur la plage, entre la citadelle et les navires anglais du commodore Sydney Smith ancrés dans la rade ; la réaction ne se faisait guère attendre : un tir d'artillerie intense mais pratiquement inoffensif fusait vers ces cibles mouvantes ; quand les canonniers se lassaient, Bonaparte envoyait des volontaires chercher les boulets qu'il payait un bon prix, dans le but de les renvoyer à leur point de départ le plus rapidement possible. Hélas, la flotte de Perrée tardait à se montrer ; sans s'ouvrir de ses inquiétudes à son état-major, Bonaparte n'était pas éloigné de penser que ces restes glorieux du désastre d'Aboukir étaient tombés aux mains du commodore et que les canons sur lesquels il comptait pour abattre les murailles d'Acre se retourneraient contre lui.

Pourtant, cette ville, il la lui fallait. C'est elle qui commandait les chemins de Constantinople et ceux de l'Orient. Buter contre elle, c'était s'exposer à un échec total. El-Arich, Gaza, Jaffa n'étaient à côté que des châteaux de sable. De plus, les navires anglais qui croisaient devant la rade pouvaient en permanence approvisionner la ville en combattants, en matériel de guerre et en vivres. Mais ce qui, plus que tout, inquiétait Bonaparte, c'était la présence, derrière ces murailles, au côté de Djezzar, de Phelippeaux, colonel du génie, émigré en Angleterre sous la Révolution. Bonaparte le connaissait bien : ils se détestaient alors qu'ils faisaient côte à côte leurs études à Brienne. Avec le temps, cette animosité n'avait fait qu'empirer. Bonaparte devinait que Phelippeaux mettrait un point d'honneur à lui interdire l'accès de la ville ; ses espions lui avaient révélé que le jeune émigré veillait personnellement à la défense de la citadelle et que rien ne lui échappait ; à la fougue de Djezzar il ajoutait la rigueur occidentale.

Le printemps se pavanait majestueusement autour de la capitale de la Césarée. Dans la plaine d'Esdrelon, sur les premiers contreforts des montagnes, les vergers se coloraient de blanc et de rose. De riches verdures explosaient sur les rives des fleuves Kison et Kerdanaeh. Quand le canon cessait de gronder, le paysage semblait fleurir des sourires de la paix.

On eût pu croire que la campagne de Bonaparte s'arrêterait là quand deux nouvelles parvinrent au général en chef. Une patrouille de reconnaissance lui annonça que c'en était fait de la flotte de Perrée (les Anglais venaient de la capturer) ; par une caravane de montagnards druses apportant aux Français des vivres, il apprit que les Turcs avaient mobilisé les forces des pachas de Tripoli, d'Alep et de Damas, auxquels s'étaient joints des mamelouks et douze mille cavaliers sous les ordres d'Abdallah. Au total trente mille hommes environ, alors que Bonaparte ne pouvait en rassembler que treize mille. Constituée à Damas, l'armée s'avançait vers Acre avec la puissance d'une marée. Elle avait atteint le Jourdain lorsque Bonaparte apprit la nouvelle. Il blêmit, se retira sous sa tente avec son état-major. La situation était grave. Chaque heure qui passait accroissait les risques d'encerclement. Et cette maudite bicoque qui s'obstinait, malgré la canonnade de Dommartin, malgré les travaux de sape, à résister aux assauts !

Un matin, Barthélemy le Grec fit appeler le grenadier Spartacus Lavalette. Il venait de recevoir un message d'un espion druse qui avait passé quelques jours à Damas.

— Ton ami Ali, fils d'Hassan, est avec l'armée qui cherche à nous prendre à revers. Il commande un petit corps de mamelouks rescapés des escadrons d'Ibrahim...

Lavalette l'interrompit d'un ton ironique :

— Vous avez donc, avec l'accord du général en chef, décidé de m'envoyer à sa rencontre, de lui demander humblement la permission de lui couper la tête pour vous la rapporter ?

— Ne plaisante pas ! répondit sèchement le policier. J'ai suffisamment de preuves de ta collusion avec ce chef ennemi pour t'envoyer rejoindre tes ancêtres par le prochain peloton d'exécution.

— Ne vous donnez pas cette peine, Ali s'en chargera si nous nous trouvons face à face. Il ne m'a certainement pas pardonné de l'avoir supplié de se rendre en lui promettant la vie sauve, à Jaffa, et de l'avoir trahi par la suite. Il a dû apprendre que vous m'avez fait l'honneur de m'incorporer aux pelotons d'exécution. Alors, si nous nous trouvons en présence l'un de l'autre, ce ne sera pas pour nous congratuler.

Il ajouta d'une voix amère :

— J'ai cru que rien ne pouvait menacer notre amitié, qu'elle durerait autant que nous, malgré les guerres, les révolutions, les massacres. J'ai même songé que, cette campagne terminée, nous pourrions nous retrouver, Ali et moi, et vivre comme deux frères. Je m'étais bien trompé. Ali m'a donné à trois reprises des témoignages de son attachement. Et vous voudriez que je le trahisse ?

Il n'y avait pas de colère dans la voix de Lavalette : simplement une infinie lassitude. Dès que le corps expéditionnaire de Syrie serait revenu sur ses bases, ou même dès que le siège d'Acre serait terminé, il demanderait à être rapatrié en France, quitte à tomber aux mains des Anglais.

Barthélemy se leva, son visage plissé d'un sourire qui se voulait paternel et n'était qu'ironie. Il posa une main sur l'épaule du grenadier.

— Je te donne ma parole que tu seras libre de rentrer en France dès que nous aurons capturé ce jeune lion aux dents trop longues. Il est pire qu'Ibrahim, Abdallah ou même Djezzar, car il a appris à connaître les Français et la façon dont ils combattent. Je me suis juré d'avoir sa tête. Tu m'y aideras.

— Si vous lui en voulez tant, c'est surtout parce qu'il vous a tenu tête quand vous avez voulu lui voler son palais ! s'exclama Lavalette. C'est de votre faute s'il est devenu l'ennemi des Français !

Barthélemy ne parut pas entendre. Il tourna nerveusement les talons, feuilleta quelques rapports posés sur sa table de travail, sous la tente où rayonnaient une chaleur lourde et des parfums opiacés.

— Tu partiras dès demain avec Junot, dit-il. Le général aura sous ses ordres trois cents fantassins et cent cavaliers. Vous vous dirigerez vers le sud, en direction de Nazareth. Vial s'orientera vers le nord pour prendre la ville de Sout. Murat s'assurera du fort de Zaphet, au nord-est. Les espions druses de Junot te tiendront au courant des mouvements de l'escadron conduit par Ali. C'est tout ce que j'avais à te dire.

Le sixième mois, l'ange Gabriel fut envoyé par Dieu dans une ville de Galilée appelée Nazareth... Pourquoi cet extrait de l'Évangile remontait-il à la mémoire de Lavalette ? Il l'avait entendu à plusieurs reprises de la bouche du jeune curé de sa paroisse aux messes du dimanche. C'est une phrase qu'il pensait bien avoir oubliée et qui, soudain, se mettait à flotter dans sa tête comme une écharpe dénouée dans le vent du soir. L'ombre de l'olivier au pied duquel Lavalette s'était retiré pour grignoter son biscuit de soldat était semblable à celle qu'il savourait dans sa garrigue au temps des grandes chaleurs. Le village natal du Christ était là, à ses pieds, avec ses maisons blanches tassées sous le ciel écrasant comme un nid de colombes. Il y avait belle lurette que Lavalette, en bon fils de la Révolution française, ne croyait plus à ce qu'on appelait les « fadaises de la religion ». Et pourtant il ne pouvait se défendre de l'émotion qui faisait soudain écho à celle de son enfance de berger, où les paroles toutes simples du curé se transmuaient en images fabuleuses. Il avait imaginé des châteaux et des palais où il n'y avait qu'un humble village tapi dans les oliviers ; des foules agitant des palmes où ne circulaient que des modestes théories de porteuses d'eau ; des hosannas où l'on n'entendait que le chant des cigales et le murmure du vent. C'était cela, Nazareth, et c'était mieux qu'il ne l'avait imaginé.

C'est au débouché du village de Cana que les troupes de Junot se trouvèrent, quelques jours après avoir occupé Nazareth et s'y être reposées, face aux troupes ennemies. Junot était parvenu à communiquer à ses hommes la confiance qui l'habitait. A le suivre, on avait l'impression d'aller à quelque kermesse joyeuse qui se terminerait par une sieste dans l'herbe constellée de narcisses et de crocus. Cana, à l'en croire, serait le lieu d'un nouveau miracle. La horde de cavaliers que les pasteurs lui annonçaient avec des yeux révulsés par la terreur n'était composée que de deux à trois mille combattants. À eux seuls, les cent cinquante grenadiers de la 19e de ligne pourraient les arrêter. Les grenadiers, eux, rêvaient du véritable miracle : le vin coulant dans les fontaines à la place de l'eau ! Mais il fallait d'abord se battre et ils y étaient prêts.

A peine les avant-gardes ennemies s'étaient-elles montrées sur une ligne de crête, le tumulte obsédant des tambours se mit à rouler sur les pentes de pierrailles. On eût dit qu'il montait de la terre même et que toute la vallée se mettait à gronder.

— Je n'aime pas ça ! dit Junot.

Il rassembla autour de lui quelques officiers et aides de camp et les précéda sur la pente qui menait à Meschenah, un village à demi ruiné couronnant une hauteur. Arrivé là, il poussa un juron. Les troupes ennemies étaient plus nombreuses qu'il ne l'avait pensé. Il les estima à cinq mille, en comptant les Bédouins dont il fallait toujours redouter les raids de harcèlement. Cinq mille contre quatre cents ! Junot blêmit mais cacha son émotion sous une boutade : on allait les balayer, ces moricauds, rien qu'en soufflant sur eux ! Personne ne daigna sourire. Mailly fit remarquer que la première formation qui se présentait marchait en bon ordre, contrairement à la coutume, et qu'il y avait profusion d'étendards verts portant la queue de cheval — une coutume qui remontait aux croisades : les Francs lui ayant ravi son étendard, le sultan Bajazet avait coupé la queue de son cheval en guise d'enseigne.

— Je le vois bien, grommela Junot, qu'ils ont de nombreuses enseignes, et tu m'en vois ravi, blanc-bec ! Cela nous promet une fameuse moisson pour les musées de France...

Lorsqu'il eut regagné ses positions, Junot jeta quelques ordres brefs : une cinquantaine de grenadiers suffiraient à contenir les Bédouins ; en revanche, il opposerait les deux cent cinquante autres grenadiers qui lui restaient à la troupe qui marchait si fièrement à la mort ; il gardait pour les utiliser in extremis une centaine de dragons.

— Je ne veux plus entendre un mot ! hurla Junot.

Le premier qui parle, je lui fracasse le crâne. Formation en carrés !

Comme à Chébreis, comme aux pyramides, comme à Sédiman, les deux cent cinquante grenadiers formèrent une citadelle sur plusieurs rangs et attendirent.

— Vous ferez feu quand ils seront à portée de pistolet, cria Junot. Pas avant !

Il tourna ses regards vers l'occident et vit un nuage de poussière s'épanouir comme une fleur dorée dans le soleil. Le cheik El-Daher, sur son ordre, allait alerter Bonaparte. Qu'il échoue dans sa mission, et quatre cents squelettes de Français blanchiraient dans la pierraille de Césarée.

L'ordre claqua sec derrière les oreilles de Lavalette :

— Feu !

La fumée dissipée, Lavalette écarquilla les yeux. La première rangée d'assaillants venait de se coucher comme du blé sous l'orage. Des chevaux, le poitrail fracassé, la tête trouée, dansaient leur ultime danse de mort, jetant la panique dans les profondeurs de la horde. Lavalette tendit au deuxième rang son fusil déchargé, prit celui qu'on lui passait. Une deuxième décharge roula. On vit flotter des étendards verts, on entendit s'élever des cris de rage ou de douleur, et Lavalette sentit sa gorge se contracter. Ali était sûrement de ce bataillon ; c'est lui qui avait eu l'idée de discipliner ses hommes de manière à impressionner les Français. Il avait bien calculé, mais, malgré tout, le tempérament de ses hommes reprenait le dessus. Des cavaliers se détachaient par grappes pour fondre, comme à Chébreis, comme aux pyramides, comme à Sédiman, sur la muraille vivante des soldats bleus. Et chacune de ces charges venait mourir sur la forêt de baïonnettes qui ne fléchissait pas d'un pouce, chaque homme qui tombait étant remplacé par celui qu'il précédait. Bonaparte avait expliqué qu'Alexandre n'agissait pas autrement avec ses Macédoniens, face aux folles cavaleries d'Asie.

Ali était là, à quelques mètres, Lavalette le savait. Il le devinait. Mais comment le reconnaître dans cette mêlée ? Il s'usait les yeux à le chercher, lorsque Junot lâcha ses cent dragons sur les flancs de l'ennemi. Ils traversèrent cette masse d'hommes et de chevaux aussi facilement qu'une forêt, taillant au passage, de droite et de gauche, et se retrouvèrent sur l'autre bord sans avoir éprouvé de pertes sérieuses. Une troisième décharge des grenadiers et des carabiniers traça de nouvelles tranchées dans lesquelles ils s'enfoncèrent. La masse des soldats d'Allah n'était plus qu'un magma sans ailes ni centre.

La chaleur de la matinée (il était plus de dix heures) commençait à peser sur l'étroite vallée et mettait un comble à la nervosité des hommes et des chevaux. La poussière, l'odeur de la poudre rendaient l'atmosphère irrespirable. D'elle-même, la bataille marqua un temps d'arrêt. Les hommes tournèrent leurs regards vers le soleil qui flamboyait dans un ciel blanc comme la craie. On approchait de midi et chacun aspirait à la pause, d'un côté comme de l'autre. Certains grenadiers se mirent au repos, mais la voix tonnante de Junot les rappela à l'ordre sans ménagements. Le combat ne paraissait pourtant pas devoir reprendre.

L'attente commençait à se faire angoissante, quand les grenadiers virent se diriger au trot vers un enseigne turc le jeune Renaud de Montrevel, celui-là même qui, à Jaffa, avait décidé du sort de la bataille avec une poignée d'hommes. Depuis plusieurs minutes déjà, il lorgnait vers cet enseigne, suivant ses évolutions pas à pas. Une force plus puissante que sa raison le portait à désirer s'approprier cet étendard à queue de cheval, dont le croissant surplombant le pommeau brillait au soleil, sûrement l'enseigne d'un puissant seigneur.

Lavalette vit le jeune officier aborder de plein fouet le cavalier turc, un Damascène de belle taille, aux moustaches arrogantes, qui, sous le choc, faillit vider les arçons. Il se cramponna à son étendard, tâchant, de sa main libre, de dégainer son sabre. Montrevel chercha à dégager son pistolet, mais il n'avait pas trop de ses deux mains pour lutter contre le colosse ; d'ailleurs il lui parut indigne de se servir de son arme alors que son adversaire luttait à mains nues.

— Restez à vos places ! hurla Junot.

L'ordre se répercuta sur toutes les positions des Français, répété par les officiers. Junot ne put résister à l'élan qui le poussait vers l'empoignade. Laissant en arrière son état-major avec l'ordre de parer à toute surprise, il poussa jusqu'au premier rang des grenadiers. Lavalette le vit à quelques pas de lui, le poignet passé dans la dragonne de son sabre, les mâchoires serrées, des paroles d'encouragement sur les lèvres :

— C'est bien, petit ! Accroche-le ferme ! Tiens bon !

La lutte dura plusieurs minutes. Montrevel avait lâché la bride de sa monture pour affronter plus à l'aise son adversaire. Il la manœuvrait seulement avec les jambes dont il jouait à la perfection. Les deux cavaliers paraissaient avoir renoncé à l'enjeu pour ne songer qu'à se désarçonner mutuellement. De sa place, Lavalette pouvait entendre leur souffle précipité et les efforts qui leur arrachaient des gémissements. Il crut discerner chez Renaud des signes de fatigue lorsque, le souffle coupé, il vit le jeune officier lâcher ses arçons, chasser son cheval sous lui puis, accroché au colosse, le faire basculer, la tête en bas. Il lui suffit d'un geste, ensuite, pour dégager son sabre et le lui passer au travers du corps. Le cri qui jaillit de la gorge de Lavalette se fondit dans le tumulte soulevant les deux armées.

— A qui le tour ? interrogea Junot, très excité.

Il n'était pas fâché de cette pause qui permettait à ses hommes de respirer en attendant les renforts, et lui donnait en outre l'occasion d'assister à des duels rappelant ceux auxquels se livraient, au Moyen Âge, les croisés de la chrétienté et les chevaliers de l'islam.

Plusieurs officiers se présentèrent, le sabre en avant, jambes écartées, opposant leur arme droite au sabre courbe des musulmans, leur courage tranquille à la fougue de leurs adversaires. A chaque engagement, ces derniers se retrouvaient à terre, basculant en arrière sous un coup de pointe en plein front ou pliés en deux, le ventre troué.

C'est au cours d'une de ces empoignades que Lavalette aperçut Ali. Il se tenait au milieu d'un groupe de mamelouks, au centre de ce qui avait été l'armée turque, comme pour attester que la bataille n'en était qu'à son premier temps et qu'autour de ce centre allaient se recomposer les farouches escadrons de l'Orient. Leurs regards se croisèrent, mais Ali ne parut pas le voir. Il sembla même à Lavalette, malgré la distance qui les séparait, apercevoir un éclair de haine dans ce regard où il n'avait jamais lu que de l'amitié. Lavalette se souvint des propos de Barthélemy le Grec, de ses menaces. Il lui eût été loisible d'épauler et de tirer, et il s'imagina effectuant ce geste, mais c'était pour en saisir aussitôt la monstruosité. Que pouvait-il reprocher à Ali, hormis le fait de se trouver en face de lui ? En revanche, il comprit que l'amitié que lui vouait le jeune Arabe, et qui lui avait paru indestructible, avait fait place à la haine. Il songea qu'Ali le tenait pour un traître qui, à deux reprises, avait cherché à l'abuser : d'abord au Caire, alors qu'il courait à ses trousses dans le minaret ; ensuite à Jaffa, quand il avait insisté, avec Beauharnais et Croisier, afin qu'il mît bas les armes.

Il en était là de ses réflexions quand il vit le jeune seigneur se détacher du groupe, descendre de cheval et s'avancer droit vers lui. Il sentit le sang se retirer de ses artères. Un instant, il se dit que le mieux serait de se faufiler dans les rangs qui faisaient bloc derrière lui, de se fondre dans la masse, de disparaître. Mais il était comme enraciné.

Arrivé à quelques pas de lui, Ali s'inclina brièvement.

— Je te salue, dit Lavalette, gêné.

Il allait ajouter qu'il avait plaisir à le retrouver, bien qu'il eût préféré être à cent lieues de là, quand Ali dégaina brutalement.

— Es-tu prêt à te battre ? demanda le jeune seigneur.

— Me battre ? bredouilla Lavalette. Avec toi ? Tu veux plaisanter ?

Junot s'était approché.

— Que se passe-t-il, soldat ? Tu as injurié ce moricaud et il vient te provoquer ? Alors, battez-vous ! Sabre contre baïonnette...

— Je crois, dit Lavalette, plus mort que vif, qu'Ali ben Hassan n'a pas sérieusement l'intention de se battre avec un humble grenadier. Comme disait Racine : *A vaincre sans péril, on triomphe sans gloire*. Je ne suis pas de taille, je l'avoue.

— C'est Corneille qui a écrit cela, riposta Ali, et non Racine. *Le Cid*, acte II. Allons, Spartacus, ne te fais pas plus pleutre que tu ne l'es, ou alors, je vais être obligé de te dire de vilaines choses.

Lavalette riait jaune.

— Et que pourrais-tu me dire ? N'es-tu plus mon ami ?

— Je l'ai été mais je m'en repens aujourd'hui, et je voudrais effacer ton nom de ma mémoire. A deux reprises, tu as tenté de me livrer aux tiens. Tu as trompé mon amitié. Tu es un traître !

Lavalette se redressa comme sous un coup de fouet.

— Attention à ce que tu dis, Ali. Ne va pas trop loin, sinon je ne réponds plus de moi.

— Je t'ai sauvé trois fois la vie et deux fois au moins, tu as tenté de me trahir. Je devine à présent que tout était faux en toi.

— Arrête, Ali. Je sens la moutarde me monter au nez.

— Tu es de la race des chiens. Mets-toi à quatre pattes, Lavalette, et lèche les bottes de ce glorieux général !

Ali montrait Junot de la pointe de son sabre. Le général se rengorgea.

— Eh bien, Lavalette, s'écria-t-il, qu'attends-tu ? Qu'il te porte le premier coup ?

— En garde ! hurla le grenadier.

Jambe en avant, genou ployé, il pointa vigoureusement sa baïonnette vers la poitrine d'Ali qui recula d'un bond et se mit en garde à son tour. « Je ne pourrai jamais me battre contre lui, songea Lavalette. Et si je joue les généreux, si je me conduis comme si je voulais l'épargner, Barthélemy l'apprendra et il me fera passer en conseil de guerre ! »

Ils s'observèrent durant quelques secondes sans sourciller, tandis qu'avec l'assentiment de Junot les autres grenadiers se regroupaient en demi-cercle autour d'eux, l'autre demi-cercle étant constitué par des Arabes et des Turcs. Un jeune mamelouk tâtait même, avec une fausse expression de terreur, la pointe de baïonnette d'un carabinier de vingt ans plus âgé que lui. C'était la bonne trêve, celle dont on rêve qu'elle se prolongera éternellement.

— Écoute, murmura Lavalette, je te jure sur ma mère (la sainte femme !) que ce que je t'ai dit est vrai. Jamais je n'ai eu l'intention de te trahir. Il est trop tard maintenant pour reculer, mais je me bats sans haine. Alors, tâche de me faire une bonne blessure pour commencer si tu veux que je réagisse.

Ali ne parut pas entendre. Son regard ne quittait pas la pointe de la baïonnette qui dansait à quelques centimètres de sa poitrine. Cela seul comptait : cette petite étincelle de soleil prête à se transformer en foudre. C'est pourtant lui qui porta le premier coup, comme pour répondre au vœu de Lavalette. Lançant sa jambe droite à toute volée contre l'arme braquée sur lui, il faucha d'un coup de sabre le bonnet de Lavalette qui alla atterrir aux pieds d'un mamelouk, lequel s'en coiffa en riant, par-dessus son turban. Lavalette fit un bond en arrière et porta la main à son occiput. La lame du cimeterre n'avait fait que l'effleurer.

— Bon ! fit-il. Puisque tu y tiens, nous allons en découdre !

Sans laisser à Ali le temps de respirer, il lui porta un coup droit dans la hanche. Le fils du cadi poussa un léger cri, riposta par un coup d'estoc qui vint retentir contre le chien de fusil en faisant sauter une étincelle. Lavalette encaissa le choc sans fléchir, riposta même d'un coup de crosse en plein visage qui fit chanceler l'Arabe.

— Allons, dit-il, ne fais pas de manières. Je ne t'ai pas fait mal. Tout ça, c'était pour t'amuser. Si tu insistes, nous allons passer aux choses sérieuses.

En réalité, Lavalette n'y était pas allé de main morte, mais il avait une force telle qu'il n'en connaissait pas les limites. Ali était blessé à la hanche, sous sa petite veste de cuir, et le coup au visage l'avait à demi assommé.

— Bravo, Lavalette ! s'écria Junot. Tu te bats comme un dieu ! Continue et il est à toi. Je parie qu'il a une ceinture pleine d'or !

Lavalette répondit au général si brutalement et dans un vocabulaire si peu châtié que ce dernier préféra prendre le parti de rire. Décidément, ils étaient bien chatouilleux, ces grenadiers !

Les choses devinrent plus sérieuses lorsque le jeune chef, ayant rompu de quelques pas et mis un genou à terre pour se reprendre, bondit sur son adversaire comme une panthère, dans un envol d'étoffe blanche. Lavalette eut l'impression de recevoir de plein front une gifle de khamsin, ce vent du désert qui n'épargne les pyramides que par respect pour les pharaons qui les habitent. Il battit en retraite, parant tant bien que mal en faisant effectuer à son fusil des voltes de sergent-major, avant de se retrouver assis dans le sable, un tourbillon de lumière au-dessus de sa tête, devinant que la moindre maladresse pourrait lui coûter la vie. Il aperçut, tout près du sien, le visage d'Ali, entendit son souffle, perçut sa voix :

— Fais ta prière, Lavalette !

Le cimeterre siffla. Lavalette se retourna sur lui-même, se déplaçant d'une distance suffisante pour que l'arme s'enfonçât dans le sable. Elle passa à deux doigts de son oreille. Au moment où il se redressait pour parer une autre attaque, un coup de feu retentit. Ali lâcha son cimeterre avec un cri, le poignet fracassé.

— Qui a tiré ? gronda Lavalette. Quel est le salaud qui...

— C'est moi, dit Junot en replaçant son pistolet. Ce sauvage t'aurait tué, et j'ai besoin de tous mes hommes.

Pâle de rage, Lavalette vit un groupe d'Arabes se précipiter vers Ali, l'emporter à l'écart, le mettre en selle et s'enfuir en déchargeant quelques coups de pistolet au hasard.

— Regroupez-vous ! ordonna Junot. Ces brutes vont de nouveau nous attaquer. Nous allons faire retraite vers le plateau. Toi, Lavalette, tiens-toi tranquille, ou sinon c'est à moi que tu auras affaire.

Sans se démonter, il désarçonna d'un coup de pistolet et d'un coup de plat de sabre deux cavaliers qui se ruaient vers lui. Puis il fit un clin d'œil en direction de Lavalette.

— Tu t'es bien battu, dit-il. Je suis fier de toi !

Lavalette allait riposter que la réciproque n'était pas vraie quand il fut entraîné par le flux de la troupe qui se regroupait pour rompre en direction d'un plateau voisin où elle pourrait attendre dans une relative sécurité l'arrivée des renforts. Il était deux heures de relevée ; le combat durait depuis le matin, à neuf heures. Le soleil flambait dans un ciel chauffé à blanc.

Le courrier envoyé à Bonaparte par Junot arriva devant la tente du général alors que Kléber venait de partir pour prêter main-forte à la troupe en difficulté. Il avançait à la tête d'une division de deux mille hommes, s'attendant à voir surgir à tout instant, déployée sur les crêtes comme un éventail ou surgissant en tornade au coude d'une vallée, l'armée de Damas. C'est lui qui causa la surprise qu'il redoutait. Il tomba comme la foudre sur l'avant-garde du pacha, la disloqua, se retira sur Nazareth où l'attendait Junot.

— Ne croyez pas en avoir fini à si bon compte, lui dit le général. Je leur ai tué quatre à cinq cents hommes, vous la moitié. Il leur reste de quoi nous couper de la côte et nous anéantir. Il y a parmi eux un certain Ali ben Hassan que je préférerais savoir à Constantinople ou en Éthiopie. Il organise ses troupes à l'européenne, et je ne serais pas surpris de le voir un jour prochain ordonner la formation en carrés, à supposer qu'il puisse obtenir cela de ses hommes.

— Il faut agir vite et les surprendre, répondit Kléber. J'ai mon plan. Les Arabes n'aiment pas combattre la nuit. C'est donc la nuit que je les attaquerai. Souvenez-vous de la marche nocturne que Reygnier effectua contre El-Arich et de la panique qu'il causa. Nous allons rééditer cet exploit.

— C'est une bonne idée, Kléber. Envoyez un message à Bonaparte pour lui expliquer votre intention. Une estafette partira dans l'heure pour Acre.

Il ajouta :

— Au fait, où en sommes-nous du siège ?

Kléber baissa la tête avec une expression de colère contenue.

— Le siège ? Vous le savez, Bonaparte ne vaut pas pipette pour ce qui est des choses de la mer. La même chose pour ce qui est d'assiéger une ville. Dès qu'il se trouve devant une muraille qui lui résiste, il est comme paralysé. Il se trouve en conflit permanent avec Dommartin sur la manière d'utiliser le peu d'artillerie que nous avons, et sur les endroits à pilonner. Si la peste ne nous oblige pas à battre en retraite, nous serons encore devant Acre pour Noël. Les Anglais débarquent chaque jour des troupes et du matériel. Et nous, nous voyons nos forces s'amenuiser à la même cadence. Voulez-vous que je vous dise, Junot ? Nous attaquons à l'arabe des positions défendues à la française.

— Phelippeaux ?

— Toujours lui ! Et ces damnés pointeurs anglais qui utilisent contre nous nos propres canons ! Je vous le dis, Junot : cette campagne finira mal.

La division de Kléber, accompagnée par les forces de Junot, s'éloigna dans le crépuscule le long du Jourdain. Peu avant, par trois pistes différentes, les estafettes étaient parties à bride abattue en direction du quartier général. « L'ennemi est justement où vous le vouliez, écrivait en terminant Kléber. Tâchez d'être de la fête. »

La « fête » s'annonçait mal. La nuit était noire comme de la poix, et les guides, à diverses reprises, se trompèrent de route, si bien que le jour parut avant que l'on eût atteint le campement de l'armée de Damas. Quand on parvint aux abords, l'effet de surprise était éventé. Avant même que Kléber eût poussé sa première attaque, les cinq mille cavaliers du pacha étaient en selle.

— Formation de combat en carrés ! tonna Kléber.

Les deux mille cinq cents hommes exécutèrent la manœuvre avec la rapidité et la précision que le général attendait d'eux. Mais il devinait que, cette fois-ci, il ne s'agirait plus, de l'autre côté, d'une de ces folles fantasias qui ouvraient grand aux Arabes les paradis d'Allah. Des troupes venues de Naplouse s'étaient jointes aux cavaleries damascènes. Le premier assaut repoussé sans trop de pertes, Kléber blêmit en parcourant l'horizon autour de lui : dans le grondement des tambours de guerre, les crêtes du mont Thabor qui dominait la plaine se couvraient de troupes alignées sous l'étendard vert du Prophète.

— Qu'en dites-vous ? demanda Junot.

— Nous sommes cernés, dit froidement Kléber. Nous sommes allés donner tête baissée dans le piège. Par le Christ dont ces lieux ont vu la Transfiguration, si Bonaparte ne fait pas quelque chose, et très vite, nous sommes foutus ! Combien sont-ils, d'après vous ?

— Environ trente mille à ce qu'il semble.

— Vous avez vu juste, Junot. Trente mille ! Nous allons nous battre à moins d'un contre dix. Nous avons beau avoir les meilleurs soldats du monde, notre supériorité ne nous permettra pas de vaincre.

Kléber tourna les yeux vers le mont Thabor qui dressait sa silhouette massive sur le ciel où déjà vibrait la chaleur.

— Ils ne vont pas laisser à nos renforts le temps d'arriver. Nous allons les avoir sur le dos d'ici moins d'une heure. Regardez !

Dans le bruit des tambours de guerre, les premiers escadrons descendaient les pentes de la montagne et le cercle se resserrait inexorablement autour des Français.

Il était onze heures de la nuit quand les sentinelles amenèrent à la tente du général en chef une estafette venant de Nazareth. L'homme tenait à peine sur ses jambes et son cheval ne valait guère mieux. Il tendit à Bonaparte la dépêche de Kléber. Le général en chef la parcourut dans la lumière de la chandelle, le front soucieux.

— Kléber est fou ! s'écria-t-il. Jamais il ne couvrira un tel trajet en une nuit, en pays inconnu. À supposer qu'il arrive à bon terme, il viendra buter en plein jour dans l'armée de Damas.

Il songea qu'à l'heure qu'il était, Kléber remontait

le Jourdain et que, d'ici quelques heures, ce serait le désastre irrémédiable.

— Berthier, réveillez-vous et appelez Murat !

Le fils de l'aubergiste quercynois se présentait quelques minutes plus tard.

— Vous allez faire immédiatement vos préparatifs, dit Bonaparte, pour faire mouvement vers Nazareth.

Murat écarquilla ses yeux rouges de sommeil, bouche bée.

— Ne faites pas cette tête, Joachim ! Vous m'avez très bien compris. J'ai dit : immédiatement. Le temps presse. Dans quelques heures, Kléber et Junot vont se trouver en difficulté. Prenez mille hommes, et pas des mauviettes, une pièce d'artillerie légère et un détachement de dragons. Menez cette affaire rondement. Il faut que vous soyez à l'aube au pont de Jacob.

— Mais c'est à dix lieues ! s'exclama Murat.

Bonaparte ne parut pas entendre.

— Vous occuperez la position, de manière à couper la retraite à l'armée de Damas. Je viendrai vous rejoindre une heure environ après votre arrivée, avec de l'artillerie. Il faut à tout prix arrêter cette armée, sinon, il ne nous restera plus qu'à quitter Acre au plus vite. Exécution !

La cavalcade obsédante se poursuivait depuis des heures dans une poussière brûlante que le vent rabattait impitoyablement sur les carrés français. La plupart des hommes n'avaient plus d'eau dans leur gourde, et la chaleur commençait à leur sécher la gorge. Lavalette avait vidé ce qui lui restait dans la bouche d'un blessé et s'en repentait car l'homme était mort quelques instants plus tard. S'il lui arrivait de tourner ses regards vers le ciel, entre deux décharges, il ressentait un vertige. Le soleil implacable ruisselait comme une source de lave d'un ciel blanc. Il sentait sa langue devenir sèche et dure, ses idées se brouiller, ses jambes vaciller sous lui.

— Qu'est-ce qu'ils foutent, bon sang ? hurla-t-il.

Bonaparte était en marche. Il ne pouvait pas ne pas accourir pour les débloquer, pour rompre cette ronde hallucinante de cavaliers poussant leurs rauques appels, pour enfoncer ce cercle de fer et de feu qui se resserrait de minute en minute sur les Français.

— Tu crois au miracle ! lui répondit un carabinier.

N'était-ce pas le lieu d'y croire ? Cette terre où s'entassaient les cadavres d'hommes et de chevaux en avait vu bien d'autres. Ils jaillissaient sous les pas du Christ comme des fontaines.

— Comme des fontaines ! murmura Lavalette.

Il prit le fusil qu'on lui tendait par-derrière, attendit que les assaillants fussent à quelques pas et que l'ordre retentît :

— Feu !

Une nouvelle vague d'hommes et de chevaux vint s'échouer contre le rempart de cadavres qui s'amoncelaient sur les flancs des carrés français. Lavalette reçut dans les jambes un jeune mamelouk qui ressemblait à Ali. Il portait une étoile de sang à la poitrine et, bien qu'il fût près de mourir, cherchait vainement à faucher avec son sabre les jambes du grenadier.

— Imbécile ! dit Lavalette dans sa moustache. Tu seras bien avancé si tu me fais une boutonnière au mollet. Tu n'as même plus la force de tenir une aiguille à tricoter.

Il l'acheva, plus par un mouvement de pitié que pour accomplir son devoir. Le cœur lui monta aux lèvres. C'était trop de cadavres, trop de sang ! Il en avait la nausée. Quand tout cela serait terminé, quand ce cauchemar aurait pris fin, s'il en réchappait, c'en serait fini du métier des armes. Une dizaine de moutons dans un coin de garrigue suffiraient à son bonheur. Il laisserait la guerre à d'autres, à ceux pour qui elle était une condition naturelle.

— Ben ! s'écria le carabinier, regarde ce qui nous arrive, Lavalette !

Les paupières lourdes de Lavalette se levèrent vers l'endroit que désignait le soldat. Il aperçut, courant sus à eux, une avalanche de cavaliers dévalant la pente dans un grondement sauvage de tambours et de cris de guerre. Le tonnerre de milliers de sabots paraissait faire vibrer la montagne de feu qui se dressait en face.

— Cette fois, c'est la fin, dit Lavalette. Il n'y aura pas de miracle.

Il sentait que quelque chose se brisait en lui. En se tournant pour prendre le fusil qu'on lui tendait, il s'écroula.

Alors seulement il s'aperçut qu'il portait une blessure à la cuisse.

— Nous pouvons encore tenir une heure, deux tout au plus, dit Junot. Il nous reste une vingtaine de cartouches par homme. Le plus sage serait de nous replier sur Nazareth. Nous pourrions enclouer les canons et...

— Une retraite ! répondit Kléber en secouant sa tignasse de lion. Je n'aime pas ça. Si nous reculons devant ces indigènes, ils vont se croire les meilleurs soldats du monde et ils ne nous laisseront jamais arriver jusqu'à Nazareth. Attendons. Ils finiront par se lasser. La ténacité n'est pas leur fort, vous le savez, Junot.

Ils en étaient là de leur discussion quand des rumeurs s'élevèrent d'une éminence occupée par un petit groupe de voltigeurs. Une estafette arriva en courant.

— Ils disent que Bonaparte arrive. Ils ont vu des baïonnettes scintiller vers l'occident. Une forêt de baïonnettes !

— Illusion ! s'écria Kléber. À supposer que Bonaparte soit informé de notre situation et qu'il ait décidé d'intervenir, il faudrait plusieurs heures encore avant qu'il se montre. Allez détromper ces hommes. Dites-leur qu'il s'agit d'un mirage.

Il était trop tard. Un officier d'ordonnance, fou de joie, s'était mis à hurler :

— Des renforts arrivent ! Ce sont les dragons de Murat ! Le citoyen général ne doit pas être loin derrière. Hourra !

— Faites taire cet imbécile ! s'écria Kléber. Il se trompe. C'est impossible !

— Pas sûr..., dit Junot. Je connais bien Bonaparte. Il est capable de renverser les situations en apparence les plus difficiles. Allons voir de quoi il retourne.

Ils escaladèrent sous la protection d'un rideau de grenadiers la pente qui menait à l'éminence. Kléber braqua sa lunette dans la direction où les hommes avaient vu scintiller des armes : il n'y avait rien, rien que des vapeurs de feu qui bougeaient comme une vibration de cristal.

La mort dans l'âme, Kléber et Junot rejoignirent leur quartier général.

— Je me range à votre avis, dit Kléber. Nous allons faire retraite vers Nazareth. Donnez les ordres !

Junot allait s'éloigner quand Kléber le retint par le bras.

— N'avez-vous rien entendu ?

— Si, dit Junot. Un coup de canon.

Kléber sauta sur un cheval, braqua sa lunette vers les flancs du mont Thabor, dégringola de cheval plus qu'il n'en descendit. Ses deux mains se posèrent sur les épaules de Junot.

— Vous aviez raison, dit-il. De la part de ce fou de Bonaparte, tout peut arriver. Ça ne peut être que lui ou peut-être Murat. Du secours en tout cas. Faites reformer les rangs : nous allons nous porter à ses devants.

Un tonnerre de joie roula sur les rangs des Français. Tandis que les cavaliers de l'armée de Damas refluaient en désordre avant même d'être arrivés au contact avec l'adversaire, les grenadiers, les carabiniers, les dragons, leur couvre-chef à la pointe de leur baïonnette ou de leur sabre, s'avançaient en rangs serrés vers le mont Thabor. Les tonnerres de l'artillerie roulaient sur les blés mûrs et faisaient s'épanouir des arbres de fumée blanche.

Ces milliers de voix, ces grondements de canons, le balancement de la civière éveillèrent Lavalette. Il comprit tout de suite ce qui se passait. Il était porté comme par une vague vers celui qui venait de paraître, le dieu des batailles que l'on n'invoque jamais en vain. Cette apparition tenait du prodige. Il eût aimé que son ami Vivant Denon fût présent : il eût rendu plus vivante, plus réelle qu'elle ne l'était cette scène que lui, Lavalette, ne pouvait voir, allongé, balancé comme un goret que l'on vient de saigner. Il eût aimé aussi qu'Ali fût là, près de lui, et Tricot de même. Il les eût pris par la main, tous les deux, et ils se seraient avancés vers le général en chef, et Lavalette lui aurait dit : « Maintenant que tu as remporté une grande victoire, citoyen général, c'en est fini de la guerre, fini à tout jamais. »

— Il délire, dit l'un des porteurs en s'arrêtant. Pas étonnant, avec la blessure qu'il a reçue ! Si tu veux mon avis, vaudrait mieux qu'il soit mort !

8

RETOUR AU CAIRE

— Alors, c'est vrai, dit Lavalette, nous levons le siège ?

Larrey hocha la tête et se frotta la joue.

— C'est vrai. Nous quittons Acre dans quelques heures, en cachette, comme des voleurs, après y être arrivés comme des conquérants. Je me souviens de ce que Bonaparte disait à Murat, le lendemain de notre arrivée : « La clé de l'Orient est dans cette bicoque. » La « bicoque » a tenu bon. Avec toute l'artillerie, tout le matériel de siège qui aurait dû nous parvenir par la mer, nous en aurions été maîtres en un jour ou deux. Maintenant, c'est trop tard. Cinq cents morts, deux mille blessés, des pestiférés : tous ces sacrifices en pure perte ! Jamais je ne comprendrai Bonaparte. Il a le don de faire oublier ses erreurs par des coups de génie. Mais aujourd'hui il aura du mal à passer l'éponge.

Ses mains glissèrent sur ses yeux. Il les éloigna de son visage. Ces mains, elles avaient soigné en vain Cafarelli, les généraux Bon et Rambaud, cent cinquante officiers, dont le petit aide de camp de Bonaparte, Croisier. La mort de Phelippeaux, victime d'une insolation alors qu'il se promenait sur les remparts, ne compensait que dans une faible mesure ces pertes terrifiantes. Chaque jour, la saignée se faisait plus tragique et, chaque jour, l'ennemi accroissait ses forces. Les murailles d'Acre n'étaient plus qu'un théâtre sanglant pour héros inutiles. Des vagues de grenadiers qui parvenaient à franchir les brèches, pas un ne revenait. Comme à Jaffa, l'odeur de la mort était partout et la peste accomplissait son œuvre.

— Nous partirons ce soir, à neuf heures, dit Larrey avec une expression d'extrême lassitude. Toi et tous les autres blessés, vous serez évacués quelques heures avant. Tu peux marcher ?

— Avec des cannes, oui, mais je me sens de force à pousser pedibus jusqu'au Caire. Le coffre est indestructible !

— Tu n'étais pas très frais quand on t'a ramené à toi, et je n'aurais pas donné cher de ta peau. J'aurais pu confier ta carcasse à l'un quelconque de mes bouchers, mais j'ai préféré m'en occuper moi-même. Ne me demande pas pourquoi.

— Parce que des grenadiers comme moi, il faut battre l'estrade longtemps avant d'en trouver un, pardi !

— Je crois plutôt, dit Larrey avec un sourire ironique, que c'est en raison de ta modestie exemplaire.

L'armée refluait vers le sud, le long de la côte, dans l'odeur des incendies. On s'endormait le soir devant le spectacle d'un champ d'orge mûr en train de crépiter aux lisières de la nuit ; on se réveillait le matin dans un paysage qui avait perdu ses couleurs et où le vent faisait lever des tourbillons de cendres chaudes. Des blessés, des mourants jonchaient la piste ; on les abandonnait aux Arabes et aux Turcs qui les égorgeaient dès que la troupe avait disparu à l'horizon. La crainte de la peste talonnait les colonnes. Un homme s'affaissait-il ? On s'éloignait de lui avec horreur ; on lui jetait une gourde d'eau, un paquet de biscuits ; les vivandières charitables lui tendaient un gobelet d'eau-de-vie ; il se traînait jusqu'à la côte et attendait la mort. Les pertes devinrent tellement sévères que Bonaparte donna l'ordre d'abandonner aux malades et aux blessés les chevaux et les dromadaires qui restaient. Lui-même refusa le cheval que lui proposait son écuyer, Vigogne.

La chaleur, malgré la proximité de la mer, était insoutenable. Les colonnes cheminaient sans ordre, interminablement. Que survienne un escadron de mamelouks et c'en était fait du corps expéditionnaire ! Mais l'armée de Damas n'était plus qu'un souvenir. Bonaparte le savait bien. Il n'en subsistait que des débris qui tentaient péniblement de se regrouper. Il avait écrit au Directoire que cette campagne s'était soldée par une victoire ; s'il n'avait pas pris Acre, c'est que la cité était infestée par la peste. En fait, il avait bel et bien fui devant l'adversité. Il avait beau faire, cette campagne n'était pas victorieuse. Était-elle une défaite ? Rien n'était moins sûr. Bonaparte avait préféré tirer le rideau avant la fin du dernier acte, de crainte que le théâtre tout entier ne s'écroulât sur sa tête. Alors : victoire ? défaite ? C'est la question que le général en chef tournait et retournait dans son esprit en marchant à la tête de son état-major d'un pas saccadé, l'œil fixe, les mains dans le dos, cherchant à échapper à ses souffrances physiques en fixant son esprit sur des pensées obsédantes.

L'armée de Syrie n'était plus qu'un long corps couturé de blessures qui, chaque jour, laissait un peu de son sang et de sa chair sur la route du retour. Il en montait une interminable complainte qui ne cessait pas la nuit.

Un soir, Bonaparte alla trouver Desgenettes, s'entretint durant quelques minutes avec lui, sans cesser d'aller et de venir sous la tente. Il finit par lui poser la question que le médecin général redoutait confusément : tous ces pestiférés, ces blessés incurables que l'armée traînait dans son sillage, n'aurait-il pas été plus humain de les supprimer ?

Desgenettes jeta ses lunettes sur le rapport qu'il était en train de rédiger et se leva lentement.

— Mon métier, dit-il, est de guérir, non de tuer.

Il se rassit.

— Pardonnez-moi, ajouta-t-il. Il est tard et j'ai encore de l'ouvrage.

Ce soir-là, Bonaparte tarda à s'endormir. La fatigue irradiait dans son corps des douleurs fulgurantes. Il retrouvait en lui, dans l'atmosphère lourde de la nuit, ce goût amer qui était celui de la défaite. En finir avec cette aventure, réunir les quelques unités qui avaient échappé à Sidney Smith, revenir en France, retrouver Joséphine... Autant de désirs lancinants qui se pressaient en lui.

Il se leva, enfila sa jaquette noire, enjamba le corps de son aide de camp qui ronflait en travers de l'entrée, parcourut du regard l'immense bivouac d'où montait un vague murmure traversé de cris et s'avança seul à travers la pénombre où brasillaient encore des feux. Après quelques pas dans cette misère, il se sentit mieux. Le voilà le véritable remède à sa détresse : le simple, le chaud contact avec ses hommes. Dans ce monde de souffrance et d'orgueil blessé, il se sentait chez lui, prêt aux paroles et aux gestes les plus simples.

Il aperçut un homme en train de faire griller un morceau de viande entre deux pierres, à la pointe de sa baïonnette. Il reconnut un grenadier. L'homme se leva lentement.

— Tu peux rester assis, dit Bonaparte. C'est quoi, ce que tu manges ?

— Au diable si je le sais ! répondit le grenadier. Du chameau ou du cheval : qu'importe ? Une fois grillé, ça passera tout seul. Si le cœur vous en dit...

— Je te reconnais, dit Bonaparte en s'accroupissant. Tu te nommes Spartacus, je crois. Spartacus...

— Lavalette, mon général, pour vous servir.

Il retira sa viande de la flamme, la renifla, hocha la tête et tendit la grillade à Bonaparte qui la flaira à son tour.

— Ma foi, dit-il, cela m'a l'air honnête. J'en mangerais bien un morceau, mais je n'ai pas de couteau.

— Qu'à cela ne tienne, mon général !

Lavalette posa la grillade sur une pierre, la coupa en deux avec la baïonnette, tendit un morceau au général.

— Pardon, excusez pour le service, dit-il. A la guerre comme à la guerre !

— C'est bien le cas de le dire ! répondit Bonaparte.

La viande avait un goût singulier : Lavalette l'avait salée avec de la poudre à fusil.

— Ce n'est pas du Turc que tu me fais manger là ?

— Mon général ! Le Turc est un gibier qui se fait rare.

Ils achevèrent leur morceau en silence. La dernière bouchée avalée, Bonaparte accepta une gorgée d'eau additionnée de citron. Il se sentait parfaitement bien : l'impression d'avoir partagé un repas fabuleux comme ceux qu'on servait au Tivoli.

— Tu es content de retourner au Caire, Spartacus ?

— Ma foi, dit Lavalette.

— Oui ou non ? Réponds !

— Oui et non, mon général.

Lavalette se coucha à demi, un coude appuyé dans le sable.

— Je suis content de revenir parce que, pour ne rien vous cacher, j'en ai assez de ce foutu pays. Non, parce que, arrivant au Caire, je vais retrouver une personne de votre entourage qui ne me porte pas dans son cœur.

— Qui donc ?

— Votre chef de la police : Barthélemy le Grec. Sauf votre respect, vous avez choisi le dernier des brigands pour occuper ce poste.

— Je ne le sais que trop, répondit Bonaparte avec humeur.

— Ali ben Hassan est encore vivant. Barthélemy ne

me le pardonnera pas. Il aurait bien voulu que je lui rapporte sa tête. Sûr qu'il va me chercher des histoires, le bougre.

— Je me souviens de cette affaire, dit Bonaparte, songeur. Tous les torts sont du côté de Barthélemy et ce n'est pas l'envie qui me manque de le faire exécuter. Mais il m'est utile.

Il ajouta :

— J'aimerais faire quelque chose pour toi. Veux-tu que nous passions l'éponge ? On ne parle plus d'Ali, c'est juré ! Je lui ferai même restituer son palais. Il pourra aller et venir sans être inquiété. Dès demain, je lui ferai parvenir un message par l'un de nos Druses.

L'émotion faisait bégayer Lavalette.

— Mon général, vous êtes... Vous êtes...

— C'est bon ! dit Bonaparte en se levant. Ne me remercie pas. C'est moi qui dois te remercier au contraire. Cette viande était un délice. Elle m'a revigoré. Adieu, Spartacus !

Lavalette n'en croyait ni ses yeux, ni ses oreilles. Il sentait près d'éclater l'émotion qui s'était nouée en boule dans sa gorge. Quelques minutes auparavant, ses jambes ne le portaient plus et il se demandait s'il pourrait arriver jusqu'aux portes du Caire ; maintenant il se sentait des ailes.

— Pas fou, le Petit Caporal, dit une voix derrière lui. Il a bien opéré, le bougre !

Dans les communiqués qu'il avait envoyés au quartier général du Caire, dans ses proclamations, Bonaparte avait largement étalé les faits d'armes du mont Thabor et réduit à peu de chose sa défaite devant Saint-Jean-d'Acre. « J'étais venu pour détruire l'armée de Damas et enlever aux Turcs l'idée de nous prendre à revers par l'Orient, disait-il à ses officiers. Eh bien, messieurs, j'ai réussi ! » Il oubliait que les effectifs du corps expéditionnaire de Syrie avaient fondu d'un bon tiers et que la bicoque d'Acre tenait toujours debout. Il oubliait surtout de mentionner l'écroulement de son rêve oriental, de ses projets de conquête, des promesses qu'il avait faites à Tipoo-Sahib. Mais qu'importait : Le Caire ouvrait ses portes dans l'éclatement des fanfares, dans l'épanouissement des arcs de triomphe, dans les vivats de la population.

Le corps expéditionnaire de Syrie avait pénétré dans la capitale par la porte des Victoires, et avait du mal à avancer. La foule, rompant les cordons de troupe, s'avançait vers les héros en guenilles, tendant des fleurs, des fruits, des palmes, comme s'ils eussent renversé le trône du sultan de Constantinople.

Le cheik El-Bekry, descendant du Prophète, entouré des muftis montés sur des mules, alla au devant de Bonaparte, accompagné d'un somptueux cortège. Il n'en finissait plus de s'incliner et de murmurer des salutations. Quand il eut achevé, on fit défiler les présents. Ébahi, Bonaparte vit se dérouler un étrange ballet : un jeune mamelouk nommé Roustan, tenant par la bride une cavale arabe harnachée de perles, un escadron de juments couvertes de selles richement travaillées, des dromadaires choisis parmi les plus robustes, toute une théorie d'esclaves, des hommes et des femmes, achetés au sultan du Darfou ou capturés dans les montagnes de Géorgie, de pleins chariots d'un bric-à-brac puisé dans la caverne d'Ali Baba...

— Notre capitale, Le Caire, la « Bien Gardée », dit le cheik El-Bekry, t'offre ces modestes présents, à toi, « Bounaberdi », le « Lion du Désert », le « Maître du Feu », le « Roi des Français ». Daigne les accepter et te souvenir que nous sommes tes humbles et fidèles serviteurs.

« Bounaberdi » inclina la tête en signe de remerciement. Il fit un geste et un chariot orné des cinquante étendards à queue de cheval ravis à l'ennemi dans les terres de Canaan se détacha de la colonne.

— Ces trophées témoignent de notre victoire, dit le général en chef. Je les déposerai dans la mosquée du sultan Ibn Kalawour afin d'honorer le Prophète.

Les fanfares reprirent de plus belle dans la chaude matinée de juin parfumée d'encens et de roses. Bonaparte se cramponna au bras de Berthier pour ne pas s'affaisser : il lui semblait là, soudain, face à la population, que des semaines et des semaines d'angoisse et de fatigue surgissaient pour l'accabler.

— Une heure de sommeil, dit-il, et il n'y paraîtra plus.

La liesse dura plusieurs jours. Bonaparte était revenu ; il allait mettre fin par sa seule présence à la nouvelle insurrection qui, du Caire au Delta, soulevait l'Égypte. L'émir Hadji en avait pris la tête et livrait à l'armée d'occupation une guerre d'escarmouches, souvent fort sanglante. Il avait, pour galvaniser ses troupes, fait venir de la lointaine Libye un personnage singulier : El-Mohdy, « l'Ange ». C'était un grand diable noir, monté sur un cheval de même couleur, qui semait, disait-on, à la fois la terreur et des prodiges sur son passage. Pour toute nourriture, affirmaient ceux qui le suivaient, il ne prenait que du miel dont il se contentait d'enduire ses lèvres. Lorsque les populations le voyaient apparaître, entièrement nu, maigre comme un chacal, les yeux ardents, la parole âpre, on sentait la présence de Dieu. L'« Ange » El-Mohdy était descendu sur terre pour exterminer les Français. Il se disait et paraissait invulnérable : les balles et les boulets se détournaient de lui. Les Français eux-mêmes, qu'il venait narguer à un jet de pierre, se demandaient s'il n'y avait pas dans cette prétention une part de vérité : il réchappait miraculeusement à toute fusillade et les meilleurs tireurs n'y comprenaient rien.

Le premier soin de Bonaparte, les fêtes du retour passées, fut de s'attaquer à ce personnage. Il envoya contre lui un escadron de cavalerie et quelques colonnes légères. Ceux qui n'avaient pas encore vu El-Mohdy furent stupéfaits de son audace. Il s'avançait vers les Français en proférant des imprécations suraiguës, sa tignasse attachée au sommet du crâne frémissant sous le vent de la charge. Arrivé à quelques pas, il lançait vers l'homme une poignée de poussière pour se préserver des balles et rebroussait chemin avec un rire démentiel.

Un jour, la poignée de poussière fut impuissante à arrêter les balles. Les carabiniers virent l'« Ange » basculer, rouler dans le sable et se contorsionner avec d'étranges râles. Les soldats s'apprêtaient à recharger leurs armes, sûrs de voir le Libyen sauter sur sa selle et repartir en les injuriant. Ils furent surpris de le voir s'immobiliser à terre.

— El-Mohdy n'est pas mort, affirmèrent les Arabes. Il a été rappelé au ciel par Allah. Il reviendra bientôt.

Dans le Saïd, la situation n'était guère meilleure. La partie de cache-cache entre Desaix et Mourad se poursuivait inlassablement, avec des intermèdes sanglants. Tricot et quelques autres soldats des sables avaient gravé de la pointe de leur couteau dans le granit du Sud leur nom et la mention : « Route de Paris N° 2. » C'était près d'Assouan et de la première cataracte. Au-delà s'ouvrait la mystérieuse Nubie, une Afrique parée de tous ses mystères, un gouffre de sables brûlants qui se prolongeaient vers le Soudan et les montagnes de la Lune. Desaix hésita à y engager sa division, puis renonça. Avec l'Afrique, il fallait savoir ne pas aller trop loin.

Le jeune général vivait quotidiennement et sans la moindre anicroche avec la légion de jeunes savants partis avec la troupe sonder les profondeurs de l'Égypte. Sans y participer ouvertement il se tenait au courant de leurs travaux et partageait leurs surprises et leur bonheur. Il était le premier informé de la découverte d'un de ces monuments que le désert engloutissait et qu'ils faisaient renaître dans la lumière du soleil et dans celle de l'Histoire. Il aimait l'enthousiasme de ces jeunes, parfois des adolescents, qui allaient revenir en France ivres de leurs découvertes et pressés de les révéler au monde.

— Te voilà ! dit Barthélemy le Grec.

Il avait à peine levé le nez du dossier que son secrétaire avait déposé sur son bureau. Quelques secondes passèrent, et le chef de la police parut avoir oublié Lavalette qui commençait à trouver amère cette désinvolture. Il finit par s'éclaircir la voix et par déclarer :

— Je viens vous trouver de la part du général en chef.

Barthélemy leva les yeux vers le grenadier sans bouger la tête.

— Tu dis : de la part de Bonaparte ? A quel sujet ?

— Au sujet d'Ali ben Hassan, le fils du cadi. J'ai la promesse du général en chef qu'il cessera d'être poursuivi et même qu'on lui rendra son palais.

Barthélemy se leva lentement. Son visage tavelé trahissait une hésitation entre l'incrédulité et la crainte. Il interrogea :

— Que me dis-tu là ? Une promesse ? Quelle promesse ? As-tu un billet de Bonaparte ?

— Si j'ai menti, qu'on me jette aux fers !

Barthélemy saisit une plume d'oie que son secrétaire venait d'épointer et se mit, en arpentant la pièce, à se curer les dents d'un air absorbé. Il se tourna enfin vers Lavalette, s'approcha de lui, les traits tirés.

— Ali ben Hassan ! « Ton » bon ami Ali, sais-tu seulement où il est en ce moment ?

— La dernière fois que je l'ai vu, dit Lavalette, c'était dans les environs de Nazareth, sous le mont Thabor. Nous nous sommes battus à la loyale. Si Junot n'était pas intervenu, il est probable que je ne serais pas là aujourd'hui.

Barthélemy haussa les épaules :

— En ce moment, dit-il à voix basse, Ali ben Hassan est en train de marcher à la mort. Il sera fusillé dans cinq minutes. Nous l'avons capturé il y a quelques jours dans les quartiers bas de la ville, au cours d'une rafle. J'ai pris sur moi de le faire exécuter sans en référer au conseil de guerre. Il fallait agir vite. Cet homme est de ceux qui trouveraient le moyen de s'évader par un trou de serrure. Je le tiens, je le garde !

— L'exécution, demanda Lavalette d'une voix blanche, où a-t-elle lieu ?

— Dans la citadelle.

Barthélemy se retourna, tira sa montre de son gousset.

— Il est trop tard pour intervenir. J'ai pour excuse, à supposer que tu aies dit vrai, de n'avoir pas reçu de consigne de Bonaparte. Après tout, je ne suis pas censé savoir qu'il s'agissait d'Ali ben Hassan. Tous ces indigènes se ressemblent. Celui-ci a été pris les armes à la main et portait une blessure par balle au poignet. Il a blessé l'un de nos hommes en tentant de fuir. Un vrai tigre... Que vas-tu faire à présent ? Aller trouver Bonaparte ?

N'obtenant pas de réponse, Barthélemy se retourna. Lavalette avait disparu.

— Holà ! dit le hussard, que fais-tu, l'ami ?

Il avait dû absorber quelques rasades d'eau-de-vie en trop, ce grand diable de grenadier ! Débouchant de l'immeuble de la police, les yeux hagards, il avait sauté sur le premier cheval qui se présentait à lui et fonçait maintenant couché sur l'encolure de la bête, droit vers l'est de la ville.

« Il va se rompre le cou ! » songea le hussard avant de donner l'alerte. Quelques secondes plus tard, trois hussards se lançaient sur ses traces en se disant qu'il n'irait pas loin. A le voir chevaucher, on devinait qu'il n'avait rien d'un centaure et avait davantage l'habitude des chevaux de labour que des fines cavales arabes. Il allait pourtant bon train, cramponné à l'encolure, hurlant comme un damné dans l'oreille du cheval affolé.

« Dieu d'Ali, songeait Lavalette, fais en sorte si tu me vois que j'arrive avant qu'il soit trop tard ! » Il se retourna et constata qu'on le suivait : trois ou quatre hussards hurlant à ses trousses et qui n'allaient pas tarder à le rattraper.

La ruelle couverte que suivait Lavalette débouchait sur un marché fort animé, envahi par des marchands de dattes, de miel, de volaille et de pastèques. Lavalette y poussa hardiment sa monture, piétinant les étalages, renversant des groupes entiers d'indigènes, sautant par-dessus des tas de pastèques. On eût dit qu'une tornade s'était abattue sur le marché, laissant derrière elle un sillage de dévastation.

Arrivé à l'autre extrémité, Lavalette s'interrogea sur le chemin à suivre pour arriver à la citadelle. Il avisa une ruelle tortueuse qui montait droit vers les murailles fauves adossées au Mokatam. Au moment où il allait s'y engager, un cortège de notables, précédés d'une fanfare de tambours et de flûtes, déboucha d'une petite mosquée, lui coupant la route. Il eut le temps d'apercevoir, en face de lui, un austère personnage à barbe blanche, juché sur une mule, qui levait les bras au ciel, une expression de terreur inscrite sur son visage. Il talonna énergiquement son cheval, s'accrocha à la crinière et ferma les yeux. Quand il les rouvrit, la ruelle s'ouvrait devant lui, quasi déserte, mais sa chaussée était tellement défoncée que le cheval risquait à chaque pas de s'y rompre les jambes. Par malchance, elle débouchait dans la cour d'un vaste entrepôt où s'activait un peuple de fellahs grouillant autour de chargements de dattes. Sans prendre le temps de réfléchir, Lavalette s'engouffra dans le bâtiment central par un porche qui ouvrait sur un magasin où s'entassaient des piles de caissettes. Il accrocha l'une d'elles, perçut un tumulte d'avalanche, des cris, les sons précipités d'une cloche, avant de se retrouver au milieu d'un jardin abandonné. Il le parcourut jusqu'au fond, sauta par-dessus un mur écroulé et soudain, le cheval ayant accroché l'obstacle, il bascula cul par-dessus tête et se reçut dans une fontaine, parmi un groupe de femmes en train de laver leur linge.

Lavalette sauta sur la berge et tenta de remettre son cheval debout. Vainement. Blessé au canon de la jambe droite, la pauvre bête boitait. Désespéré, Lavalette tourna son regard vers la citadelle et son cœur bondit d'espoir. Un sentier paraissait y mener, à travers des touffes de cactées et de mimosas. Il ne lui faudrait pas une minute pour atteindre la base de la forteresse.

Ce fut autre chose quand, parvenu à la grande porte, il s'efforça de convaincre les sentinelles de le laisser passer. Avisant un sergent, il le héla, expliqua qu'il avait perdu le billet du général en chef demandant de suspendre l'exécution d'Ali ben Hassan, qu'il fallait intervenir tout de suite pour éviter le pire.

— Je crains bien qu'il soit trop tard, dit le sergent. Suis-moi !

Au pas de course, ils franchirent des ponts, des remparts, des rampes. Alors qu'ils se trouvaient au milieu d'une courtine, Lavalette entendit des bruits de détonations que l'écho amplifia. « Cette fois, songea-t-il, c'est trop tard. » Son regard croisa celui du sergent.

— Peut-être, dit ce dernier, ne faisait-il pas partie de cette fournée. Pressons-nous !

Ils arrivèrent dans le fossé où avaient lieu les exécutions au moment où l'officier qui commandait le peloton allait donner l'ordre de faire feu.

— Attendez ! hurla Lavalette.

Il renversa les hommes qui tentaient de s'interposer, se rua vers l'officier qui, le sabre levé, la mine perplexe, attendait que l'énergumène qui venait troubler l'accomplissement de la justice eût parlé. Quand ce fut fait, il se tourna vers les condamnés, les montra de la pointe de son sabre.

— Regarde si ton protégé est de cette fournée.

Lavalette passa en revue les huit ou dix malheureux qui commençaient à reprendre espoir, examina un à un les cadavres qui s'entassaient à quelques pas, encore chauds. Pas un ne ressemblait à Ali. L'espoir se remit à cogner dans son cœur.

— Y en a-t-il d'autres ? demanda-t-il.

— Une bonne dizaine qui attendent d'entrer au paradis d'Allah, répondit l'officier.

Il montra un groupe d'hommes en guenilles, assis au pied d'une tour. Lavalette s'y dirigea. Un condamné se dressa.

— C'est moi que tu cherches ? demanda Ali.

Lavalette porta la main à son front comme si sa tête allait éclater.

— Dieu soit loué ! C'est toi !

Il serra Ali contre sa poitrine, lui pressant les épaules, lui pétrissant les reins, comme pour se persuader que c'était bien lui.

— J'ai craint d'arriver trop tard. Pour te rejoindre, j'ai dû voler un cheval, échapper à un escadron de hussards, traverser des foules, passer un fleuve à la nage. Je me serais battu contre deux cents mamelouks et autant de janissaires pour arriver jusqu'à toi !

Ali l'écouta en silence, un sourire ironique au coin des lèvres. Il avait maigri, ses yeux étaient fatigués, envahis d'une vilaine couleur jaune. Sa magnifique chevelure noire avait pris une teinte grise.

— Dis vite ce que tu avais à me dire, Lavalette. Dans quelques instants il sera trop tard.

— Que me chantes-tu là ? Si je suis ici, c'est pour t'annoncer que j'ai obtenu ta grâce du général Bonaparte lui-même. Tu entends, moricaud ? Le citoyen général te laisse libre et même il enlève ton palais à Barthélemy le Grec pour te le restituer.

Le regard d'Ali s'assombrit.

— Je ne te crois pas ! Tu essaies de m'abuser une fois de plus, après toutes les bontés que j'ai eues pour toi.

— Je te donne ma parole ! gronda Lavalette, la moustache terrible. En douterais-tu ?

— Soit ! Je te remercie d'être intervenu en ma faveur, mais je ne puis accepter. Dans ma position, ce serait déserter. Ces hommes que tu vois sont mes compagnons de combat. Nous défendons la même cause. Et tu voudrais que je les abandonne au moment où Allah nous rappelle à lui ?

— Tu refuses la grâce de Bonaparte ?

— Je la refuse et rien ne changera ma résolution.

Un nouveau tonnerre de fusillade retentit dans le fossé. Lavalette se retourna, la gorge serrée.

— Tu vois, dit Ali, ils meurent sans une plainte parce qu'ils savent que Dieu les récompensera d'avoir lutté contre les infidèles et les envahisseurs. C'est mon tour, maintenant.

Il montra à Lavalette son poignet mutilé par le coup de pistolet de Junot, qui avait mis fin à leur duel.

— J'ai du remords quand je songe que j'aurais pu te tuer, toi, mon ami. Mais je crois qu'à la dernière seconde j'aurais reculé. Tu diras au général Junot qu'il est un excellent tireur et que je lui pardonne son geste déloyal. Je te pardonne à toi aussi, Spartacus Lavalette. Je crois maintenant que tu étais un véritable ami pour moi et pour mon peuple.

— Arrête ton sermon ! s'écria Lavalette. Oui ou non, acceptes-tu de me suivre ?

— Non ! répondit fermement Ali.

— Alors tant pis pour toi !

Les deux énormes poings du grenadier s'abattirent sur le crâne d'Ali qui poussa un faible soupir, ferma les yeux et s'affaissa sur les genoux.

— Quelle sacrée tête de bois ! s'écria Lavalette en se frottant les phalanges. Vous autres, détachez-le ! Je cours de ce pas chercher un autre billet du général en chef. Si quelqu'un maltraite le prisonnier en mon absence je lui brûle la gueule au retour.

Lavalette tempêta pour se faire donner une escorte et, ruisselant encore d'eau, fier comme un matamore, redescendit à sa tête en direction du quartier général.

9

20 000 SOLDATS DE PLOMB

Vivant Denon hocha la tête d'un air admiratif.

— Je vois qu'on a su reconnaître vos mérites, mon cher Lavalette. Caporal ? Eh ! Eh ! vous voilà embarqué vers de brillantes destinées. Je vous fais mes compliments.

— Pas de quoi ! grogna le grenadier. De toute manière, caporal je suis, caporal je resterai. J'ai l'intention de faire mes adieux aux armes une fois revenu en France. Je préfère commander à cinq cents chèvres qu'à ces fichus enfants de garces qui n'en font qu'à leur tête.

Il ajouta, l'air jovial :

— Alors, baron, te voilà de retour ? Tricot ne doit pas être bien loin ?

Vivant Denon montra le désert, au-delà des pyramides.

— Juste en face ! Si vous montiez à la pointe de ce tas de cailloux, mon bon Lavalette, vous pourriez presque lui faire signe. Comme Mourad bey l'autre nuit !

Le ci-devant faisait allusion aux signaux que le chef de la rébellion, la veille, au cœur de la nuit, avait adressés à sa femme, Sidem, postée sur la terrasse de sa maison de Gizeh, au nez et à la barbe des Français.

— Mourad ! dit Lavalette avec une grimace. Je ne voudrais pas être à sa place. Combien de temps tiendra-t-il encore ? Deux jours, trois au plus ?

— Il peut nous réserver des surprises. J'ai appris à le connaître, depuis le temps que nous lui courons aux trousses. Il est insaisissable comme le vent. Tant que je ne le verrai pas demander l'*aman*, je refuserai de croire qu'on peut le prendre vivant. Desaix lui-même en vient à désespérer. C'est un jeu sans fin, mais où les deux adversaires ne parviennent pas à se détester tout à fait. Si cette guerre cessait, là, brusquement, je crois que Desaix et Mourad deviendraient les meilleurs amis du monde.

— As-tu soif ? demanda Lavalette.

Vivant Denon remercia d'un signe de tête en prenant la gourde que lui tendait Lavalette. L'eau, encore fraîche, avait un goût très léger de vin de Bourgogne. Lavalette sourit. Il avait acheté en cachette une des bouteilles que le petit serviteur chinois de Bonaparte, profitant de l'expédition de Syrie, avait vendues pour se procurer quelque argent de poche.

— Asseyons-nous ! dit joyeusement Vivant Denon. Vous me direz où vous avez déniché ce vin-là. J'en commanderais volontiers quelques flacons.

— Ils se font rares, dit le caporal.

Il s'allongea à l'ombre d'un bloc de pierre. Au-dessus d'eux, la grande pyramide s'élevait, montagne fauve dans le soleil de la matinée. Un lézard s'avançait hardiment sur la guêtre de Lavalette qui le laissa faire. Il commença à bourrer sa pipe.

— Tu nous as ramené beaucoup de dessins du Saïd ? demanda-t-il.

— Moins que je n'aurais voulu. Voyez-vous, lorsqu'on a des observations à faire, des objets à dessiner, il ne faut pas voyager avec des militaires. Ils veulent sans cesse partir et arriver, lors même que rien ne les chasse de l'endroit où ils sont ni ne les appelle ailleurs.

J'ai malgré tout ramené une honnête moisson. Veux-tu que je te la montre ?

Vivant Denon sortit de sa giberne des carnets où il avait jeté hâtivement des esquisses qu'il feuilleta rapidement :

— Voici l'île de Philae, telle que je l'ai vue pour la première fois. Les personnages nus que tu vois brandissant des sabres, des piques, des boucliers sont des habitants qui demandent le combat... Là c'est une figure de femme dans un harem... Ces ruines, ce sont des tombeaux dans la région de Silsilis, la fontaine de la Kittah avec une caravane en mouvement, l'entrée du Nil en Égypte...

— Et là ? demanda Lavalette en étouffant un bâillement.

— Un de nos malades conduisant un grenadier aveugle sur le bord du désert. Une scène comme j'en ai vu des dizaines. L'ophtalmie a fait beaucoup de victimes parmi les nôtres.

Vivant Denon soupira, referma le carnet et se mit à crayonner distraitement sur la couverture la silhouette d'un aide de camp à cheval qui passait près d'eux.

— Ce jeune Arabe, Ali ben Hassan, dit-il. Avez-vous des nouvelles de lui ?

Lavalette tira une première bouffée de tabac qui lui parut âcre. La question le gênait. Il n'avait pas envie de parler d'Ali, de remuer le souvenir de cette amitié qui n'avait abouti qu'à des malentendus. Ali lui gardait une rancune tenace pour l'avoir frustré de l'accomplissement de son sacrifice. Alors que ses compagnons étaient morts sans un murmure, avec simplement une prière et une salutation sur les lèvres, Lavalette l'avait obligé à vivre, à accepter la restitution de son palais et de ses biens, auxquels le général en chef avait ajouté une confortable indemnité, en le priant de renoncer à la rébellion.

— Pourquoi un tel empressement, Spartacus ? avait demandé Ali. Par patriotisme ?

Lavalette avait toussé d'un air gêné et fini par avouer :

— J'ai répondu sur ma tête de ton attitude et, pour ne rien te cacher, je tiens à elle, bien qu'aux temps que nous vivons elle ne vaille pas grand-chose.

Blême de fureur, Ali s'était retenu pour ne pas injurier celui qui venait de lui sauver la vie en demandant comme prix une désertion. Lavalette ne s'était rendu compte que plus tard du marché de dupe qu'il avait fait avec Bonaparte. Il avait redressé la tête, l'œil étincelant.

— Tu es libre, dit-il. Tu peux sur-le-champ rejoindre Mourad ou Djezzar, je ne t'en voudrai pas. Après tout, tu m'as si souvent sauvé la vie que cette tête à laquelle je prétends tenir, tu peux en disposer à ta convenance.

Ali était resté quelques secondes sans mot dire, parcourant du regard les massifs de fleurs, les murs éblouissants, les portiques aux lignes harmonieuses sous lesquels des soldats s'affairaient à déménager les meubles de Barthélemy le Grec. Le cœur serré, il avait tendu sa main valide à Lavalette :

— Ton amitié est maladroite mais elle me touche. Je te fais le serment que, tant que tu resteras en Égypte, je ne te causerai aucun préjudice par mon attitude. Je renonce à la rébellion, et Dieu sait que cela me coûte d'abandonner une cause pour laquelle mon père a déjà payé de sa personne, dans le Saïd. Je tâcherai de me convaincre que trahir quand on y est obligé ce n'est pas trahir.

Il avait ajouté en serrant plus fort la main de Lavalette :

— Nous ne nous reverrons plus. C'est préférable, car chaque fois que je te retrouverais, j'aurais l'impression de revoir le visage de ma trahison.

Lavalette se cala contre le bloc de pierre, chassa le lézard d'un mouvement irrité.

— Ali ? Tu veux parler de ce petit moricaud qui est

passé dans la rébellion ? Il m'est arrivé de le rencontrer, au hasard des batailles, et même de me mesurer à lui en combat singulier. Bonaparte l'a gracié. Il a réintégré son palais où il m'a invité à lui rendre visite. J'ai refusé. Je ne suis pas comme Abdallah Menou, moi. Je ne ferai pas de mal aux indigènes, mais qu'ils restent dans leur coin et nous dans le nôtre. C'est le meilleur moyen de vivre en paix.

— Le tigre est pris au piège, dit Bonaparte. Entre Desaix et moi, il ne lui reste qu'un parti : combattre. Il est vaincu d'avance. Ce n'est pas avec les quelques hordes de Bédouins qu'il a raccolés dans le désert qu'il pourra nous tenir tête.

Il était deux heures de relevée et le soleil de juillet coulait comme du feu sur les pentes de la grande pyramide. Desaix ne pouvait plus être très loin, à présent. Peut-être l'ultime bataille pourrait-elle s'engager avant la tombée de la nuit. Bonaparte pourrait ainsi dégager le Saïd, laisser juste quelques postes échelonnés jusqu'à Assouan pour tenir le pays. Desaix lui serait plus utile ailleurs. Il était temps que Mourad s'avouât vaincu. Les hommes commençaient à trouver le temps long ; il ne se passait pas de jour que deux ou trois d'entre eux ne vinssent le trouver pour solliciter leur retour en France, au risque de tomber entre les mains des Anglais. Berthier lui-même... l'enthousiasme était éteint ; le cœur n'y était plus. Ce n'était pas que la discipline se fût relâchée, mais Bonaparte ne retrouvait plus, au contact de son armée, ce frisson, cet élan qui arrachaient aux hommes des chants et des acclamations sur son passage. Tristes comme des mercenaires... De plus, la dysenterie faisait de nouveaux ravages, la mouche d'Égypte propageait le trachome qui, insensiblement, faisait des aveugles que l'on dirigeait vers la France en espérant qu'ils parviendraient à échapper aux frégates du commodore.

La situation pourrissait, lentement mais sûrement, sous l'implacable soleil de l'été égyptien. Il fallait frapper un grand coup, réveiller cette masse amorphe qui ne croyait plus à sa mission et ne rêvait que des vertes collines de France.

Fatigué par la lumière ruisselant d'un ciel de craie, le regard de Bonaparte se porta vers le nord. Une estafette accourait à toute bride dans sa direction. Parvenu à sa hauteur, le cavalier mit pied à terre, salua, tira un pli de sa ceinture de la part du général Marmont. Bonaparte rendit le salut, déplia la missive et poussa un juron étouffé.

Le citoyen général était avisé que les navires britanniques venaient de débarquer vingt mille soldats turcs — des janissaires, les meilleurs soldats du monde après les Français — à Aboukir. Les forts étaient tombés et les garnisons passées au fil de l'épée. Les Turcs étaient pour l'heure en train de s'organiser pour une offensive en direction du sud.

— Et Marmont, que fait-il ? interrogea Bonaparte.

Marmont avait laissé faire. Sorti d'Alexandrie, il s'était bien avancé avec douze cents hommes vers le point de débarquement, mais quand, à la lunette, il avait observé les mouvements des bataillons de janissaires — turbans colorés, pantalons bouffants, fusil à l'épaule — en train de déferler sur les redoutes françaises, il s'était dit que contre-attaquer eût été une folie. Il avait jugé plus sage de se retirer dans Alexandrie et de dépêcher une estafette au général en chef.

La surprise de Bonaparte s'était transformée en satisfaction. Elle se préparait, la grande bataille qui allait sonner le réveil de toute l'armée ! Mourad n'était plus à ses yeux qu'un adversaire mineur. Il confia à Joachim Murat le soin de le refouler vers le lac Natron et le Fleuve-Sans-Eau. Puis il rassembla ses divisions entre Le Caire et les pyramides, envoya des commissaires aux vivres organiser des dépôts en différents points de la piste qu'il aurait à parcourir, des messagers à Reygnier qui commandait à Belbeis, à Kléber qui tenait Damiette, pour leur donner l'ordre de faire route vers Alexandrie. Durant des heures, il ne cessa de dicter du courrier que pour se livrer aux mains de son médecin, Corvisard, qui soignait à coups de vésicatoires sa gale rentrée.

Bonaparte reprenait vie. Jamais il ne s'était senti aussi dispos. Vingt mille janissaires ! Il allait en faire une bouchée ! Du Caire à Ramanieh, il y avait trente-six lieues. Il lui faudrait à peine trois jours pour les franchir et passer la revue générale de ses troupes. Il tint parole.

Bonaparte comptait pour forcer la décision sur une double déception de Mustapha pacha, le commandant en chef des janissaires. Mustapha espérait bien qu'une rébellion générale, d'Alexandrie au Caire, allait mettre le feu au Delta ; mais Bonaparte, avant son départ de la capitale, avait pris soin, dans une déclaration, de galvaniser le loyalisme des notables du Diwan ; il savait qu'ils ne failliraient pas. Le général turc attendait, pour renforcer son attaque, une action de Mourad bey accourant du sud avec son armée de mamelouks et de Bédouins ; Bonaparte avait fait en sorte que Mourad n'eût plus d'armée et que Mustapha se retrouvât seul avec ses janissaires. De plus, le général turc avait commis une lourde faute : au lieu de se porter en avant à peine débarqué, il avait installé ses régiments à Aboukir comme pour y prendre ses quartiers d'hiver.

« Si je remporte cette bataille, songeait Bonaparte, tout sera possible. » Il voyait déjà se réouvrir les portes de l'Orient, Acre s'écrouler en poussière à son approche, Constantinople s'ouvrir à ses légions, comme aux temps des croisades. Un autre Bonaparte répliquait : « N'oublie pas que tes hommes vont se battre à un contre trois et que rien n'est encore joué, car jamais encore ils n'ont affronté les janissaires en rase campagne. »

Bonaparte installa son quartier général au village de Birket, à peu de distance d'Aboukir, sous les palmiers, tout près du lac Madieh. Il attendit là que les Turcs veuillent bien quitter leurs positions pour se diriger vers Alexandrie ou vers Le Caire. Les Turcs ne bougeaient pas. Les heures, les jours passaient. Qu'attendaient-ils ? Peut-être les renforts de soldats écossais dont Bonaparte avait entendu parler, ce qui le laissait perplexe : de toute évidence, Sydney Smith se contenterait de convoyer les Turcs de l'île de Rhodes à Aboukir, de tenir la mer, de fournir quelques « conseillers », laissant Mustapha affronter seul les divisions de Bonaparte.

Ces divisions, pour l'heure, n'étaient que trois : Lannes, Murat et Rampon, soit six mille hommes. C'était peu. Combien de jours passeraient encore, avant que le général en chef pût disposer de toutes ses forces ? La chaleur orageuse et moite qui pesait sur le Delta, les nuits où les terres humides dégorgeaient des nuées de moustiques, accroissaient l'impatience des hommes et des officiers. Bonaparte dormait une heure ou deux par nuit, se nourrissait à peine, vomissait fréquemment, et pourtant il n'avait jamais paru à ses aides de camp aussi sûr de lui et aussi pressé d'accomplir des prouesses.

Un soir, alors que le soleil flambait de tous ses ors sur les lointains du lac Maréotis, il réunit son état-major : on attaquerait le lendemain.

— Mais nous n'avons que six mille hommes ! s'exclama Lannes.

Bonaparte écarta l'objection d'un geste. Il avait son plan en tête. Oui ou non, avait-on confiance en son étoile ? L'avait-elle trahi une seule fois ? Devant Acre, soit, elle avait pâli. Mais, aujourd'hui, il devinait qu'elle brillait de nouveau de tout son éclat.

Bonaparte s'avança vers la table où figurait une carte des environs d'Alexandrie et d'Aboukir. Les

Turcs s'étaient installés dans le fond de l'étroite presqu'île et l'avaient barrée d'une double ligne de retranchements. Sur les deux mamelons de sable qui culminaient à une demi-lieue en avant du village d'Aboukir, ils avaient établi leurs positions d'avant-garde. Entre les deux, un village qu'ils occupaient.

— Mustapha, dit Bonaparte, a mis deux mille janissaires sur le mamelon de droite, autant sur le mamelon de gauche. Dans le village, quatre mille environ. Voici leur première ligne, messieurs. La nôtre sera composée par la division Joachim Murat ; sa cavalerie sera complétée par deux bataillons de Dostaing avec deux pièces de canon. Voilà notre centre. Rampon, vous marcherez à gauche, le long de la mer, avec Lanusse et Fugières. Lannes, tu suivras, sur la droite, la rive du lac Madieh. Davout, dès qu'il arrivera, se tiendra en réserve entre nous et Alexandrie, avec deux escadrons de cavalerie et une centaine de dromadaires ; il gardera constamment le contact et veillera à ce que personne ne vienne nous prendre à revers. Nous sommes à deux heures de marche d'Aboukir. Il faudra partir avant le lever du jour. Serez-vous prêts ? Je ne veux pas de traînards !

— Et Kléber ? demanda Lannes.

Kléber, qui n'était pas encore arrivé, constituerait une réserve, de même que Menou.

— Et maintenant, dit Bonaparte, je réclame toute votre attention. Voici comment doit se développer l'attaque...

Il écrasa sur son poignet un énorme moustique, essuya la trace de sang sur sa jaquette.

Le soleil se levait sur Aboukir comme les avant-gardes de Murat arrivaient en vue de la presqu'île sur laquelle flottait un léger nuage de brume et de fumées étales. Au loin, au-delà du village d'Aboukir où le pacha avait placé le gros de ses troupes, on distinguait les fines enfléchures, les coques noires et massives de la flotte britannique.

— Comme tout paraît calme ! observa Lavalette.

— Patience, mon gars, dit un Provençal qui se tenait à ses côtés. Dans moins d'une heure, ça va péter de partout. Ce sera aussi beau qu'aux pyramides. Tu te souviens ?

— Je me souviens, dit Lavalette.

C'était beau, il en convenait, mais comme une bataille pouvait l'être. Pour lui, ces fêtes de soleil et de sang, ces atroces fantasias de la mort, ces apocalypses d'hommes et de chevaux avaient perdu la beauté dont parlait le Provençal. « Peut-être en ai-je trop vu de ces batailles », se dit-il. La seule pensée que cette presqu'île paisible, animée de place en place par de jolis régiments de janissaires bigarrés comme des soldats de plomb, allait se transformer en un véritable charnier lui donnait la nausée. Cela passerait, il le savait bien. Lorsque la cantinière aurait distribué à chacun quelques rasades d'eau-de-vie, il serait comme les autres, Spartacus Lavalette : acharné à tuer, à détruire, enragé comme un loup, possédé par cette fièvre du canon qui donne des sueurs froides et vous brouille le ventre.

— Peut-être bien qu'on n'aura pas à intervenir, ajouta le Provençal. Ça serait dommage. Je ferais bien quelques cartons sur ces figures de carnaval. Sans compter qu'ils doivent avoir des ceintures bien garnies !

Ils étaient là, quelques solides compagnies de grenadiers, derrière le quartier général, établi sur une petite éminence de sable. Le soleil commençait à chauffer, malgré l'heure matinale. « Qu'est-ce que ce sera, à midi ? » se dit Lavalette. Il envia le petit général qui, debout au milieu du va-et-vient de ses aides de camp, immobile comme un récif au milieu des vagues, les jambes écartées, paraissait insensible à la chaleur, comme à la poussière que soulevaient les pas des chevaux.

Il était fort intrigué, Bonaparte, par le manège de quelques « conseillers » anglais qui caracolaient aux premières lignes, à distance de voix des Français. Un aide de camp lui expliqua qu'ils tentaient de démoraliser les officiers ennemis qui passaient à leur portée, en criant qu'il serait préférable pour eux de se rendre car ils seraient écrasés au premier engagement. Ce à quoi Murat, mal embouché de nature, répliquait en montrant son arrière-train. Les manœuvres d'intimidation des Anglais avaient d'ailleurs un effet inattendu : les janissaires s'imaginaient qu'ils tentaient de parlementer avec leurs ennemis. Ce rapport mit Bonaparte en joie, mais son visage se figea vite et il reprit la lunette. Depuis deux heures déjà, tout était en place. Il était temps de passer à l'attaque.

Au signal la division Destaing s'ébranla vers le mamelon de gauche, tandis que les éclairs des canons, venant de toutes les batteries, illuminaient l'air de la matinée. Destaing et ses fantassins venaient à peine de prendre leur élan que, sur un signal du général en chef, Lannes, à droite, effectuait la même manœuvre sur le mamelon qu'il avait pour mission d'enlever. Braquant sa lunette tantôt à droite, tantôt à gauche, Bonaparte veillait à ne perdre aucune phase de la bataille. L'affaire, d'un côté comme de l'autre, serait chaude. Les janissaires luttaient comme des lions, face aux baïonnettes qui progressaient vers leurs positions, vague par vague. Bientôt, le combat devint si confus qu'il était impossible d'en prévoir l'issue. Bonaparte sentit son cœur se serrer. Aurait-il mésestimé la valeur des troupes turques, de ces soldats de métier qui ne vivaient que pour la guerre ? Des minutes passèrent, lourdes d'inquiétude, dans les échos des fusillades et des cris, Murat attendait toujours à quelques pas de là, l'œil rivé sur le général en chef, guettant le signal de se jeter en avant avec ses quatre cents cavaliers ; c'était pour lui la première occasion de se distinguer dans cette campagne où la piétaille avait toujours eu la plus grosse part du mérite.

Le geste attendu arriva, précédé d'un ordre sec : deux cents cavaliers à droite, deux cents à gauche, pour prendre les mamelons à revers et jeter à la mer des janissaires qui reculaient enfin devant les baïonnettes françaises.

L'arrivée en trombe des cavaliers de Murat, sabre au clair, fonçant dans la sonnerie des trompettes, décida les derniers janissaires qui se battaient encore sur leurs positions à se replier vers Aboukir. Lorsqu'ils arrivèrent au contact avec les deux ailes de Murat, il ne leur restait qu'une possibilité d'échapper à cette ruée : plonger dans la mer. Murat les y poussa.

— Ils sortent d'Aboukir ! s'exclama Bonaparte. Attaquez leur colonne, Joachim, attaquez !

Comme s'il eût pressenti cet ordre, le général Murat piqua des deux vers les janissaires qui, précédés de tambours et d'étendards à queue de cheval, arrivaient au pas de charge, leur fusil sur l'épaule. A peine s'étaient-ils déployés, les cavaliers français étaient sur eux, sabrant à perdre haleine, bousculant d'une charge féroce des groupes compacts.

— Il les a eus ! s'écria Lavalette. Bravo, Joachim !

L'eau-de-vie n'avait pas été nécessaire pour qu'il sentît de nouveau bouger en lui, comme un double de lui-même, la fièvre des batailles. Maintenant, il était prêt à se porter en avant, et à tailler dans les rangs de ces petits bonshommes bariolés qui, de loin, lui paraissaient dérisoires. Mais Bonaparte ne les lâcherait pas encore. L'intervention de la réserve ne s'imposait pas.

La colonne turque repoussée dans Aboukir, l'assaut parut marquer un temps d'arrêt. C'est alors que les batteries françaises se déchaînèrent sur le village situé entre les deux mamelons. Quand la voix du canon se tut, Bonaparte donna l'ordre aux troupes de Destaing et de Lannes d'occuper la place. A peine s'étaient-elles présentées, les Turcs en sortirent en masse, se battant avec l'énergie du désespoir. Ceux qui survécurent au massacre furent jetés à la mer. Puis, de nouveau, le calme tomba sur le champ de bataille, seulement interrompu par les batteries turques qui tiraient sans grand succès.

Eugène de Beauharnais revenait au galop du champ de bataille, criant que les janissaires avaient perdu plus de quatre mille hommes et les Français quelques dizaines.

— Que comptez-vous faire, mon général ? demanda Berthier.

Pris de court, Bonaparte se mordit la lèvre. Ce qu'il allait faire, il n'en savait rien. Attendre que les divisions Kléber et Reygnier fussent arrivées pour lancer l'assaut final ? En finir tout de suite ? C'est à cette dernière solution qu'il se résolut. L'audace lui avait toujours réussi. L'audace et la promptitude. Là-bas, les Turcs devaient se dire que c'en était fini pour aujourd'hui, qu'à chaque jour suffit sa peine. Les redoutes derrières lesquelles ils s'abritaient étaient sûres, les Anglais en ayant dirigé la construction, de même que celle des boyaux qui en partaient, à droite et à gauche, l'un vers le lac Madieh, l'autre vers la mer.

A peine avait-il donné l'ordre d'attaquer, Bonaparte le regretta. Le souvenir des sempiternelles attaques vainement lancées contre les défenses de Saint-Jean-d'Acre lui revenait en mémoire. Il se demandait si ces quelques arpents de sable, cette bicoque du bout du monde n'allaient pas de nouveau ternir l'éclat de son étoile, mais il était trop tard pour reculer. Déjà, les bataillons de Lannes et de Destaing chargeaient dans le roulement des tambours, sous le feu des canonnières qui hérissaient la redoute. Soudain, Bonaparte se frappa le front.

— Appelez Crétin, vite !

Le colonel du génie qui, durant les mois précédents, avait fortifié Alexandrie, se présenta peu après.

— Colonel, vous voyez cette langue de terre, sur la gauche, au niveau de la redoute ? Qu'en pensez-vous ?

Bonaparte tendit sa lunette à Crétin.

— Je pense, dit le colonel, qu'elle est l'œuvre de la Providence. Une bonne batterie placée là prendrait l'ennemi à revers.

— Faites vite, je vous en conjure !

Les premières lignes de Lannes et de Destaing venaient d'entrer au contact d'un bataillon pressé de janissaires qui venaient, musique en tête, d'effectuer une sortie digne d'un opéra. Pendant que la mêlée s'engageait, que les batteries turques donnaient de la voix, arrosant les arrières des Français, Murat, embusqué derrière un bouquet de palmiers, donna à son tour le signal de la charge. Il y avait, sur la gauche, un espace de terrain battu par des canons de campagne qui aboyaient férocement dès que les hommes de Lannes faisaient mine de s'y aventurer. Lorsque les canons du colonel Crétin commencèrent à battre les revers de la forteresse, un flottement se manifesta chez les Turcs ; ils décrochaient par grappes, se repliaient vers la redoute où déjà neuf mille d'entre eux étaient entassés. Murat n'attendit pas pour mettre cette panique à profit. Ses escadrons s'enfoncèrent dans la brèche comme des fers de lance, suivis à distance par Lannes et la meute hurlante de fantassins qu'il traînait derrière lui.

Bonaparte suivait attentivement, à la lunette, le mouvement de l'attaque, jetant, au fur et à mesure qu'ils lui venaient, des ordres que les aides de camp, piquant des deux sur leurs chevaux arabes, allaient porter aux généraux engagés. Soudain, un cri retentit derrière lui : Kléber arrivait ! On distinguait au loin, sur le fond des sables dorés, une forêt de baïonnettes sur lesquelles flottaient quelques pétales tricolores. Reygnier suivait à peu de distance.

Bonaparte fit signe à Fugières de se porter en renfort de Lannes avec ses grenadiers.

— Balayez-moi cette canaille, Fugières ! Poussez-la à la mer ! Qu'il ne reste pas un vivant !

Lavalette sentait une ivresse connue lui bourdonner aux tempes. Plus que l'eau-de-vie qu'il venait d'avaler sans sourciller, plus que la chaleur qui lui alourdissait la tête, c'était, il le devinait, la fièvre des batailles qui commençait à le gagner. Il entraînait ses hommes dans un galop fou, sans se soucier des pieds meurtris dans les souliers sans semelles.

— Allongez le pas, tonnerre ! Nous allons arriver après la fête !

La « fête » s'annonçait sanglante. Les batteries turques paraissaient déchaînées. On en était au corps à corps, tandis que Murat s'enfonçait toujours plus profond, droit vers le camp du pacha, dont les tentes multicolores affleuraient au-dessus des bataillons de janissaires et des rares escadrons de mamelouks que Mourad, par on ne savait quelles prouesses, était parvenu à conduire jusque-là.

Les grenadiers de Fugières pénétrèrent de pied ferme dans l'enfer. L'assaut de la redoute était plus difficile qu'on ne l'avait soupçonné, les janissaires disposant d'un matériel impressionnant et de munitions en quantité importante. Les vagues que Lannes ou Destaing jetaient contre la redoute se brisaient en gerbes de sang.

— Allons-y, les enfants ! hurla Fugières.

Déjà blessé à la tête, il se jeta le premier en avant, quand un boulet lui arracha un bras. Tandis qu'on l'évacuait, il eut le temps de glisser à l'oreille de Lavalette :

— Caporal, j'ai observé que les Turcs quittent leurs redoutes pour couper la tête des Français, morts ou blessés. Ce sont des trophées qui témoignent de leur bravoure. Tâche de profiter de ce qu'ils sont dehors pour t'infiltrer avec ta compagnie à l'intérieur. Tu es le plus brave. Les autres te suivront.

Lavalette bondit comme un lion, rallia quelques

hommes de sa compagnie, les fit se poster derrière une levée de terre fraîchement remuée et attendit que, profitant de l'accalmie, quelques janissaires fussent sortis de leur repaire. Lorsqu'il jugea que l'entrée était libre, il sortit de sa cachette, ses hommes derrière lui, faucha les dix ou douze Turcs occupés à leur sinistre travail et se porta vers l'entrée dégarnie de la redoute. Un boulet passa à deux doigts de son bonnet ; il en sentit le souffle rauque et la chaleur, mais ce n'est pas ce qui pouvait l'arrêter.

Il lui fut plus malaisé de prendre pied dans la redoute : un véritable mur de sabres se dressait en face de lui, derrière lequel pointaient quelques fusils. Une douleur fulgurante, à l'oreille droite, lui arracha un cri. Il sentit deux autres brûlures dans sa chair. Derrière lui, trois hommes étaient tombés et les autres marquaient un temps d'arrêt. « Si nous ne sommes pas secourus, songea Lavalette, c'en est fait de nous. Ma tête ira orner la ceinture d'un de ces soldats d'opéra. »

— Allons, les gars ! cria-t-il. La place est à nous.

Murat fonçait, droit devant lui. Ses escadrons venaient de percer les cordons de janissaires qui protégeaient le camp du pacha et d'arriver au contact des mamelouks. Maintenant, il devinait, en face de lui, à travers la fumée que le vent chaud du désert rabattait sur Aboukir, les tentes bariolées et, au-delà, les murailles blanches du village.

Comme il abordait, son sabre solidement tenu au poignet par la dragonne, l'ultime ligne des défenseurs du camp, il vit le pacha Mustapha sortir de sa tente, sauter à cheval et courir à sa rencontre. Son cœur bondit. Il piqua férocement les flancs de sa monture.

— Rends-toi ! cria Murat. Tu es perdu !

Pour toute réponse, Mustapha arrêta son cheval, déchargea son pistolet et poussa un cri de joie en voyant le général français se pencher en arrière, une main au menton. Murat bascula de cheval, tomba en souplesse dans le sable. La balle l'avait atteint au cou, juste sous le menton, mais elle n'avait fait que l'effleurer. Il ajusta son sabre et, avant que Mustapha pût tirer l'autre pistolet de sa ceinture, il sauta aux naseaux de son cheval, le forçant à se cabrer. Mustapha roula à terre, empêtré dans ses amples vêtements de satin vert et mauve. Comme il cherchait à se relever pour se saisir du second pistolet dont la crosse ornée de diamants étincelait à sa ceinture, Murat se rua sur lui.

— J'ai ordre de te prendre vivant ! dit-il. Debout !

Mustapha se releva lentement, une expression sournoise sur le visage. Au moment où le sabre de Murat s'abaissait, il saisit son pistolet. Prompt comme la foudre, le sabre s'abattit. Le pacha hurla, leva devant son visage une main amputée de deux doigts.

— Saisissez-vous de lui ! dit Murat, s'adressant à une compagnie qui venait de surgir. Faites-le conduire immédiatement au général en chef. Nous avons encore de l'ouvrage ! Suivez-moi : nous piquons droit sur le fort d'Aboukir. J'aimerais mettre la main sur Mourad et Sydney Smith. Ils ne sont pas loin, les bougres !

« C'est la fin », songea Lavalette. Son corps paraissait brûler de toutes parts. Le bloc des janissaires avait reculé vers une cour mais il tenait toujours, chaque tué aussitôt remplacé. A nombre égal, les Turcs eussent été balayés sans rémission car ils ne savaient se battre qu'au sabre ; en face des baïonnettes, ils marquaient une surprise qui leur était fatale, essayant de les prendre à pleines mains pour les écarter.

Lavalette n'avait plus autour de lui que cinq hommes quand il entendit, venant de l'extérieur, un piétinement et des cris :

— Tenez ferme ! Nous arrivons !

C'était les hommes de la 18e de ligne qui accouraient. Débordé par la droite et par la gauche, Lavalette se porta de nouveau en avant. Il était tellement couturé de blessures qu'on eût dit une vivante statue de sang.

Mais il sentit qu'on le tirait en arrière, qu'on l'asseyait de force sur deux fusils tendus sous lui. Il entendit une voix qui disait près de son oreille :

— Avec toutes ces blessures, je me demande comment il peut encore tenir debout.

L'eau additionnée de citron était fraîche. Lavalette la dégusta, les yeux mi-clos, tendit le gobelet à la jeune servante arabe qui le déposa sur le plateau.

— Quelle heure est-il ? demanda Lavalette.

— Il va être midi, dit Tricot.

Il ajouta, reprenant la conversation interrompue :

— ... et tu sais ce qu'il a dit, Kléber, quand il a rejoint Bonaparte ? « Général, vous êtes grand comme le monde ! » Tous les officiers pleuraient, autour du chef. Oui, pour une victoire, c'est une grande victoire. Ces milliers de cadavres de janissaires flottant sur la mer, quel spectacle ! Tu sais que l'armée de Mustapha pacha a été complètement détruite ? Il paraît que c'est la première fois que ça se produit dans l'Histoire. Nous avons pris l'insigne à trois queues de cheval du pacha, cent drapeaux, trente-deux pièces d'artillerie de campagne, cent vingt caissons, quatre cents chevaux, et des bagages, des bagages... Sydney Smith et Mourad ont failli être pris...

— Je sais tout ça, dit Lavalette en étouffant un bâillement.

— Ce que tu ne sais pas, poursuivit Tricot, son gros nez bulbeux dans l'oreille de son compagnon, c'est qu'on parle de toi pour une décoration. Je tiens la nouvelle du capitaine Valin.

— Une décoration ! murmura Lavalette, les mains derrière la tête, les yeux perdus dans les feuillages des palmiers qui se balançaient au vent chaud venant des pyramides. Si Bonaparte savait ce que je m'en fous...

— Tu n'en penses rien !

— Je suis devenu sage. Moi, ce que je veux, à présent, et vite ! c'est retrouver ma garrigue. Mes moutons m'attendent là-bas. L'armée, la guerre, c'est fini pour moi. Je n'ai plus le cœur à me battre. Je sens que je ne suis pas fait pour cette vie. D'ailleurs, j'ai demandé à Bonaparte de me faire rapatrier. J'attends sa réponse. S'il refuse, je lui retourne mes galons de caporal par le prochain courrier.

Le palais d'Ali ben Hassan n'était que fraîcheur, calme, odeurs légères. On y baignait dans une existence sans problèmes. La contemplation des feuilles de palmiers dattiers bougeant sur le sable des allées pouvait prendre des heures et ce n'étaient pas des heures perdues. Lavalette goûtait un bonheur léger, impondérable, transparent, lui qui s'était cru voué, au retour d'Aboukir, à la puanteur torride des hôpitaux de campagne. Ali était venu le chercher et l'avait conduit lui-même à son palais : « Mon médecin s'occupera de toi et tu guériras plus vite qu'entre les mains de ces bouchers. Ma demeure est la tienne, Spartacus. Je regrette de t'avoir repoussé, de t'avoir accusé d'avoir voulu me perdre en me sauvant. J'ai compris beaucoup de choses depuis. D'abord que tu es pour moi un ami véritable. Ensuite que mon pays n'est pas encore mûr pour l'indépendance, et qu'entre Bonaparte et les Turcs, je choisis Bonaparte. »

Lavalette s'était retrouvé dans une vaste chambre ouverte sur une galerie et donnant sur un jardin plein de fleurs et d'oiseaux. Il avait guéri sans s'en apercevoir, car les jours passaient sans qu'il s'en rendît compte. Maintenant que son corps couturé de plaies ne le faisait plus souffrir, il se disait qu'il avait peut-être eu tort d'accepter l'invitation de son ami. Il allait devoir s'arracher dans quelques jours à cette existence douillette, reprendre l'habit de drap bleu, les guêtres, le barda, pour aller tailler du Turc, du mamelouk ou du nègre.

Bonaparte se leva d'un air excédé pour montrer à son hôte que le repas et l'entretien dont il avait été le prétexte étaient terminés. Le Caire grouillait au bord de la nuit comme une ruche. Un tambour, une flûte suraiguë jouaient sur une place, tout près de là.

— La journée a été rude, dit Bonaparte.

Le jeune officier anglais que Sydney Smith avait envoyé pour négocier un échange de prisonniers se leva discrètement, avec un sourire entendu. Bonaparte l'avait retenu à dîner pour lui tirer les vers du nez, mais l'officier de Sa Majesté, fine mouche, n'avait fait que l'allécher. Que se passait-il en France ? C'est cette question qu'il devinait sous chaque propos de Bonaparte. Au lieu d'amener une réponse, la conversation prenait un tour badin :

— Général, comme vous devez vous ennuyer au milieu de ces Turcs, de ces Arabes...

— Et vous-même, comme le temps doit vous paraître long, en mer... Ne vous ennuyez-vous jamais pendant vos interminables croisières ? Il est vrai que vous avez la ressource de pêcher. Pêchez-vous beaucoup, monsieur ?

Lorsque l'officier britannique, fort cérémonieusement, eut pris congé, Bonaparte eut l'impression d'avoir laissé échapper la seule occasion qui lui eût été offerte depuis des mois d'être mis au courant de la situation en Europe. Il eût dû l'enivrer, le soumettre à la question.

Bonaparte se mit à arpenter fougueusement la pièce. Il eut un moment l'idée d'aller rejoindre la belle Pauline Fourès au Tivoli et de regarder ses officiers danser le quadrille, mais il était trop las. Et cette maudite gale qui revenait l'importuner ! Il se jeta sur son lit de camp.

— Puis-je me retirer ? demanda Bourrienne.

— Faites. Mais ne vous éloignez pas trop.

En sortant, Bourrienne buta contre une forme étendue en travers de la porte et chuta dans le vestibule. Bonaparte ne put réprimer un rire. Il était bien défendu, décidément, avec ce jeune mamelouk, Roustan, dont le cheik El-Bekry lui avait fait présent à son retour de Syrie, avec une jument entièrement équipée. Roustan se montrait d'une fidélité et d'une obéissance à toute épreuve et faisait des progrès très rapides en français.

Bonaparte dormit une heure environ, s'éveilla en sursaut. Dehors, des pétards et des cris de joie célébraient il ne savait plus quelle fête. Ces Arabes s'amusaient comme des enfants. Lorsqu'il était revenu d'Aboukir, il avait vu des fellahs pleurer d'émotion et de reconnaissance sur son passage, se précipiter pour lui embrasser les bottes. Durant des jours, Le Caire avait fêté la victoire.

La victoire... Bonaparte soupira. Il avait envie de dire, comme Pyrrhus : « Encore une victoire comme celle-ci, et je suis perdu. » La « victoire » d'Aboukir se soldait par une centaine de morts et plus de cinq cents blessés. Comment les remplacer ? Le Directoire demeurait muet à ses demandes de secours, peut-être parce que ces appels ne lui parvenaient pas. La peste, la dysenterie, l'ophtalmie faisaient des ravages. Encore une année d'Égypte et ce corps expéditionnaire, couvert de lauriers et d'or, aurait vécu. « Six mille soldats ! Qu'on m'envoie seulement six mille soldats, songeait Bonaparte, et je changerai le visage de l'Orient, je porterai les frontières de la France aux antipodes ! » Les six mille soldats n'arrivaient pas, pas plus, d'ailleurs, que la troupe de comédiens que le général en chef réclamait pour distraire ses hommes.

Le sommeil reprit Bonaparte. Un sommeil lourd, traversé d'ombres glauques, de lumières ternes, de bruits inquiétants. Il en émergea lorsqu'il entendit frapper à sa porte. C'était Roustan. Sabre au clair, l'œil soupçonneux, il livra passage à Bourrienne qui arrivait avec un gros paquet sous le bras, rouge d'avoir couru. Il posa le paquet sur la table de nuit, l'air radieux :

— Des nouvelles de France ! dit-il. Sydney Smith vous les envoie par l'intermédiaire de votre hôte de ce soir. Il vous l'a fait venir de loin, ce cadeau, le bougre !

Bonaparte n'écoutait plus. Il fit sauter les ficelles.

— Des journaux ! s'écria-t-il.

Il y avait là des journaux anglais mais surtout des exemplaires de la *Gazette de Francfort*. Bonaparte s'en saisit avidement, demanda de la lumière, s'assit sur son lit, Bourrienne près de lui. Au fur et à mesure qu'il avançait dans sa lecture, le sang se retirait de son visage et sa nervosité se transformait en colère.

— Tenez, Bourrienne, lisez ! La Russie a conclu une alliance avec l'Empire ottoman. Ces messieurs du Directoire ont prononcé la dissolution du « convoi d'Égypte » ! Nous sommes dissous, Bourrienne ! Elle est bien bonne ! Tenez ! Mes pressentiments ne m'ont pas trompé : l'Italie est perdue pour nous. Jourdan battu sur le Danube, Sherrer sur l'Adige, Moreau sur l'Adda ! Les cosaques de Souvarov sur la frontière des Alpes ! Vous entendez, Bourrienne ! Ils sont en train de perdre la France, ces beaux parleurs du Directoire ! Il est temps de la sauver.

— Que voulez-vous dire ? demanda Bourrienne.

Bonaparte le regarda comme s'il venait de poser une question saugrenue.

— Je veux dire que notre place n'est plus ici. Dès que possible, nous reprendrons le chemin de la France. Je laisserai ici quelques-uns de mes meilleurs généraux : Kléber, Desaix, Menou... Ainsi, mon départ ne passera pas pour une retraite.

— On ne va pas manquer de dire...

— Je sais ce qu'on va dire ! coupa Bonaparte. Que c'est une désertion. Comme si j'avais la possibilité de demander une permission au Directoire ! Laissons parler les imbéciles ! La France a besoin de moi. Cela seul compte. Appelez Berthier !

— A cette heure-ci ?

— Dites-lui de venir immédiatement, sinon j'irai moi-même le jeter à bas du lit !

Il ajouta :

— Prenez garde à votre langue, Bourrienne. Nous sommes deux seulement à connaître la nouvelle. Si elle s'ébruite, je vous en tiendrai pour responsable.

Bourrienne ouvrit la porte, se précipita en trombe dans le vestibule et, butant de nouveau contre le corps de Roustan allongé en travers de l'entrée, se retrouva à demi assommé contre une colonne.

— Imbécile ! hurla Bonaparte, vous n'apprendrez donc jamais à culbuter les mamelouks ?

10

SUR UNE PLAGE SOLITAIRE

— Vous êtes aussi du voyage ? s'étonna Vivant Denon.

— J'aimerais savoir de quel voyage il s'agit ! bougonna le caporal Lavalette. On fait des mystères, on déplace du monde, pour une simple promenade. Tout ça ne me dit rien qui vaille !

— Vous appelez cela une *promenade*, caporal ? Nous allons étudier les travaux en vue de régulariser les bouches du Nil. Il faut que nous soyons nombreux au cas où il viendrait à l'idée des Anglais de nous lâcher sur les flancs quelques bataillons de janissaires.

Lavalette fronça un sourcil soupçonneux.

— Toi, l'artiste, dit-il, tu me caches quelque chose !

Le baron secoua sa tête dont la calvitie avait la couleur mordorée du pain. Son regard malicieux étincela derrière ses minces lunettes cerclées de fer, dont une branche avait été rafistolée.

— Je vous jure que je ne vous cache rien, caporal.

Il ajouta d'un air mystérieux :

— Je ne vous cache rien de la vérité officielle.

— Et la vérité vraie, peut-on la connaître ?

— Si vous me donnez votre parole que vous ne la répéterez à personne.

— Parole d'honneur !

Le baron se tourna vers le port d'Alexandrie où le soir commençait à faire jouer sa féerie. Des vols de mouettes passaient au-dessus des entrepôts et des quais encombrés de petits navires aux voiles repliées. L'index de Vivant Denon montra le large.

— Vous voyez ces deux frégates, rescapées du désastre d'Aboukir et de la campagne de Syrie ? Ce sont la *Muiron* et la *Carrère*. Autour d'elles, deux chebeks : la *Fortune* et la *Revanche*. C'est sur l'un de ces navires que, tout à l'heure, nous allons embarquer.

— Pour aller où ?

Vivant Denon redressa son buste et dit d'une voix grave :

— En France, caporal !

Lavalette sentit des sueurs froides lui monter aux tempes. Il s'assit sur une borne, rejeta son chapeau sur sa nuque.

— En France..., dit-il doucement. Est-ce possible ?

Il se releva brusquement :

— C'est une trahison ! Quoi ? nous allons quitter l'Égypte comme des malfaiteurs, y laisser une armée de malheureux que les Turcs et les Arabes se hâteront de massacrer avant qu'elle n'ait pu capituler ? Et pour quoi faire ? Pour aller nous jeter dans la gueule des Angliches qui doivent nous attendre à quelques lieues de là ! Il a perdu la boule, le Petit Caporal !

Denon l'apaisa d'un geste.

— Ne vous mettez pas en colère, Lavalette ! Bonaparte ne part pas de gaieté de cœur. Il a reçu des nouvelles de France. S'il ne revient pas, notre patrie est perdue. Ça va très mal, vous savez. Que feriez-vous si l'on vous demandait de choisir entre l'Égypte et la France ?

Lavalette, décontenancé, haussa les épaules.

— Vous choisiriez la France ? ajouta Denon. C'est ce que Bonaparte vient de faire.

Lavalette soupira. Cette joie qui, soudain, perçait

sous sa colère, il désirait l'étouffer. Il essaya de penser à Tricot, à son bon visage violacé par l'intempérance, à Ali ben Hassan qu'il allait quitter pour toujours. « Bientôt, lui avait dit Ali, quelques jours auparavant, tu quitteras ce pays pour ne plus y revenir. Alors, je t'en conjure, au nom de notre amitié, tâche de ne pas en parler comme d'un peuple de barbares ou d'esclaves. Nous ne sommes ni l'un ni l'autre. Notre pays est trop riche et trop pacifique et nous sommes entourés de voisins trop pauvres et trop belliqueux pour espérer qu'ils reconnaissent en nous un peuple adulte. Mais un jour viendra, Lavalette, où le bel arbre de l'Égypte s'épanouira et portera des fruits pour ses seuls enfants. » En parlant ainsi, Ali dessinait avec ses mains la forme du Delta épanoui, porté par le tronc vigoureux du Nil.

— Dans quelques minutes, dit le baron, vous allez quitter Alexandrie pour une petite plage, non loin de là, où vous attendent des chaloupes.

Il montra un groupe au milieu duquel on distinguait le plumet tricolore de Bonaparte, agité de mouvements nerveux.

— Bonaparte s'entretient avec Menou, dit-il. Il lui laisse ses dernières instructions. Desaix et Kléber, qui doivent rester, auront-ils le temps d'arriver pour les adieux ? J'en doute ! Il n'y a pas, au large d'Alexandrie, un navire anglais digne de ce nom, et la brise est favorable. La bonne étoile de Bonaparte est fidèle au rendez-vous, Lavalette !

Cette fois-ci, aucun doute n'était possible.

Au soir tombant, la colonne arriva sur une petite plage, non loin d'Alexandrie et se mit au repos en attendant les ordres. Tout était calme. Le brick anglais était toujours ancré à quelques encablures du port et l'on distinguait au loin ses fines enfléchures noires sur le fond rouge du crépuscule. Pour éviter de donner l'alarme, Bonaparte et ses officiers d'état-major avaient laissé leurs montures sellées sur la place principale d'Alexandrie. Rien ne paraissait encore avoir transpiré de l'embarquement pour la France.

Bonaparte s'impatientait, braquait à tout bout de champ sa lunette en direction de l'est : ni Kléber ni Desaix n'étaient en vue. Bah ! Menou leur remettrait à chacun la missive qui leur était destinée. À tout prendre, se dit Bonaparte, mieux valait que Kléber ne fût pas informé par ses soins ; cela éviterait l'immanquable esclandre. Il n'en allait pas de même pour Desaix ; Bonaparte lui portait estime et sympathie ; il lui en coûtait de songer que le jeune général pût croire à une désertion.

Les généraux, le corps des guides, celui des grenadiers, étaient arrivés depuis une demi-heure déjà, mais les chaloupes n'étaient pas en vue. Il fallut brûler des amorces pour attirer l'attention des frégates et signaler la position de la troupe.

— Qu'attendent-ils ? s'exclamait Bonaparte. Il est miraculeux qu'une brise sud-est se lève en cette saison et nous ne pourrions pas en profiter ?

On lui signala un petit nuage de poussière, entre deux bouquets de palmiers sur le fond violet du désert. Il braqua sa lunette, la replia d'un geste sec : ce n'était qu'un parti de Bédouins en train de chasser la gazelle et non ceux qu'il attendait. Aussitôt après, un cri s'éleva :

— Les chaloupes ! Elles arrivent !

Ce fut la ruée. Les embarcations n'étaient encore, sur l'horizon, qu'une ligne en pointillé que déjà les hommes s'avançaient dans la mer jusqu'aux cuisses.

Sur l'autre bord, le nuage de poussière montant sur l'océan des sables avait grandi. Les cavaliers approchaient.

— Êtes-vous heureux ? demanda Vivant Denon. Mon bon Lavalette, vous serez embarqué sur le même navire que moi : la *Carrère*, avec Murat, Marmont et Lannes.

Heureux ? Lavalette sentait sa poitrine se dilater de bonheur sous les buffleteries blanches, mais il s'y mêlait quelques traces d'amertume. Cette plage, il s'en souvenait : c'était la même que celle où l'armée avait débarqué un an auparavant, sauf que la mer était démontée et qu'il avait failli y disparaître à jamais. L'image d'Ali, loqueteux, ruisselant d'eau, accablé de fatigue mais prêt à plonger encore, lui revint à la mémoire. L'idée de quitter cette terre sans avoir pressé Ali contre sa poitrine, sans avoir frotté sa moustache à ses joues brunes et lisses comme une olive, lui était insupportable.

— Les chaloupes approchent, dit Vivant Denon. Il va y avoir une belle bousculade. Vos hommes s'impatientent.

— Du calme, les enfants ! dit Lavalette. Il y aura de la place pour tout le monde.

En se retournant il aperçut un groupe de cavaliers dont les vêtements se gonflaient sous le vent de la course. Ils approchaient à folle allure du lieu d'embarquement. « Encore des fanatiques qui veulent leur baroud d'honneur ! » songea Lavalette. Il s'écria :

— Tenez-vous tranquilles, vous autres ! Le premier qui fait le mariole, je lui botte les fesses ! Compris ?

Les chaloupes étaient maintenant à portée de voix et les hommes continuaient à s'avancer dans la mer. De l'autre côté, les cavaliers, au nombre de quatre, venaient de tourner à l'angle d'une masure abandonnée.

— Pressons ! s'écria Murat. Les traînards seront abandonnés.

« L'imbécile ! songea Lavalette. Il va déclencher la panique. »

Comme il tentait de contenir ses hommes, il entendit, à quelques dizaines de pas derrière lui, une voix qui le hélait :

— Ohé ! Lavalette !

Un frisson parcourut le caporal de la tête aux pieds. Cette voix, à travers la pénombre, qui claquait comme un fouet, il la reconnaissait : c'était celle d'Ali.

— Allez ! dit Vivant Denon. C'est votre ami qui vous appelle. Mais pour l'amour de Dieu, faites vite !

Lavalette recula de quelques pas, chancelant de bonheur, puis, au pas de course, se rua vers le groupe de cavaliers.

— Ali ! C'est toi ! Ali !

Ali descendit de cheval, s'avança en courant vers Lavalette.

— Je voulais te voir, dit-il d'une voix haletante, te voir une dernière fois.

Ils s'étreignirent en silence, longuement, se dégagèrent pour échanger un regard, s'étreignirent de nouveau. Lavalette écrasa sur la joue d'Ali une moustache gorgée de larmes, s'arracha à son étreinte, recula de quelques pas.

— Adieu ! dit-il, et merci !

— Que la bénédiction d'Allah soit sur toi, dit Ali.

Lavalette leva la main pour répondre au salut de son ami. Lorsqu'il atteignit les premières vagues, la chaloupe qui emmenait les derniers hommes s'arrachait au rivage. Il n'eut que le temps de plonger dans la mer, d'accrocher la rambarde et, ruisselant, de se hisser à bord, accueilli par un flot d'imprécations.

— Allez-vous fermer vos gueules ! hurla-t-il.

Lorsqu'il se retourna vers le rivage, les quatre cavaliers venaient de remonter à cheval. Ils demeurèrent immobiles quelques instants, taches blanches sur le grand vide violet de la nuit, puis, à pas lents, disparurent dans le désert.

TABLE DES MATIÈRES

Également chez Pocket

Michel Peyramaure, romancier de l'Histoire

Cléopâtre, reine du Nil (n° 10447)

Le destin fabuleux d'une reine belle, intelligente et ambitieuse dans les fastes et les intrigues de la cour d'Alexandrie.

Henri IV 1. L'enfant roi de Navarre (n° 10367)
2. Ralliez-vous à mon panache (n° 10368)
3. Les amours, les passions et la gloire (n° 10369)

La romanesque histoire du "bon roi Henri", des châteaux du Béarn aux complots du Louvre : une reconstitution magistrale de cette extraordinaire vie de guerre, d'amour et de paix.

Les tambours sauvages (n° 3631)

De 1630 à 1690, du Périgord à Montréal, les aventures de deux jeunes orphelins qui s'embarquent pour le Canada, la Nouvelle France.

Pacifique Sud (n° 4358)

En 1768, Bougainville et les équipages de ses deux navires d'exploration partent à la découverte du Pacifique, mais les vivres et l'eau commencent à manquer, quand soudain on crie : "Terre en vue !"…

Louisiana (n° 10235)

La formidable épopée d'intrépides Français partis explorer le Nouveau Monde et conquérir ses espaces vierges…

Les flammes du paradis (n° 2890)

La saga d'une famille de maîtres de forge dans le Périgord des années 1830. Un roman qui fait revivre l'histoire de la France pré-industrielle.

Suzanne Valadon 1. Les escaliers de Montmartre (n° 10683)
2. Le temps des ivresses (n° 10684)

La vie du peintre Suzanne Valadon (1865-1938) et de son fils Maurice Utrillo : la bohème des artistes dans le Montmartre de la fin du XIXe au début du XXe siècle.

L'orange de Noël (n° 10049)
Les demoiselles des écoles (n° 10050)

Les combats et les joies d'une jeune institutrice au cœur de la querelle scolaire, en Corrèze, pendant la Première Guerre mondiale.

IMPRIMÉ EN FRANCE PAR BRODARD ET TAUPIN
2252 – La Flèche (Sarthe), le 02-05-2000
Dépôt légal : mai 2000

POCKET – 12, avenue d'Italie - 75627 Paris cedex 13
Tél. : 01.44.16.05.00